KB060006

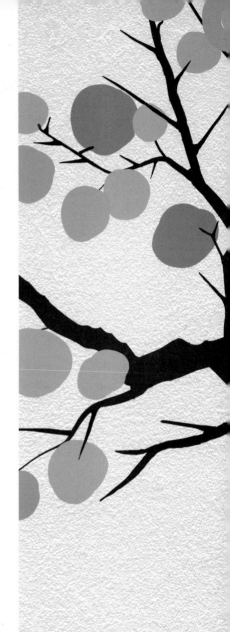

탱자나무집
현자

김익하
소설집

청어

탱자나무집
현자

김익하

소설집

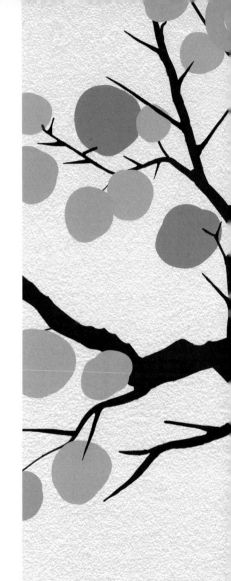

작가의 말

소설집 『33년 만의 해후』를 펴낸 뒤 발표한 단편이 여기 저기 흩어져 있었다. 한번 정리해야지 계획하면서도 그동안 장편소설 집필하느라 짬이 없었다. 묶지 못한 여러 편 가운데 결이 엇비슷한 9편을 뽑아 엮게 되었다. 결로 봐서 한 궤에다 엮어 갈무리할 당위성, 또한 있었다. 남은 작품들은 또 달리 끼리끼리 묶어내 작가의 작의를 보다 분명히 가름해 놓을 생각이다.

선정된 9편 작품을 굳이 결을 따지자면 혈육을 향한 인간의 내밀한 감정과 존재적인 욕망을 그려내고자 의도한 작품이다. 나름대로의 판단에서는 인간의 바탕이 이성적이기보다 감정적이라 봤다. 소설 문학에서 상징과 주제를 지나치게 강조해서 스토리 자체를 도외시하거나 간과하는 경향에 우려를 나타내는 의중도 포함됐다.

가뜩이나 단편집이 눈길을 끌지 못하는 세태임을 모르는 바는 아니나 나름 애착이 가기에 망설이지 않고 결행했다. 집필한 시기의 격차로 더러는 급변하는 세태에 어긋나는 데도 있으나 굳이 고치지 않았다. 시대 분위기를 도외시할 수 없었고, 또한 바탕으로 흐르는 물길이 그것으로 굴곡 지지 않으리란 판단 때문이다.

발간 때마다 붙이는 언사인데 책을 엮어내는 일 자체가 여러 사람들을 성가시게 하는 일이다. 이번에도 예외는 아니다. 어렵게 출판을 맡아주신 청어출판사 이영철 대표와 정밀하지 못한 창작자 작품의 주인공들이 편집자의 문선 수고에 힘입어 더 너른 틀에서 숨을 쉬게 되었다. 삼가 감사드린다. 그리고 늘 성원을 보내주며 창의를 부추겨준 지인들에게 지면 밖으로 일일이 고마움을 전할 참이다.

2023년 이른 봄
서울 초광재草曠齋에서
저자

차례

외동할미 한이불

1

외동할미 부음을 받긴 칠월 오후였다. 흐려서 바깥은 어
둑했다.

외동할미는 아흔하나로 삶에 소임을 다했다. 그녀는 손
끝으로 키운 나를 서러운 아이라 불렀다. 합당한 호칭이라
여겼다. 날 안쓰럽게 품어 길러내느라 노년에 고생깨나 했
다. 〈뿌리 문화를 찾아서〉란 주말 연재 기획 기사를 데스
크에 넘기고 몸을 일으켰다. 곧바로 강원도로 떠나야 했으
나 그 일로 지체했다. 지하 주차장으로 하강하는 15인승 엘
리베이터에 몸을 밀어 넣었다. 혼자라서 그런지 폐쇄 공간
이 오늘따라 유독 널찍해 보였다. 환풍기 기계음이 외동할
미 숨결처럼 희미하게 들렸다. 의지할 곳을 찾듯 주변에서
뭔가 잡고 싶도록 손아귀가 허전했다. 하강하는 숫자가 소

멸 지점으로 향하는 카운트 다운으로 느껴졌다. 불현듯 일
생에 한번은 경험해 봐야 성숙해진다는 이른바 '이별고離
別苦'에 부닥쳤음을 인지했고, 이내 내가 감당해 내야 할
몫임을 알았다. 밀폐 공간에서 외동할미와 닿았던 끈의 날
실이 터지는 소리가 환청으로 들렸다. 잇달아 천막 지붕에
괴었다가 물길 찾은 빗물처럼 외동할미와 연관된 일들이
머릿속에서 우르르 쏟아졌다.

  정수리에서 한복판으로 갈라 내린 가르마 양쪽, 굵고 센
머리카락에 햇볕이 반사될 때 파르스름한 은백색 말갈기
처럼 빛났다. 그 빛은 오랜 세월의 연륜에서 비롯된 눈부
심일 터였다. 잔주름보다 세로로 깊게 패는 양쪽 뺨 주름
진 얼굴이지만 살결은 새하얄 만큼 고왔다. 그러나 야무진
성격 탓인지 격전지에서 승리하고 돌아온 병사와 같은 기
개는 흐른 세월도 앗아가지 못할 만큼 얼굴에 깊이 박혀
있었다. 주름 갈피에서 경상도 여인네 특유한 강퍅함을 엿
볼 수 있었고, 커나가는 검버섯으로 헤쳐 온 삶의 두께도
어렴풋이 감지됐다. 또한 가시어리왕거미 발 같은 마디 긴
손가락은 살이 빠졌어도 외동할미의 근면성을 상징하듯
삶을 억척스럽게 일궈낸 쟁기로 보였다.

그 손끝에서 야무지게 만들어지던 이부자리와 옷가지들. 그런 품목들 가운데 유독 외동할미의 신념과 자긍심 상징인 '한이불'이 선연하게 눈앞에 밟혔다. 장롱 안에 반듯하게 접힌 한 벌의 한이불. 흐르는 세월과 무관하게 신줏단지처럼 외갓집 장롱 안에 자릴 잡고 있었다. 대기가 유리알처럼 맑았던 옛 시절, 한겨울은 물독이 얼어 터질 듯 혹독하게 추웠다. 한이불은 엄동설한의 웃풍 냉한을 막아내는 보온 구실을 톡톡히 했다. 비록 두꺼워서 무겁게 보이고 원색에서 오는 차가움은 있지만, 인간에게서 번지는 체온을 차근차근 솜 갈피에 품었다가 바깥 날씨가 꼭짓점을 치닫는 새벽녘이면 지그시 되돌려주곤 했다. 캐시밀론 이불처럼 화학 섬유질 사이로 가볍게 들고나는 온기가 아니라 솜의 무게만큼이나 묵직하고 은근히 오래가는 온기였다. 한이불을 덮고 자란 내 몸엔 아직도 그런 묵직한 온기가 감각으로 뚜렷이 남아 있었다.

외동할미는 피륙에 관한 한, 타인 말을 귓등으로 흘릴 만큼 소신이 뚜렷했다. 이불 홑청으로 중국 산동주山東紬는 웬만해선 쓰지 않았다. 딴은 귀하기도 하거니와 산누에 실이라 빛이 누르스름해서 손끝 아프도록 꾸며 놓은들 햇볕에 빛바래진 듯 산뜻한 맛이 나지 않는다는 까닭에서였다. 또한 화려한 모본단은 값비싸 이불 홑청 대신 치마 저고릿감에 어울린다는 소신에서 벗어나 본 적도 없었다. 그리고 공단은 문양이 없는 게 너무 싱겁도록 밋밋해서 유색 양단이 홑청에 걸맞다면서 이불 소재로 즐겨 선택했다.

흰 무명 안감으로 꾸민 외할아버지의 한이불 몸판은 감색 양단에 자주색 깃 흰 동정으로 멋을 내서 다소 차게 보이긴 했으나, 나들이 차림을 끝낸 새댁같이 단정한 느낌을 주었다. 외동할미의 한이불 또한 흰 무명 안감에다 화려한 문양 초록색 몸판에 선명한 적색 깃과 흰 동정을 단 터라 완숙한 여인네처럼 은둔의 멋을 풍겼다. 이불에 헝겊 오리를 다는 동정은 저고리 그것처럼 살갗 접촉으로 쉽게 살때가 오를 만한 데를 자주 갈아야 할 기능적인 측면도 있었지만, 목선을 깔끔하게 멋 내는 장식이라 꾸밀 땐 바느질이 울지 않게 손끝을 바들바들 떨면서 신경을 꽤나 써야했다. 그러기에 그 일에 빗대서 쥐뿔도 모르면서 맵시 내기에 해소일만 하는 여자는 '동정도 못 다는 년이 맹물 발라 머릴 빗는다.'고 얕보임을 당하면서 손가락질까지 받아도 부끄러워 감히 대들지 못했다.

섬유 소재 변천으로 말년엔 캐시밀론 이부자리를 덮다 돌아가셨을 테지만, 한이불은 외동할미 정신적 신줏단지나 다를 바 없었다. 속살을 감추듯 장롱 속에다 보관하면서 틈틈이 아릿한 피륙 냄새에 절지 않도록 신경깨나 썼다. 장롱을 열고 확인하다 내친 김에 방바닥에다 펴놓고 눈길을 톺아보며 낱낱 올의 촉감을 더듬듯 찬찬히 쓰다듬었다. 그땐 평소 의욕이 넘치던 눈빛은 사라지고 없었다. 아련한 눈빛이 그곳에서 마음속 여러 가지 생각을 뒤집고 있었다. 사후 남기고 가야 할 인연들을 마음속으로 정리하는지, 내가 세 살 때 사별한 외할아버지를 회상하는지 어린 나로선 도저히 가늠할 수 없었다. 나는 외동할미의 주변에 흐르는 묵직한 침묵에 압제돼서 입 밖으로 무엇을 생각하는지 그 까닭을 감히 캐묻지 못했다.

더러 외동할미는 한이불을 방안 그늘진 데다 포쇄하다가도 찝찝하다 여기거나 솜이 숨 죽었다 판단되면 생선 껍질을 벗겨내듯 지체 없이 후드득 뜯었다. 숨 죽은 솜을 다시 틀고 벗겨낸 홑청을 빨아 쌀풀까지 빳빳이 먹여서 햇볕에 널어 말렸다. 햇볕에 너무 말라 강다리 되기에 앞서 걷어다가 꼼꼼히 손끝으로 편 다음, 남은 습기를 마저 말렸다. 다듬질이 끝난 천을 코끝에다 돋보기를 느슨하게 건채 시침질한 뒤에야 입안에 모아 두었던 날숨을 한꺼번에 내뱉었다. 외동할미는 완성한 이불을 자랑이나 하듯 손바닥으로 툭툭 쳐 펴면서 주변을 이리저리 살피며 자랑스러운 눈빛을 뿜냈다. 한이불이 꾸며지는 동안 나는 외동할미 꾸중에도 아랑곳없이 그 속을 이리저리 두더지처럼 파고들며 장난을 쳤는데, 몸에 붙지 않고 겉도는 이불은 빳빳한 풀기로 기름을 덜 뺀 양가죽 모양 뻣뻣하고, 가랑잎을 헤쳐 가듯 와삭와삭 소리가 났으나 상큼한 새물 냄새가 좋아 연신 큼큼거리며 이불 속으로 기어 다녔다.

한이불이란 솜을 얇게 쓴 차렵이불이 아니라 솜을 두껍게 한 핫이불을 말함이다. 외동할미가 경주 외동에서 시집올 때 무명을 '미영'으로, 고운 삼베로 만든 여름용 이불인 홑이불을 '호부이불'이란 부름이 입에 묻어와 이웃으로 퍼진 외동 토속어 가운데 하나였다. 이젠 이곳 사람들도 아무런 반감 없이 입에다 올려 예사로 썼다. 하긴 외동할미도 이젠 그곳 말을 입 끝에서 많이 잊었다. 일상 이곳에서 익어진 말을 많이 썼으나 다급한 상황에선 그곳 말투가 은 연중에 튀어나와 태어나 자란 곳을 깊이 숨기지는 못했다.

어린 나는 병약해서 툭하면 고뿔이나 몸살을 앓았다. 그 때면 외동할미는 한이불 깃을 자근자근 눌러 갇힌 공기를 빼내며, 벌겋게 열에 들뜬 나를 마치 어미 소가 송아지를 혀로 핥는, 그런 지독舐犢이나 하듯 애틋한 내리사랑을 쏟 아냈다.

"에이고, 우리 방공이. 오뉴월 도독늠 빙에 걸리믄 한이 불 덮고도 벌벌 떤다카이. 이불 속이 덥다캐서 활개치지 말 고 꼼짝없이 잔딩이가 후꾼거리도록 진득이 지져 대거라."

물론 방공이란 외손잘 위하니 절굿공일 귀애하라는 속 담에서 빌었다. 나를 그렇게 부를 땐 십중팔구 애상스러운 심사가 돋아서였다. 그 애칭은 내 귀에도 곰살갑게 들렸다. 외동할미가 내게 퍼주는 정이 화수분 같게 느껴질 때도 바 로 그런 때였다.

"할머니, 한이불이 머래요?"

두 콧구멍 끝에 농포 같은 콧물이 달린 주제로서 뭘 알 겠다고 되묻는 꼬락서니에 말문이 막힌다는 듯 외동할미 는 나의 바짓단을 벗겨내려 알궁둥이를 귀애 죽겠다는 듯 조몰락거려 주고 난 다음 수고비를 뜯어내듯 볼기짝을 찰싹 때리면서 물음에 늦은 대답을 했다.

"이런 저슥, 소캐[솜]를 많이 넌게 한이불이라 안카나."

그나저나 온갖 일에 꼬치꼬치 마 파듯 알고자 안달하는 내게 호기심이 유별난 애라면서 체머릴 흔들긴 했다. 그러나 귓등으로 흘리지 않고 일일이 대거리해서 아이의 호기심을 일찍 부추겨 성향이 그런 쪽으로 성장케 했다. 그러다간 가끔은 먼 산을 바라보며 나도 이해할 수 없는 혼잣소리를 중얼거렸다.

"나와 그리 인연 됐는데 부디 서럽게 크지는 마라."

내가 신문사 문화부 기자로 입사했단 전갈에 외동할미의 첫 반응은 무릎부터 쳤다. 그다음 웃으면서도 흐르는 눈물을 손등으로 훔쳤다. 그리곤 몹시 들뜬 목소리로 스스로 예단에 감탄한 듯 반가운 목소리로 말했다.

"우리 방공이, 갓난쟁이 때부터 뭐든 쌔물시럽게 알라고 했제. 배나무 아래 죽은 지렁이 보고도 꼬치꼬치 마 파고 그카더니만……. 갸는 언젠가 근원부터 알고자 파고드는 성정으로 봐선 그 직업이 개에겐 지당해."

2

어머니인 정혜가 폐암으로 죽었을 때, 나는 6과 9도 구분 못하는 다섯이었다. 친가 쪽에 연고가 없던 내 양육 문제는 외가댁으로 여겨온 외동할미네 가족의 결단에 달려 있었다. 누가 데려다 책임지고 양육하겠느냐고 큰 외삼촌이 먼저 말문을 열었다. 외할아버지가 생존했다면 자식들 눈치를 살피지 않고 결정했을 문제였다. 그런데 외동할미와 외가 친척인 두 외삼촌 부부와 이모 부부 두 쌍이 참석한 아홉 명의 자리에서 양육 문제로 왈가왈부했다. 외동할미와 큰 외삼촌을 제외한 그들 일곱 명은 화제에 깊이 끼어들지 않으려는 듯 서로 눈길을 피하며 실어증 환자처럼 입을 다물고 있었다. 누가 가장 늦게 참견하나 내기하듯 눈길마저 아래로 내려 깐 채 눈치 돌림만 해댔다.

그들은 나를 찐더운 팔월 풀밭의 진드기처럼 여기는 눈치였다. 제발 내 몸에 옮겨붙지 마라, 그리 냉랭한 표정들이었다. 그러면서 어미 닭을 잃은 병아리 같은 나를 닭장에서 쫓아내려고 정수리에 땀이 내배도록 머리통을 굴리고 있었다. 하긴 나는 고집이 세단 소리에다 모든 일에 성가시게 뛰어드는 '골치를 매우 썩이는 애'로 이미 그들에게 낙인이 찍힌 눈 밖 아이였다. 그런 나를 맡으면 교육까지 시키는 부담을 안아야 하므로 방 안에서 멀리 달아나고 싶은 얼굴로 큰 외삼촌 애길 건성으로 듣고만 있었다.

말귀를 알아듣는 나는 큰 외삼촌 명에 따라 윗방에 감금되다시피 갇힌 채 안방에서 오가는 말에 청각을 고추 세울 수밖에 없었다. 내 앞날이 걸린 문제기에 긴장을 놓지 못했다. 외가 끄나풀들을 큰소리로 추궁하는 큰 외삼촌 목소리가 내 귀에 낱낱이 들려왔다. 나를 외갓집에서 몰아내려는 음모가 꾸며진다고 여겼다. 몸이 확확 달아올랐다. 사방 벽을 이리저리 뚫고 아빠 엄마가 나타나길 간절하게 마음속으로 빌기까지 했다. 울고도 싶은데 울음이 나지 않고 혼자인 게 그저 두려웠다. 나는 쿵 무너지는 다급한 마음으로 사잇문을 벌컥 여닫고 정신없이 안방으로 내려갔다. 외가 끄나풀들은 말하던 입을 갑자기 다문 채 뜨악한 표정으로 골칫덩어리인 나를 짐스럽게 바라봤다. 나는 외동할미 치맛자락을, 냇물을 건너는 어미 저고리에 매달린 갓난아이 손아귀처럼 절박하게 움켜잡았다. 그 손아귀에는 외동할미로 가는 애원이 담겨 있었다. 찰거머리처럼 죽자 사자 달라붙어야만 외갓집에서 생존 가능하다는 걸 깨달았기에 참새 다리 같은 손가락이지만 탄탄히 검잡아야 했다. 생사 갈림길에 사색이 된 내게 큰 외삼촌은 여느때와 달리 조용하지만 묵직하고 엄한 목소리로 명령했다.

"이섭이는 바깥에 나가서 놀든가, 윗방으로 되올라가든가 해라."

대답할 말을 찾지 못한 나는 외동할미 치맛자락 안 옷을 손톱이 빠질 만큼 단단히 조여 잡았다. 뼈만 잡히도록 딱딱한 발목, 따뜻한 촉감이 가냘픈 손안에 생명줄처럼 느껴졌다. 그 뼈마디 어디든 내 뼈를 문고리처럼 박아 두지 않으면 몸속에 흐르는 핏줄에서 이탈해 이들 아홉 명과 남남 처지에 놓일 성싶었다. 외동할미 곁을 떠나 어디든 보내진 다는 상상을 하면 눈앞이 깜깜해서 손을 부들부들 떨었다. 다시 언성을 높인 큰 외삼촌의 엄혹한 목소리가 내 고막을 꽹과리 치듯 두들겨 댔다.

"이섭아! 어서 이 큰 외삼촌 말 들어라. 그래야 혼나지 않는다. 어서."

큰 외삼촌 목소리가 커질수록 나는 외동할미 치맛자락 안 발목을 더욱 단단히 조여 잡았다. 부들부들 떨려 대답도 못 한 채 그녀의 눈을 찾아 매달렸다. 외동할미는 축축

한 눈을 비비고 내려오는 참에 콧물을 흥 풀어내곤 큰 외삼촌에게 대들 듯 말 못을 박기 시작했다.

"어린 아를 너무 흘기지 마라. 그도 아비어미가 없어 서럽게 이리저리 부대끼는 아를⋯⋯."

냉정히 말막음한 다음, 어미 닭처럼 나를 품으로 끌어당겨 깊숙하게 품고 들썩이는 내 어깨를 다독이며 나를 타이르듯 또 스스로 다짐하듯 말했다.

"우리 방공이 너무 걱정말거래이. 이 외할미가 어찌하던 널 서럽지 않게 키울 끼다."

조곤조곤하게 이르곤 내처 자식들에게 싸늘한 눈길을 보냈다.

"매정하기 짝없는 것들! 혼자 남은 게 이섭이 책임이냐? 갸가 여길 떠나 어디서 살것노. 이 망할 것들⋯⋯."

외동할미는 눈물이 가득 묻은 내 양쪽 귀뺨을 손바닥으로 강아지 혓바닥처럼 쓸고 또 쓸었다.

3

내가 외갓집에 도착했을 땐 바투 해야 얼굴을 비로소 알아볼 만큼 컴컴하게 저물었고 친척들이 방마다 꽉 차 왁자

지껄했다. 차려주는 저녁상을 물리고 마당가에 혼자 서성
거리는데 외동할미와 단짝으로 지낸 이웃집 옥주할머니가
반갑게 다가와 손목부터 덥석 잡았다.

"턱수염이 돋은 이섭일 이렇게 살아서 보니 참으로 반
갑네. 먼길 오느라 피곤했을 텐데 여긴 시끄럽고 좁아 잠
자리도 불편할 텐데 오늘 밤은 그만 우리 집에서 자자. 너
에겐 내가 니 할미와 무엇이 다르냐? 나도 니를 많이 업어
주고 또 코도 자주 닦아주고 한 거 알제?"

아직도 잊지 않고 기억해 낸 그 말은 맞았다. 외동할미
가 이 마을로 시집온 다음부터 둘은 식물의 떡잎처럼 늘
곁에 붙어살았다고 들었다. 그러니 나에겐 외동할미와 다
를 바 없게 친숙한 사람이었다. 옥주할머니네에 간 내가
몸을 씻고 난 뒤, 머리를 털면서 마루 끝에 걸터앉자, 옥주
할머니는 뒤뜰 어둠을 더듬어 자두나무에서 자두를 훑어
왔다.

"꽤가 올핸 일찍 익었다. 이섭이 니가 어릴 때 무척 좋아
했던 꽤다. 파삭 익지 않았지만 한번 먹어봐라. 아직 시긴
시어도 빼물면 옛 생각이 절로 날 거다."

"벌써 꽤 철이네요. 참으로 오랜만에 먹어 봅니다. 맛있
게 먹겠습니다."

"지금 생각해도 그래. 외동할미가 아니면 니가 세상에 있었을까? 물론 태어났으니 어딘가에 있긴 있었겠지. 그러나 지금처럼 그렇게 성공하진 못했을 거다. 외동할미는 겉은 차고 엄해도 속정은 한없이 깊었지. 내게도 참 좋은 할미였다. 그런 외동할미가 외할아버지 뒷발치에 반쯤 몸을 바짝 붙이고 처음 마을에 들어설 땐 자태 곱기가 분홍색 목화 꽃잎과 같았다."

그렇게 말머리를 잡은 옥주할머니는 기어이 외할아버지와 외동할미 얘기를 슬슬 풀어내기 시작했다. 내가 졸지 않도록 단속하려는 듯 가끔 말의 중간을 자르고 한마디씩 나를 향해 말을 던졌다.

"이섭아, 지금 얘긴 니가 반드시 알고 있어야 할 얘기라서 내가 지금 이래하고 있는 거다. 외동할미가 돌아갔으니 앞으로 못 들을 얘기다. 그러니 잘 들어 두어라."

4

외할아버지 이름은 봉수였다.

빈농의 둘째로 태어나서 물려받은 재산은 쥐뿔도 없었으나 골목길이 꽉 찰 만큼 덩치가 우람했다. 천성이 유순

했고 부지런해서 장년을 지나면 의식에 풍족함을 누릴 관상이라 마을 사람들은 내다봤다. 그런 봉수를 농토깨나 있다고 떵떵거리는 황감나무집 천봉이 탐냈다. 미끼는 외동딸 효실이었다. 누가 보든 효실은 사내를 받아들이긴 아직 어렸다. 나이 차이야 여섯이지만 이제 열한 살인 터였다. 천봉이 봉수아버지에게 술을 질탕 퍼먹여 정신이 혼만 해지자, 효실을 며느리로 줄 테니 아들을 데릴사윗감으로 달라고 꼬드겼다. 모아둔 재산이 없으면 며느리조차 들이기 어려운 시절이긴 했다.

"정히 바란다면 그렇게 하지 뭐."

술 두어 번 사 주고 네 마디에 천봉은 봉수를 낚았다. 집안 일손 하나인 딸을 내보내지 않고도 덩치 좋은 일꾼 하날 늘인 셈이니 밑진 장사는 아니었다. 군입에 뭔가 짓씹을 거리를 찾던 마을 나팔수들이 이때라 여긴 듯 성능을 발휘하기 시작했다.

"양심도 없는 사람, 데릴사윗감이 아니라 잘 길든, 힘센 황소 한 마리를 도둑질했네."

"장사꾼도 그렇게는 안 속여. 문물 교환할 땐 제 물건 격에 맞게 골라야 남들한테 욕 안 먹지. 열한 살 딸을 미끼로 하다니 이건 야바위꾼도 엄두도 못 낼 탐욕이지……."

"아암, 사람이 그러면 못 써. 양심에 털이 돋아도 이발기계가 고장 날 만큼 수북하게 돋은 놈."

예측한 대로 천봉은 봉수를 황소 부리듯 했다. 거기까진 참을 만했다. 변덕이 소금 담긴 양재기 안 미꾸라지 배 뒤집듯 하니 어디다 비위를 맞춰 대응할지 판단조차 못했다. 또한 마치 행위 보따리가 강풍에 지붕 위 기왓장 배열의 흐트러짐을 보듯 산만했고, 급한 성격에 사소한 일에도 까탈이 많았다. 그리 병적이라 여길 만큼 행동마저 들고나니 봉수는 고된 농사일보다 변덕스러운 천봉의 행위 짓거리에 학을 떼지 않을 수 없었다. 어린 딸 배필이 아니라 농우로 작정하니 효실이 성년에 다다르기에 앞서 몸이 남아나지 않을 성싶었다. 앞일을 생각하면 소금 짐 지고 코 꿰인 채 가시덩굴 속으로 끌려 들어가는 제 모습이 눈앞에 불 보듯 빤해 보였다. 그럼에도 효실을 봐서 사 년을 이 악물고 꾹 참고 견뎠다.

그 시절 사람들은 좌절 대안으로 죽음까지 선택하지 못했다. 생활이 어려워 물자로 얻는 풍요나 정신적 만족을 느껴본 적이 없었으므로 아직 이루고자 하는 목표가 남았다고 여겼다. 그런 세대라 '죽을 지경'이라도 고난을 뛰어넘어 희망 언저리까지 발목이 부러져도 다가가 봐야 했다. 그조차 목숨을 아껴야 가능한 일이다. 머슴이나 종이 사람대접을 못 받으면서도 숲으로 들어가 짐승과 살지 않고 인간에 들러붙어 핍박을 받으며 사는 건 사람은 짐승이 아니기 때문일 터였다. 또한 농경사회에선 머슴도 일상은 고되지만 노동력을 공급하고 새경을 받는 엄연한 직업인이었다.

작심한 뒤 도망치자면 방법과 길은 어디든 있었다. 우리에 든 짐승도 몰아치면 울 밖으로 뛰쳐나간다. 사지가 멀쩡하면 머슴 살 자리는 농촌 어디든 얻을 수 있던 시절이었다. 봉수는 도망이 아니라 감옥에서 탈출이라 여겼다. 결심을 굳힌 날 봉수는 효실의 검정콩 같은 눈동자를 들여다 봤다. 장차 신랑이 될 봉수에게 드나나나 내 신랑이지 하듯 천진한 웃음을 보내는 그 철부지한 눈매에 양심이 찔렸다. 사 년 지났지만, 여전히 나이보다 어릴 뿐 짝을 바라보는 눈길이 아니라 큰 오라버니를 바라보는 막내의 천진한 눈매였다. 그러나 그 눈에다 아비인 천봉의 몹쓸 성벽 때문에 떠난다는 말은 차마 건넬 수가 없었다.

"내가 너에게 참 많이 미안하다."

"내가 너무 어려서지요?"

"너는 어리고 내가 나이가 많긴 하다만……."

"어차피 신랑 색시해서 오래도록 같이 살 건데 조금 늦는다고 그게 그렇게 미안해요?"

봉수는 말을 이으려니 눈앞 것의 가녀림에 눈길이 흐려지고 말문이 막혔다. 그러나 작정한 이별인 만큼 내처 입을 열어야 했다.

"쥔어르신 몰래 내 어디 좀 다녀오마. 그러니 너만 알고 있어라."

"오래 기다리지 않도록 할 거지요?"

"언제든 잠깐이라 생각하면 세월은 금방 갈 거다. 그게 세월이다."

"잠깐이면 잊지 않고 금방 오겠네요."

"응, 금방이다. 잊다니. 너에게 죄가 될지 모르지만 어떠하든 한 번 인연이 된 내가 널 어찌 잊을 수야 있겠냐?"

효실의 새까맣게 빛나는 머리를 한 번 앞가슴에다 품어주고 대문을 나섰다. 갈 곳을 정하지 못한 채였다. 대범하게도 방목한다면서 천봉의 눈을 속이고 집 안 돈 덩어리인 소를 몰고 탈출했다. 빈손으론 십 리도 갈 수가 없으니 소용될 경비 때문에 그 짓이라도 안 할 수 없었다. 들키면 절도가 아니라 일한 새경을 받은 셈이라 둘러댈 참이었다.

그리 작정하니 소를 도둑질한 일보다 효실에게 죄지었다는 자책감에 발걸음이 무거웠다. 그러나 뭣보다 몸은 새장에서 벗어난 듯 새털처럼 가볍긴 했다. 소를 팔아 치운 걸음에 봉수는 추적에서 하루바삐 멀리멀리 달아날 생각으로 부리나케 내달았다. 가진 게 없는 사람은 한곳에 머물기보다 떠돌아야 먹을거리를 얻을 수 있는 시대였다.

5

7번 국도를 따라 경주 외동까지 단걸음에 왔다.

이리저리 지체하면서 마음 내키는 곳을 찾다 보니 사백칠십 리 행적을 남겼고, 오면서 발 빠른 사내가 사나흘 뒤 쫓아도 잡히진 않겠다는 의지로, 또 쫓는 자가 오다 지쳐 돌아갈 거리까지 요량하면서 무턱대고 멀리 온 터였다. 찾아든 집이 목화 농사를 생업으로 하는 석태집이었다. 목화씨 파종기는 사월 하순에서 오월 상순까지지만, 미리 땅심을 돋우자면 퇴비를 내고 따비질을 해야 한다. 또한 김매기와 솎아주기가 끝나면 결과지結果枝 발육을 좋게 하려면 순치기도 시기를 놓쳐서는 안 된다. 다래가 터져 새하얀 목화솜이 드러나는 개서開絮는 구월부터 동짓달 추울 때까지 수확을 마쳐야 손실이 적다. 그리고 씨앗을 뺀 솜을 건조하고 타는 일로 오가자면 한 해는 번개 치듯 후딱 지나간다. 단 하루라도 편히 쉴 짬 없는 바쁘고 고된 일이니 가까운 데서 일손을 당겨써도 늘 일손 부족을 느끼는 게 목화 농사였다.

집 대문을 넘어온 봉수에게 석태는 밥부터 먹여봤다. 사람을 들이자면 밥 먹는 모양새도 눈여겨봐야 했다. 굶주린 사람은 음식 앞에서 본성을 여지없이 드러내기에 심성을 엿볼 수 있었다. 맛보기로 허드렛일 몇 가지도 시켜 봤다. 뒷갈망까지 지켜본 석태는 내심 옳다구나 만족감을 숨기지 못했다. 딴은 일손 하나라도 모자라는 판국에 사람 하난 제대로 들어온 듯싶었다. 새경을 정하고 머슴으로 받아들이는 데 주저할 까닭이 없었다. 덩치도 우람한 채 건강하고 부지런한 성품인데도 거칠고 무지함과 미련함이 없어 달리 뭐라 흠잡지 못했다. 석태 눈에는 사람도 저런 게 우량종이려니 여겼다. 주인이 주인다워야 할 품격이 있다면 머슴은 머슴다운 자질이 있어야 하는 법. 봉수가 그런 조건에도 흡족하게 들어맞았다. 더 바람직한 일은 처음 맞은 목화 농사에 적응 속도가 여느 일꾼들보다 빨랐다. 당장 손끝에 걸리는 일에 흥미와 호기심이 없다면 내쳐 천년을 했다 한들 서툴기 마련인 게 목화 농사였다. 그런데 봉수는 목화 농사에 관심이 많아서 이 일 저 일 끼어들길 스스로 즐겼다. 일손을 야물게 익히는 눈썰미도 그만하면 남달랐다.

석태 둘째 딸 선매는 사내를 보는 눈이 밝았다. 그 눈길에 봉수가 찍혔다. 그보다 두 살 아래지만 사내를 보는 눈길은 여리지 않았고 빠른 잇속마저 정확히 챙겼으며 성격 또한 야무졌다. 그녀는 봉수를 바라만 봐도 가슴이 뛰었다. 옆으로 지나칠 때는 밭가에 서 있는 아름드리 참나무 밑으로 지나듯 위압감을 느끼며 알 수 없는 끌림에 전율이 전신을 밟고 지나갔다. 참나무는 해마다 우람한 몸피를 자랑하듯 알 굵은 도토리를 가득 맺을 만큼 목심이 왕성했다. 선매에겐 봉수가 그런 참나무와 같았다. 그와 살면 튼실한 자식들을 생산할 수 있겠다 싶었다. 그렇게 중압감을 느껴 본 사내를 만난 건 처음이고, 빨려 들어갈 듯 여성 본능이 분출하는 일도 첨이었다. 하긴 봄꽃처럼 무르익은 나이 때긴 했다. 그러나 봉수는 돌처럼 무심했다. 선매는 속상했지만 스쳐지나 남에게 가지 않고 제 곁으로 온 것만도 천만다행으로 여겼다.

퇴비를 내어 갈아엎는 토력 일부터 뛰어든 봉수는 바삐 설치다 보니 어느새 눈앞에 순치기를 한 목화 가지에 다래가 익어 하얗게 터졌다. 목화밭은 구름 조각이 떨어진 듯 하앴다. 두 자 간격으로 만든 두둑에 호미로 구덩이를 파서너 개 종자를 파종한 뒤 발아해서 성장하면 두세 번 김매고 솎아주면서 소나기에 파인 그루에 북도 주었다. 그런 일을 미처 따라잡아 배워 익히지 못할 만큼 벅찼다. 또한 푹푹 쪄대는 칠팔월에는 꽃봉오리가 맺히는 결과지 상태를 좋게 하려고 순치는 작업도 정신없이 해댔다. 꽃 진 자리에 '다래를 따 묵으면 문디이 된다카이.' 그런 말이 무색하게 풋살구만 하던 다래가 금세 하루가 다르게 아기 주먹만큼 커졌다. 이제 구름 조각이 목화밭에 뭉텅뭉텅 박혔다. 풍만한 목화밭 풍경에 힘듦을 잊을 만큼 뿌듯했다. 봉수는 오랜만에 보람을 느꼈다.

6

다래가 정신없이 터져 익었을 무렵. 목화를 따던 선매는 얼굴도 안 붉히고 선머슴처럼 당차게 맞바로 봉수에게 물었다. 성정대로 궁금증은 참아내지 못해서였다.

"억수로 늦었긴 한데 내 니를 좋아하는 거 닌 우째서 모르나?"

물음을 받은 봉수가 외려 당황해서 얼굴을 붉혔다. 어려도 너무 어려서 부끄러움을 감추지 못하고 얼굴만 붉히던 효실이 머릿속으로 불현듯 스쳤다.

"싫어하지 않는다는 걸 조금 알았다만, 말 안 했다."

"좋으면서 와 말 몬했노? 그게 을매나 마음에 꽉꽉 차올라야 저절로 입이 터지나? 뭐가 무서버서…….

"얼마라고 금을 그을 순 없다만 소문이 날까 봐. 또 오…….

"소문이 니겐 그케 무섭더노? 또오는 또 뭐꼬?"

"내가 어디 널 넘볼 처진가."

"에이고 참말 식겁하것다. 못난 짓 고만해라, 그래 내 니보다 잘 난 게 뭐 있노?"

둘 다 양보 없이 하얗게 터진 목화송이를 하나씩 딸 때마다 공깃돌을 던지듯 한마디씩 주고 되받았고, 또 잊지 않고 눈길을 맞추는 김에 은근한 웃음을 찔끔찔끔 건넸다. 앞가슴에 두른 보자기 안으로 하얀 목화송이가 금세 차올라 임산부 배만큼 부풀어 올랐다. 선매는 가슴이 펄펄 끓어오르는데 마음을 통째 입으로 뱉어내지 못하니 속에서 천불이 일었다.

닷새 뒤 목화밭에서 선매는 끝장낼 듯 다시 봉수 마음을 찔렀다.

"한번 생각해 보긴 했노. 앞으로 우얄끼고?"

"머를?"

봉수도 나름대로 고민이 없진 않았다. 이제 고향으로 돌아간들 효실과 맺어질 순 없지만, 그녀의 새카만 눈이 눈앞에 밟혔다. 어려서 맺은 언약도 지켜야 할 약조였다. 그러나 배신한 채 소를 도둑질해 간 사내를 기다리고 있을 성싶진 않았다. 아비인 천봉의 성정을 봐선 서둘러 출가시켰을 거다.

"우야노. 닌 내 말이 말 같잖았노? 남은 속이 수껑처럼 타는데."

"나라고 가만있었겠나."

"인자 여기 온 지 오 년 안 됐노? 고향엔 가고 싶잖노?"

옹종치 않은 성격이라 선매는 드러내놓고 다그쳐 물었다.

"가고 싶을 때도 있었지마는 지금은 때가 아닌 것 같다."

"그카나, 나 땜서? 내 또한 엄청 고민시럽다. 니만 좋다면 이제 아부지께 말씀드릴 끼다. 내게 억수로 혼담이 들어오는 갑더라. 식겁묵을 일이제. 내 인자 더나 배겨낼 수 없다카이. 니가 학실하고 분명히 말캐라, 그라믄 내 니 뜻을 따를 끼다."

"나도 요즘 해골바가지가 깨질 듯 아프다. 언제든 고향에 가긴 가야 하는데 아직 어떻게 할지 분간도 못하겠다. 니와 결혼하재도 영 자신 없고……."

"니 시방 그게 내게 할소린가, 야가 와 이라노? 그럼 내 물으마. 니 목화 농사할 자신은 있긴 있노?"

"그것도 확실하게는……."

"그람 흥미는 있노?"

"그 일은 싫진 않다."

"그럼 괘않다. 일 학실이 배우자면 앞으로 몇 년 더 걸릴 거 같노? 한 삼사 년?"

"아니다. 해 보니 앞으로 오 년쯤 돼야 가지[강아지] 눈 뜬 만큼……."

"뭔 말인지 내 알겠다. 이제부텀 니 내 말 잘 듣거래이. 내 아부지한테 허락받으마. 니캉 결혼해서 여기서 오 년 동안만 더 살끼다. 니 고향 마을에선 목화 농사를 하지 않는다면서? 그곳 땅 성질을 모르겠다만 내 오 년 뒤 그기

34

돌아가 목화 농사를 할끼다."

"목화농살 하자고. 그곳에서?"

"와, 놀래나. 내 마음은 못 변한다. 그래 알거래이. 우리가 묵고 사는데 그 일 말고도 억수로 많을 끼다. 그러나 내 기왕지사 할 거 성공하는 일을 하고 말 끼다. 내 목화 농사로 성공할 수 있다카이. 앞으로 오 년 동안 목화 농사일을 열씸히 배우고 익혀 노면 부지런히 벌어서 땅을 마련할 돈도 챙겨 가야 하지 안켔노? 내 마카 아부지께 말씀드려 도움도 받을 끼다. 내 니랑 목화 농사에 이판사판 매달려서 살고 싶다앙카나. 그라니 니도 자신을 가져야 할 끼다."

"어르신이 허락하려나?"

"이바구는 안캐도 내 눈엔 이미 마음에 두는 갑더라. 우째 그 눈치도 모르노. 아부지가 니를 빗대 형부가 게으르다고 늘 타박해 쌌는데 그거도 눈치 몬 챘노?"

7

봉수는 떠난 지 십 년 만에 도망길로 거슬러 돌아왔다.

외동댁 선매에겐 산 설고 물설고 사람마저 낯선 땅에 닿은 첫 발걸음이다. 산이 가파르게 높고 골짜기마저 어둑하게 깊은 데다 경사진 토양마저 메마르고 거칠었다. 그런 땅에서 삶을 겪고 살아온 사람들이라서 그런지 아카시나무 삭정이처럼 성품이 모질고도 메마르게 까칠했다. 딴은 삶조차 각박해선지 여유조차 없는 듯 보였다. 그러나저러나 그들은 결혼에 앞서 약속했던 땅으로 희망을 안고 돌아온 터였다. 외동댁은 거친 풍토, 낯선 풍습에 적응해야 했다.

외동 풍습에선 그랬다. 딸이 시집갈 때 가마 안 요강에다 목화씨를 담아 보냈다. 시집가서 목화를 재배하라는 분부가 아니라 기운이 펄펄 넘치는 가마꾼들이 젊은 새댁 소변 소리를 들을까 싶어 방음막이 구실로 챙겨 넣었다. 외동댁은 요강이 아니라 부대자루 가득 목화씨를 담아 봉수 등에 메어 왔다. 따져보면 목화씨만 달랑 온 게 아니라 먼 곳으로 딸을 시집보내는 부모 염원이 낱낱에 묻어온 셈이다. 멀리 시집보낸 딸이 그곳에서 목화와 같이 새끼를 쳐 번성하길 소원했기 때문일 터였다. 목화 씨앗이야말로 사람에게 따사한 온기로 감싸주는 솜을 공급할 밑씨였다. 이제 머지 않아 기껏해야 여섯 자 남짓한 식물이 엄동설한 이곳 사람들 언 몸을 따사하게 감싸줄 솜을 공급할 테다. 앞으로 선택한 땅에다 파종할 때 씨앗을 물에 적신 다음 나뭇재에다 묻혀 손으로 낱낱이 심어야 할 일부터 시작할 판이다. 씨앗에 잔털이 남으면 서로 엉켜 수분 흡수를 방해하므로 정성껏 관리해야 한다고 석태가 파종 준비를 할 때면 입에 침이 마르도록 이르고 일렀던 씨 간수 비법이었다.

고향으로 떠나기에 앞서 석태는 봉수를 데리고 목화밭을 두루 둘러보면서 재배 적지를 선택하는 안목까지 소소히 알려 주었다. 목화는 곧은 뿌리로 커가는 식물이므로 지심이 깊어야 하고 열대성 식물이라 일조량을 충분히 받을 수 있는 곳으로 성장기에는 가뭄을 타지 않는 곳이 적지라 했다. 또 개서에 앞서 일찍 서리가 내리는 해발이 높은 곳과 응달은 흉지凶地라 피하는 게 상책이라 일렀다. 그는 땅을 파 손바닥에 흙을 올려놓고 오른쪽 집게손가락으로 이리저리 헤쳐 가며 토양에 관한 안목도 길러 줬다.

"뭐니 뭐니 했싸도 목화밭은 땅을 잘 고르는 기가 상수다. 그러나 땅도 땅이지마는 기중 중요한 기 열정이지 안 캤노. 선매 갸가 자네보다믄 목화 일에 관해선 선생이나 다를 바 없으니 내 한걱정 놓을 끼다. 언제든지 가 말만 따르면 살[쌀]이 서 말일 끼다."

"예에, 장인어른 명심하겠습니다."

"그라고 세상을 살자면 이런 말도 기억해 두거라. 산이 내 산이가, 꿩이 내 꿩이가, 포수가 내 아들놈이가. 그 말이 무신 말인 줄 알제. 시상에 올바르게 믿을 놈이 없단 소리다. 세상살이가 그만큼 냉정해서 외로운 것이다. 그라카니 두 눈 똑바로 뜨고 정신 바짝 채리고 살 거라."

외동댁은 신접살림을 거둬 챙기느라 한동안 고생깨나 했다. 당장 급한 일은 목화를 재배할 땅을 보러 다녀야 했다. 남편을 앞세우고 인근을 이 잡듯 뒤졌다. 봉수는 장인 석태가 일러준 대로 땅의 성질을 알려고 밭 복판과 가장자리를 파 보기도 했다. 몇 군데를 휘둘러보던 외동댁은 낙담한 표정으로 입을 열었다.

"쉽잖네. 이제껏 본 게 마카 영 신통찮네. 살 깊으면 응달이라 햇볕이 부족할 끼고 양지쪽은 메마르고……, 참 우짤지 당최 모르것네?"

"이곳은 그곳보다 추우니 조금 더 얹어 주더라도 낮은 데로 택해야지. 뭐 별수 있나."

"우짜노 그래케야지. 그나저나 인자 당신이 땅을 부지런히 걸궈[걸워]야 하는 게 제일로 큰일이구마는."

"거름 장만하자면 소도 쳐야지 않겠나."

"우예노, 그래싸야지."

경작지로 구매할 땅을 훑을 때 봉수는 천봉이 소유했던 땅과도 마주쳤다. 봉수가 마을에서 떠난 뒤 일어난 6·25 전쟁은 태어난 사람보다 저세상으로 보낸 사람이 많았다. 그러니 얼굴 아는 사람보다 낯선 사람이 많을 수밖에 없었다. 몇몇 젊은이는 끌려간 채 소식이 끊겼고, 알만한 늙은이들은 부역으로 비참하게 생명을 땅에 묻었다. 재산깨나 있던 천봉 부부도 그 난리를 피하지 못한 채 세상에서 떠났음을 알았다. 소를 훔쳐 달아난 까닭인지 머릿결이 까맸던 효실의 안부가 궁금했다. 스물둘에 결혼한 효실은 세 살짜리 딸아이 하나를 남기고 죽었다고 했다. 그 아이가 남의 집에서 자란다는 소문까진 확인했다.

천봉에게나 효실에게 소값을 갚겠다는 결심도 무망했다. 봉수는 효실 얘기를 가슴에만 묻고 외동댁에게 내색하지 않으려 했다. 농토깨나 있다 해서 마을에서 거드름 피우는 꼴에 눈총깨나 받은 논밭들도 이리저리 주인이 바뀌었다. 그 땅과 마주한 봉수는 가슴이 터질 듯 착잡했다. 천봉의 소유지만 사 년 동안 눈 뜨기 무섭게 피땀 뿌렸던 땅이었다. 주인은 있었으나 버려진 땅처럼 보였다. 땅이 아니

라 내 몸 한곳이 버려진 듯 가슴이 아팠다. 봉수는 무슨 수
단을 쓰든 그 땅을 소유하고 싶었다. 그 땅을 사려고 혼자
가슴에 묻자던 효실의 얘기를 외동댁에게 해야 할 정황에
닿았다. 외동댁의 눈에도 그 땅은 목화를 기를 만한 곳으
로 보였다. 얘기를 듣고 난 외동댁이 땅이 아니라 효실의
행방을 담담한 표정으로 물었다.

"그 사람들 소식은 모르는 기오?"

"그 사람은 남편이 죽은 뒤 얼마 안 가 딸아이 하나를
남기고 죽었다는 소식만 들었소. 남의 집에서 자라다가 결
혼한 모양이오."

"소를 훔쳐 갔으니 어디에든 갚긴 갚아야 하겠지요?"

"지금도 마음은 그렇소. 그러나 이제 어쩌겠소. 되갚을
길도 없잖소? 그건 그렇고 이 땅은 내 손길을 거쳤기에 성
질은 내가 잘 아오. 이 땅은 어떠하던 우리가 사야 하오."

"사연도 있고 한때 당신의 피땀을 흘린 땅이니, 마 그래
합시다. 내가 보긴 토질도 좋아 보이네요."

그들은 그런 땅에다 목화를 심었다. 마을에선 낯선 작
물이었다. 그동안 거두지 않아 거칠어진 땅이 그들의 거
름 손을 받아 기름진 토질이 됐다. 땅이 운때에 맞는 듯 외
동에서 온 목화씨를 품어 들여 싹까지 길러냈다. 외동댁

은 낯선 땅에서 목화 농사에 성공하고 싶었다. 그러나 현실은 하나를 해결하면 또 다른 일이 곰비임비 기다리고 있어 눈앞으로 닥쳐드는 정황은 언제나 녹록하지 않았다. 개화기에 비가 많으면 꽃이 지거나 꽃봉오리가 떨어지는 낙뢰현상落蕾現狀이나, 어린 다래의 낙삭현상落蒴現狀으로 한 해 농사를 망쳐 친정으로 달아나고 싶을 때도 있었다. 어떤 해는 성장기에 비가 많이 내려 수확량이 저조했고, 또 여느 해는 개화기에 장마가 길어 핀 꽃이 지고 꽃봉오리도 떨어지는가 하면 일조량이 모자라 커가던 다래가 쏟아져 한 해 농사를 접기도 했다.

목화 농사가 궤도에 오르자 이웃에서도 한두 집 재배에 뛰어들더니 이내 몇몇 집으로 번져갔다. 예전 마을에선 일머리를 잡아 줄 선도자도 없을뿐더러 전통 농작물 경작에서 한 발짝도 벗어나지 않고 곧이곧대로 대대로 이어온 곡물 농사에만 의존했다. 가물면 가문대로 장마가 길면 긴대로 또 풍년이 들든 흉년이 들든 팔자소관으로 여기며 순응에 젖은 삶을 살았던 마을이었다. 사람들이 타성에 젖어 고집스러울 만큼 미련했다. 외동댁은 무슨 이런 마을도 있나 싶어 머리를 내저었다. 그녀는 이곳 음양지는 물론 비

탈 평지까지 목화밭으로 뒤덮고 싶었다. 그래서 옛 풍습에서 깨어날 줄 모르는 마을에다 덮고도 남을 목화밭을 만들어 만개한 다래가 솜 바다를 이루길 희망했다.

먼눈으로 바라보던 마을 사람들이 외동댁의 목화 농사에 관심을 보이기 시작했다. 손수 따뜻한 겨울 옷가지와 이부자리를 만든다는 생각보다도 솜이 쌀보다 비싸 돈 된다는 사실에 눈을 떴다. 이때 만난 첫 이웃이 옥주어미였다. 객지라 홀로여서 더욱 외로울 때 잠깐, 잠깐이라도 기대 의지할 사람이 그리워 먼 산을 자주 멍하니 바라볼 때 그녀를 만났다. 여느 사람들은 눈앞에 벽을 쌓고 눈길도 주지 않았으나 그녀는 무리에서 마주 달려 나왔다. 첫눈에 말을 먼저 걸고 싶은 여자였다. 하는 말도 말수에 적당했고 쓸 말만 가려서 골라 하니 피곤하지도 않았다. 외동댁은 다섯 살 아래인 그녀에게서 화사하게 익은 복숭아 향과 달콤한 포도즙처럼 좋은 사람 냄새와 끈끈한 정을 느꼈다. 외동댁은 소위 바닥에서 같이 자란 '동네 오빠'와 결혼한 옥주어미 입으로 마을 사정은 물론 집집 형편을 전해 들으며 나름대로 동네 내력을 짐작했다. 지형 탓으로 벗어날 수 없는 빈촌이라 사는 형편이 고만고만했다. 그러니 한겨울에 덮고 입는 것들이 부실할 만큼 허술했다. 솜이 귀한 곳이니 그럴 수밖에 없긴 했다.

외동할미는 옥주어미의 말을 듣고 외동에서 손에 익혔던 솜으로 옷가지나 이부자리 만드는 일에 나섰다. 물론 목화 재배로 얻은 솜을 그렇게 이용하려는 결심은 외동에서 떠날 때부터 마음으로 굳혔던 외동할미였다. 옥주어미도 그 일을 배우겠다면서 부담 주지 않겠다고 다짐 다짐하며 곁에 붙어 있다시피 했다.

이불과 요를 합쳐서 이부자리라 하고 여기다 베개를 합치면 금침인데 먼저 이부자리부터 손댔다. 핫이불, 차렵이불, 누비처네, 누비이불, 겹이불, 홑이불을 외동에서 배운 대로 만들어 냈다. 방안 웃풍이 심하고 심하지 않고, 또 땔나무를 억세게 해댈 남정네가 있고 없는 형편에 따라 넣을 솜 두께를 달리했다. 핫이불에는 적게는 열다섯 근, 많게는 스무 근 훨씬 더 써야 물건다운 꼴을 했다. 겨울철 아닌 가벼운 포단은 네 근에서 일곱 근을 써 이부자리를 꾸며야 온기를 제대로 가둬둘 수 있었다. 홑청은 명주로 했는데, 무색은 홍화로 들인 빨강, 지치[紫根]로 들인 자주, 느티나무 잎으로 물들인 초록을 선호해서 마름질하고 시켰다.

거친 땅이 거름으로 기름지고, 기름진 땅이 외동에서 온 목화 씨앗을 품어서 구름밭을 이뤄 작은 외동마을과 같았다. 구름 같은 목화솜들이 홑이불을 부풀려서 헐벗은 마을 사람들의 몸을 덮혔다. 날이 밝으면 몸이 따뜻해진 이웃들이 만나니 마음까지 넉넉해졌다. 외동할미가 오고부터 마을에서 옹색하고 빈한한 냉기가 사라지고 훈훈한 온기가 돌았다. 외동에서 떠나올 때 작심했던 결심이 드디어 결실을 맺기 시작했다는 의미였다. 목화가 거칠고 냉한 땅에다 온기를 불어넣었고 외동할미에게 이부자리나 옷을 꾸미는 방법을 익힌 사람들 사이에도 두텁게 정이 쌓여 갔다.

그나저나 외동할미는 무명매기는 물론 무명을 짜는 손재주까지 출중했으나 예순을 넘기면서 눈마저 침침하고 허리가 부러질 듯 쑤신다면서 베틀에 앉길 꺼렸다. 빼어난 솜씨를 썩히는 게 아깝다고 주위에서 안타까워했으나, 지금이 무명 시대가 아니라 캐시밀론이 이부자리 소재로 자리매김한 지 오래됐고, 죽으면 어차피 썩을 손이지만 재주는 거기까지라 대꾸했다. 그런 결심을 굳히고 나서도 본디 성정대로 애오라지 솜으로 이부자리나 솜옷들을 만드는 일을 손에서 놓지 않았다.

그러던 어느 날, 솜틀집에서 온 손질한 솜 품질이 눈에 띄게 거칠었다. 몇 번 개선해 달라는 말을 인편으로 전했으나 주인은 천성 탓인지, 고집 탓인지 아무런 대척도 없었다. 끝내 물건을 되돌려 보내면서 감정싸움까지 했으나, 절벽에다 외쳐댄 듯 일언반구도 없자 부아가 슬며시 돋쳤다. 내 싫은 소리 해가며 굳이 속 끓일 필요 없다는 생각마저 들었다. 본디 일솜씨가 거친데 타박해서 풀릴 일이 아님을 깨달았다. 마을에서 처음 목화 재배를 시작한 장본인으로서 자긍심도 적잖이 상했다. 부아가 내려앉기에 앞서 목화씨를 빼는 조면기繰綿機도 있는 터라 아예 솜 트는 타면기打綿機까지 사들여 솜틀집 간판까지 내걸 작심했다. 그런 차에 남편 봉수가 예순일곱에 눈을 감았다. 외동할미는 남편 심중에 남아 있던 효실의 빚에 마음이 편치 않았다. 안 들었다면 모를 터인데 들은 뒤부터 늘 마음 한구석에 남았다가 남편을 생각할 때마다 묻어 나왔다. 장례를 치른 한 달 뒤 외동할미가 옥주어미를 조용히 곁에다 불러 앉혔다.

"옥주네야. 지금 솜틀집을 차리려니 일손이 좀 모자라

네. 사람을 하날 써야겠네. 내가 진즉에 생각해둔 사람이 있긴 있는데 자네가 은밀히 한번 알아 봐주게나."

"누굴 말인 기요?"

"내 일찌거니 집 양반에게서 들은 얘기가 있다네. 우리 집 그 양반이 총각 때 머슴을 살던 집 딸네미가 낳은 딸이 근처 어딘가에 아들아이와 어렵게 산다는 소릴 들었다네. 아무도 모르게 한번 알아봐 주게. 이건 본인한테도 비밀이고 자네와 나만 알 일일세."

"아, 제가 짐작하는 데가 있지요."

"그럼 서둘러 주게나."

수소문 끝에 옥주어미를 따라 솜틀집으로 세 살 아이를 안고 들어온 여자가 정혜였다. 미안해하던 죽은 남편 얼굴이 눈앞에 얼찐거렸다. 정혜는 어려서 죽은 어머니인 효실의 얼굴도 모른다고 대답했다. 외동할미는 정혜가 중년에 들었지만 천애고아로 기구하게 보였다. 마음이 짠한 게 아니라 아프기까지 했다. 남편이 팔아먹은 소값을 돌려줄 때가 왔음을 알았다. 며칠 망설이다가 다짜고짜 정혜를 불러 앉혔다.

"애가 순해서 보채지 않고 잘 놀구나. 이름을 뭐라 부르냐?"

46

"이섭입니다."

"이섭이라고, 음 그래? 이제 내 집으로 들어온 이상 이섭이도 있고 하니 방 하날 꾸며줄 테니 그곳에서 지내도록 하게."

"이 은혜를 어떻게……."

"미안해할 것 없네. 사람과 사람이 만나는 건 다 팔자일세. 운명이 기구해 서럽게 자랐다고 마음에 오래 둘 것 없네. 보잘것없지만 지금부터 나를 아예 어미라 부르게나."

8

이튿날 장례식장으로 시신을 옮긴 다음 외동할미 유품이 태워졌다. 한이불 타는 연기 자락이 목화를 재배했던 밭의 녹색 콩잎을 가리고 있었다. 내 눈앞에서 내게 온기를 전했던 한이불이 연기로 사라지고 있는 참이다. 체온을 인간에게서 차근차근 솜 갈피에 담아 저장했다가 바깥 날씨가 꼭짓점을 치닫는 새벽녘이면 지그시 되돌려주곤 했던 한이불이다. 내 몸에서 한이불 은근한 온기가 서서히 걷히는 듯했다. 목화 문화의 상징인 한이불이 사람과 사람 사이에 머물러야 할 온기를 품고 허공으로 가뭇없이 사라지고 있었다. 그때야 비로소 사람들 마음이 이웃에서 멀어져 점점 차가워지는 까닭의 근원을 찾아낸 듯했다. 그러나 나는 빈말이라도 키워주셔 감사하다는 말을 외동할미가 죽을 때까지 그녀에게 전해준 적도 없음을 뒤늦게 깨달았다.

탱자나무집 현자

동짓달 스무하룻날 어머니가 일흔여덟으로 세상에서 떠났다.

지병이 없었던지라 자연사였다. 이웃에서도 하루 뒤에야 알았노라 했던 터, 고고성 내지르며 존재를 알린 목숨을 말없이 지운 셈이다. 그런 정황에서 내게 어머니 죽음을 알린 건 휴대전화기다. 그날 휴대전화기는 가는 신호를 끊임없이 잡아먹으면서 끝내 응답은 뱉어내지 않았다. 대꾸가 없는 물음처럼 세상에 허망한 일이 어디 또 있을까, 입속으로 그런 말이 되돌아 씹혔다. 혹여 해서 비상 연락망으로 전화번호가 남아 있는 이장에게 부탁했더니 비로소 어머니 죽음이 전파로 전해왔다. 이장은 마치 제 책임이라는 듯 앞뒤 말이 뒤섞인 화급한 목소리였다. 본인도 놀라 흥분해서 당황하고 있음이 목소리로도 넉넉히 짐작되었다. 난 손끝에 걸리는 일들을 대충 치우고 서둘러 남촌마을로 떠나야 했다.

　어머니와 통화를 할 때마다 휴대전화기에서는 언제나 어머니 목소리 사이로 고향인 남촌마을 소리가 새어 나올 듯했다. 가는귀먹은 어머니 청각 탓에 휴대전화기 음량을 최대로 높여 놓았기에 자연 소리가 능히 새어들 법도 했던 탓이다. 봄 개구리 울음소리, 여름 매미 울음과 오동잎에 소나기 떨어지는 소리, 겨울나무에 감기는 바람 소리. 사계절 개 짖는 소리. 그런 배경음이 이른 저녁 무렵이거나 늦저녁 어머니 목소리에 섞여 들릴 성싶어 마치 나는 고향 집 방문을 열고 그곳 마루에 나선 듯 현실에서 벗어나 유년기로 되돌아가 있었다.

　"엄마, 나한테 거짓말하면 내가 가만 안 있어."

　"야가 뭔 소리 하냐. 자다가 받아서 목소리만 그렇지, 난 아무 데도 아픈 곳은 없다."

　"그럼, 지금 어딜 가 있느라고 전활 안 받았어?"

　"현자냐? 잠깐 눈 좀 붙였는데 시각이 하마 그리됐냐?"

　"왜 전활 안 받았어? 엄마가 전활 안 받으면 내가 아무 일도 못 한다는 걸 잘 알잖아?"

　"응, 엊저녁에도, 오늘 아침에도 전활 했다고? 엊저녁엔

잠이 안 와서 일어나 풋콩 한 줌 까놓고 잤다. 그러다가 아침에는 깜박 개잠들어 못 받았고……. 이 어미도 명심하고 있으니 너무 뭐라 마라."

"지금 누가 엄말 부르잖아?"

"응 아랫집 윤택이 어멈이 내일 번개시장에 가잔 소리다. 지금 내 귀에도 잘 들린다."

그런 대화 속에 끼어드는 배경음은 기억까지 흔들어 날 남촌마을에다 데려다 놓기 일쑤였다. 산 높고 골 깊어 햇빛이 골목을 세세히 훑지 않고 미치듯이 바삐 지나가는 곳. 알몸으로 뒹굴어도 몸에 때가 묻는 게 아니라 시퍼렇게 풀물이 들 것 같은 산골 마을. 내 유년기에 시선 깊숙이 박힌 풍물 낱낱이 그림 동화책을 넘기듯 머릿속에서 거듭 재생되었다. 그곳 고샅에 박힌 돌과 밭가에 껑충하게 일어선 나무, 이슬진 개울가로 꽃이 하얗게 이는 돌미나리와 밀어 박혀 철철이 꽃 머리를 치켜드는 온갖 풀들. 그리고 나긋하니 코끝으로 스미는 보릿짚 타는 냄새, 콩 타작마당에서 튀겨 달아나는 검정콩들, 그러나 가장 뚜렷한 건 집을 빈틈없이 껴안고 있는 탱자나무 울타리였다.

어머니는 일생 탱자나무 울타리 안에 갇혀 살았다. 가지에서 빳빳하게 일어선 가시 탓인지 우리 집으로 마을 아이들조차 놀러 오길 꺼렸다. 아이들은 가시 공포 때문에 넓게 뛰놀 수 있는 마당 너른 집으로 몰려가곤 했다. 탱자나무 울타리는 홀로 사는 여자에게 향하는 나쁜 소문이 가시에 찔려 울타리 안으로 들어오지 않길 바라는 어머니 마음을 아는 듯, 참새 떼가 매를 피하러 겨우 드나들 만큼 어긋나게 날카롭고 억센 가시가 곁가지까지 촘촘히 돋아나 있었다. 아니 두 길도 되지 않은 나무가 가시로 뭉쳐 사람 손길마저 쉽게 허락하지 않을 만큼 적의를 드러냈다. 그래도 오월에 탱자나무 꽃이 피면 콧구멍을 환히 넓혀 놓고 싶었다. 운향과 식물답게 손색없는 향기를 뿜어내서 여자 홀로 사는 궁기를 마루 틈새까지 말끔하게 씻어내듯 했다. 그 향기는 걸레질이라도 하듯 집 안뿐 아니라 마음속까지 정결하게 씻어내 주었다. 그러나 탱자나무는 꽃으로도, 향기로도 가시를 감추지 못한 채 밖으로 날카로움을 드러내며 우리 집 옥호로 존재했다.

이웃에 얼굴빛이 희끔해서 서울 사람 같다던 동구아저씨가 살았다. 그는 얼굴이 훤해 귀티가 났을 뿐만 아니라

책도 많이 읽어 아는 게 많았는데, 마을 사람들은 좋은 가문을 망친 아비 때문에 용이 될 신분이 지렁이 취급받는다고 쑤군거렸다. 그 동구아저씨가 늙은 총각일 때, 어머니에게 건몸달아 흑심을 숨기지 않았는데 우리 집 탱자나무 울타리를 빗대 능침을 즐겼다.

"오죽이나 가시가 날카로우면 예부터 귀양 간 자를 가두는 울타리로 사용했을까? 현자엄마도 가만히 따져보면 탱자나무 울타리에 갇혀 사니 감옥살이하는 거나 다름없는 기라."

이웃이 언뜻 들으면 안쓰러워하는 위안 소리일 테지만, 속내를 은근슬쩍 비쳐 어머니 마음을 어떻든 움직여 보려는 짓거리였다. 어머니 반응에 앞서 마을 사람들이 속셈을 이미 알아차렸다 싶으면 무안해진 표정으로 능청스럽게 둘러쳤다.

"그래도 북채로는 탱자나무가 젤이지. 소리꾼이 북채가 박과 박 사이로 치고 들어가 북통이 화들짝 놀라듯 '퉁-' 때려 울리는 그 경쾌한 맛에 산다고 그랬지. 아마……."

찬찬히 따져보면 그 말속에서도 어머니로 향한 엉큼한 비유가 숨겨져 있었다. 동구아저씨가 하찮은 사람이 아니어서 먹은 마음을 거친 행동으로 옮기지 않고 입 무거운

사람을 중간에다 넣었다. 동구아저씨 부탁을 가져온 아낙
이 어머니 앞에서 이런저런 군말을 풀어 놓은 뒤 짐짓 의
향까지 떠보려고 입을 열었다.

"현자 하나뿐이니 단출한 몸이잖소. 서로 짝 없는 처지
가 아니오? 그러니 피차 결심하기 쉽지 않겠소. 어떠우?
대답을 저쪽에다 건네주는 게……."

젖먹이인 날 감싸 둘러업고 탱자나무 울타리를 벗어나
동구아저씨에게 재혼하라는 꼬드김이었다. 그녀 권유에 어
머니는 열무의 누런 잎을 손끝으로 툭툭 쳐내던 손길을 갑
자기 멈추고, 그녀 입을 한참 쳐다보다가 눈빛조차 흔들리
지 않고 책에서 글자를 솎아내어 읽듯 또박또박 내뱉었다.

"애당초 그런 맘 갖지 마시라고 내 말을 똑똑히 전하시
오. 내 마음 문은 이제 밖에서 열 수 없네요. 안에서 열어
야 하는데 내가 그만 열쇠를 잊어버렸네요. 그러니 그리
애쓸 필요가 없다는 말 좀 꼭 전해주시오. 아마 그만한 풍
채라면 장터거리에 나가면 한둘은 있을 거니 게서 짝을 맘
대로 고르라고 일러요."

어머니 그 말이 동구아저씨 속마음뿐 아니라 중매한답
시고 나섰던 아낙 발걸음마저 끊게 했다. 동구아저씨는 어
머니 마음을 얻기는커녕 탱자나무 울타리 너머로 넘보다

끝내는 가시에 찔린 모양새가 되어 먹은 맘까지 버리고 시선마저 딴 데로 돌려 삼 년이 지나서야 총각 신세를 면하고 어찌어찌하다 두 아이의 아비가 되었다.

나이 스물다섯에 시집온 어머니는 육 년 뒤 홀로되었으나 아버지 모습에 매달려 나머지 삶을 살아왔다. 그런 어머니에게 재혼하란 권유는 모욕을 느낄 만큼 가혹한 말이었을 터였다. 어머니는 오래전부터 내 귀에다 못 박아온 소리가 있었다.

"저게 사내자식이라면……."

어떨 땐 중얼거림으로, 또 어느 땐 노골적인 말투로 끝나지 않고 눈빛만 아니라 속마음에도 그런 간절함이 묻어 있었다. 내가 아닐 거라 우겨도 이런저런 근거를 붙이며 그도 아버질 빼닮았다고까지 했다. 내가 아버지를 빼닮았다는 말도 부담스러웠는데, 사내기를 원했으니 들을 때마다 나는 귀를 틀어막으며 울기까지 했다. 오죽했으면 당시대에 여자애들이 입기를 꺼렸던 멜빵바지를 나에게 입히려 했겠는가. 멜빵 단추를 쉽게 풀지 못한 채 오줌을 쌌을 때 나는 그냥 죽고 싶었다. 그뿐만 아니었다. 눈매, 콧방울, 귓바퀴까지 아비를 그대로 빼닮았다고 할머니까지 덩

달아 거들고 나섰다. 곱상한 선을 가진 어머닐 두고 뭐든 큼직큼직한 선을 한 아버질 닮았다니 난 그때마다 내 밋밋한 아랫도리를 내려다보며 속을 부글부글 끓였다. 더군다나 나는 아버지 모습을 한 부분도 기억해 내지 못하는 딸인데 그 말은 곧 가시로 변해 가슴을 따끔따끔 찔렀다.

그래서 거울 앞에 서야만 비로소 내 얼굴을 보며 아버지를 어림짐작이나마 그려 볼 수 있었다. 죽은 아버지를 누렇게 빛바랜 사진에서만 이웃집 아저씨 보듯 스쳐보기만 했으니 선연하게 떠올릴 수가 없었다. 다만 움직이는 생물체가 아니라 사진 속 피사체로만 보았을 뿐이었다. 군복을 입은 사내 세 명의 사진인데 '영원히 잊지 말자 우리의 깊은 우정!!' 누렇게 변색한 바탕에 흰 글자가 그렇게 박힌 사진 속, 가운데 키 큰 사람이 네 아버지라 어머니가 손가락 끝으로 가리켰다. 그때마다 어머니 오른쪽 집게손가락 끝이 가늘게 떨렸다. 아무리 눈을 씻고 자세히 이리저리 뜯어보아도 내 눈에는 분명 낯선 남자라 나와는 연관이 닿지 않을 사람으로만 보였다. 더구나 군모를 써서 얼굴 윤곽을 삼분의 일쯤 가려서 판별을 더욱 어렵게 했다.

할머니가 종종 땋은 뒤 검은 고무줄로 챙챙 끝맺은 머리는 조여 아프지만, 아무리 뛰놀아도 쉽게 풀어지진 않았다. 할머니는 모든 일에 일솜씨가 맵짜고 야무졌다. 그 할미 손끝은 늘 똑소리가 난다고 이웃 할머니들이 제 손끝 버성김을 부끄러워했다. 그렇게 야문 솜씨를 가진 할머니도 어머니 말에 지체하지 않고 동조하고 나서기 일쑤였다.

"맞다. 어미 그 말은 영락없이 맞다. 사내자식으로 태어났다면 천생 제 아비다."

할머니는 하늘에다 띄웠던 눈길을 멀리 아버지 묘가 있는 들머리로 보냈다. 이곳 안개는 들머리 너머 숲에서 살다가 동풍이 불며 어디론가 숨었다. 안개가 숲을 삼켜 나무둥치와 굵은 가지만 보일 뿐, 잎은 숫제 보이지 않았다. 비가 오거나 바람이 불지 않으면 안개는 걷힐 낌새조차 보이지 않고 암탉이 알을 품듯 숲을 품고 있었다. 강한 햇볕도 안개를 녹여내지 못한 채 반사되어 튕겨나갔다. 바람만이 안개를 움직였다. 가끔 숲속에서 전해지는 새소리가 오늘따라 더욱 뚜렷하게 들리는 그런 날이다.

"할머니 나 아무리 생각해 봐도 아버지 안 닮았는데?"

"이것아. 닮지 않았다니? 뭔 소리냐? 아비가 설설 길 때 네가 못 봐서 그렇지 고맘때 너와 흡사했다."

곁에 있던 어머니는 할머니 말이 끝나자마자 표정이 환해지며 맞장구까지 쳤다.

"전 그이를 어릴 때 보지 않아서 모르지만, 그랬어요? 그이가 현자 길 때와 같았어요?"

"아암, 지금도 생각나 아비도 그런 동작을 했지."

"또 다른 것은요?"

"으음 그리고 그 뭐냐? 그렇지. 식사 끝은 언제나 밥을 국이나 물에다 말아 먹었다. 그래, 그래 맞아. 신을 접어 신는 짓도 닮았어. 저것 봐 지금도 왼손으로 글씨를 쓰잖아."

물론 뒷말은 나에게 한 말이었다. 할머니는 아버지 버릇을 들춰내기에 굿마당에 들어선 무당처럼 신명 나 있어 입가에 거품까지 허옇게 끼었다. 할머니는 그럴수록 점점 흥을 돋우려는 듯 말을 받아 가며 넉넉하게 보태기까지 했다.

"그것뿐만 아니다. 걸음걸이도 어벌쩡했다. 그래 너도 사내처럼 터벅터벅 걷잖아. 현자야, 네 눈으로 봐도 그렇잖으냐? 그럴 땐 영락없이 제 아비다."

할머니와 어머니 공세에 나는 굳이 부정하려고 바락바락 달려들기도 했다.

"그럼 아버지가 식사 때 어떻게 했어? 밥상에 앉으시면 밥을 먼저 떴어? 반찬을 먼저 집었어?"

"아마 너처럼 밥을 먼저 떴을 거다."

"그런 대답이 어딨어. 그건 확실히 모르지 할머니?"

"보나 안 보나 너를 보면 빤하지 않겠나."

할머니와 어머니는 번갈아 가며 내 물음에 맞장구까지 치며 신명나서 대답했다. 이젠 어머니는 나에게서 아버지 모습을 찾으려는 듯 내 무의미한 행동에도 깊은 관심까지 가지는 처지로 변해가고 있었다. 나는 나에게서 아버지 닮은 부분을 찾아내려고 때로는 꼼꼼하게, 또는 멍하게, 아니면 억지라도 끌어다 붙이려고 애쓰는 어머니 눈길이 부담스러웠다. 어머니는 내가 아버지를 닮았다 하면 얼굴에 금세 생기가 돌았다. 마치 조용한 부엌에서 달아오른 프라이팬에 기름이 떨어지면 튀는 소리와 함께 고소함이 번져 주방 분위기가 소란하고 환해지듯, 어머니는 혼자 속으로 끙끙 앓던 속을 풀어낸 표정에다 희미한 웃음까지 얼굴에다 담았다.

"너 얼굴에서 표정을 거둬내면 아버지 모습이 보인다. 특히 잠잘 때가 그렇다."

어떨 땐 닮은 논쟁하다가 어머니는 갑자기 말을 끊을 때가 있었다. 나도 그때면 말을 삼가고 어머니를 찬찬히 살핀다. 어머니는 내가 동의하지 않는 일로 분명 슬퍼하고 있었다. 슬픔을 이겨내려고 무릎 위에 손을 올려 치마 아래 살을 자근자근 누르기도 했다. 그것이 내 눈에는 속으로 흐르는 눈물을 꼭꼭 찔러 막으려는 행위로만 비쳐 보였다.

그럴 때면 난 고집을 스스로 무너뜨리며 어머니 얼굴에서 슬픔을 지워내려고 광대 짓을 연출해야 했다. 나는 앞머리를 바짝 끌어올려 할머니 말마따나 백 평이나 되는 훤한 이마를 어머니 눈앞으로 바투 들이밀며 애교를 떨어야 했다.

"엄마, 이 이마도 아빠 닮았어? 정말 그래 보여?"

어머니는 내 이마를 찬찬히 뜯어보면서 그제야 밝은 표정으로 고개를 천연덕스럽게 끄덕였다. 난 그 짓에서 멈추지 않고 한 발짝 더 나아가 또 달리 연출해야 했다. 이번에는 어머니 앞에다 발을 내밀어 발가락을 꼼지락거리며 입을 열었다.

"이것도 아빠 닮은 거야? 맞지, 응 맞지. 그렇지 엄마아-."

맑아지는 어머니 눈에는 어느새 웃음이 담겼고 그 파장이 입가로 내려와 피식 터졌다.

"그래 이것아. 아버지도 발가락 마디가 그렇게 등이 굽었다."

"너 아비가 저기에 실려 가는 거다."

할머니가 내게 눈앞에 벌어진 정황을 낮은 목소리로 알려줬다. 그때 나는 어린 여섯 살이었고 아버지란 말이 처음 귓속으로 들어왔다. 눈앞은 빨랫줄에 널린 흰 옥양목에 눈이 시리듯 그저 하얬다. 소란스럽게 움직이는 사람들 얼굴만 희지 않을 뿐 주변이 온통 흰 눈으로 덮였다. 눈 내린 텃밭에서 꽃상여가 꾸며졌다. 울음이 크게 일고 꽃상여가 울음을 밀어내며 움직였다. 머리에 흰 무명 수건을 쓴 상여꾼 발걸음에 어깨가 출렁였다. 그 어깨 흐름에 짐처럼 얹혀 상여는 텃밭에서 천천히 떠나가고 있었다. 나는 할머니 등에 업혀 아버지 상여를 그렇게 샛눈으로 바라보았다. 동짓달이라 날씨는 추워 웅크린 몸 안까지 한기가 파고들었다. 가마솥 곁으로 오가는 아낙들이 저들끼리 장작 타는 연기에 두 눈을 찌푸리며 쑤군거렸다.

"눈이 오면 추위가 녹어진다고 했는데, 피죽도 못 얻어 먹은 시어미 심술같이 지랄스럽게 차기만 하네."

"날씨가 좋아야 죽은 사람이 욕먹지 않지."

나는 '꼼짝 마라'며 손끝으로 쥐지르는 할머니 말에 그녀 등에 업혀 얼굴 왼쪽을 붙인 채 덮어씌운 어머니 적삼

62

틈 사이로 얕은 개울을 건너가는 상여와 해로 소리를 보고 들었던 기억이 어렴풋이 떠올랐다. 할머니 억센 양쪽 손가락이 내 가냘픈 허벅지를 사정없이 끌어다가 할머니 허리께에다 밀어붙였다.

"우리 강아지, 졸리면 칭얼거리지 말고 할미 등에 머릴 박고 자라."

할머니는 허리 아래로 흘러내리는 나를 쥐가 나는 팔로 부지런히 추스르며 얼렀다. 할머니 코맹맹이 쉰 목소리에는 아직 훌쩍거림이 가시지 않은 채 꽉 막혀 더러 킁킁거렸다. 언제나 따뜻했던 할머니 등이 그날은 더 깊이 파고들어가고 싶을 만큼 써늘한 채 딱딱하게 굳어 있었다. 난 그 딱딱한 등에다 코를 문지르며 칭얼거렸다. 아버지 상여를 삼킨 골짜기는 북풍을 따라가며 살얼음이 얼어 가는지 풀어진 노을로 반짝거렸다.

칠월이면 마당가에서 봉선화가 일곱 가지 색깔로 다투며 피어났다. 무리 가운데 유달리 붉은색 꽃이 많아 그것이 질 때는 흡사 핏방울이 뚝뚝 떨어지듯 처연하기까지 했다. 애써 가꾸지도 않았는데 씨방이 터져 씨가 사방으로 흩어져서 겨우내 숨었다가 이듬해 그 자리에서 싹터 자라 또 흐드러지게 꽃을 피웠다 지워내며 세월을 건너뛰었다.

그렇게 지천으로 피어나도 어머니가 그랬지만, 그 이야기를 들은 나도 손톱에 봉선화 꽃물을 들이지 않았다. 아버지는 참을 수 없을 만큼 가슴이 아플 때, 방에서 비척비척 걸어와 그곳에다 각혈했다고 했다. 해마다 붉은 봉선화 꽃잎이 질 때면 어머니는 각혈하던 아버지 모습이 떠오른다면서 그곳에다 시선을 놓고 눈시울을 붉혔다.

"엄마, 그건 참으로 나쁜 추억이잖아."

"좋고 나쁜 추억으로 나누기보다 소중한 기억을 더듬는 것이지."

"아닌데, 아버지를 생각해서 붉은 봉선화 꽃만 보면 난 기분이 나빠. 그런데 엄만 지금 아무렇지도 않아?"

"아버진 아버지고 꽃은 꽃일 뿐이다."

"아예 이참에 내년에 붉은 꽃이 씨가 마르게 붉은 걸 모두 뽑아 없앨까?"

"아니다. 그러지 마라. 그것이 이 집에서 탱자나무 울타리와 같이 나를 잡고 있는 끈이다."

어머니는 붉은 봉선화 꽃이 피어나면 각혈하던 아버지를 기억하다간 꽃이 질 때면 그것으로 각혈 자국을 닦아내듯 하는 속마음과 달리 겉으로는 무심히 한 해 한 해를 줄

넘기에 갇힌 아이처럼 훌쩍훌쩍 넘겨 보냈다.

어머니는 아버지 손길이 스친 유품을 아무렇게나 버리
지 않았다. 그것들 하나하나 모여서 아버지 형상을 이루
듯 한 조각이라도 훼손하면 어머니는 아버지 모습을 온전
히 그려낼 수 없는 여자로만 보였다. 간혹 어머니는 편지
를 꺼내 누렇게 변색한 종이에 박힌 글을 소리 내어 읽었
다. 어머니에게 보낸 아버지 편지글이었다. 어머니는 읽으
면서 흐려지는 안경알을 부지런히 닦아내곤 했는데, 그 끝
은 으레 고개를 들어 서향을 바라보는 모양새로 끝을 맺었
다. 그때면 안경알에서 노을도 같이 지는데, 안경 너머 젖
어든 눈시울 때문에 더는 글자가 보이지 않아서 읽기를 멈
추었던 탓이다.

내 나인 서두르지 않아도 오십을 성큼 넘어섰고, 아버지
유전자를 받아선지 피부를 개먹은 나이 탓으로 곱상한 어
머니가 놀랄 만큼 내 겉늙음은 빠르게 진행되었다. 어머니
는 거침없이 늙음을 따라오는 내 얼굴에다 그윽한 눈길을
주기 시작한 때도 이때부터였다. 그리고 아버지를 닮았다
는 손을 쓰다듬고 기다랗고 등 굽은 발가락을 만졌다. 그

러면서 내 얼굴을 바라보며 잠꼬대나 하듯 중얼거렸다.

"너 아버지와 일찍 헤어져 나이 든 얼굴을 보지 않아 모습을 상상할 수 없었는데 네가 나이 드니 얼핏 늙어가는 너 아버지 얼굴도 저렇겠구나, 그런 짐작하곤 하지."

"엄마, 미안해요."

"미안하다니?"

"사내자식으로 태어났으면 훨씬 뚜렷할 건데, 여자라서……."

"그러기는 해도 수술도 할 수 있는 것도 아니잖나."

"그럼 엄만 수술까지 하려고 했어? 지금도 그러길 바랐어?"

"웃자고 한 소린데 신경 쓰지 마라, 그냥 한번 농담해 봤다."

그러나 어머니 말끝은 서리로 시든 푸성귀처럼 시서늘했다.

"어릴 땐 그 말 의미를 몰랐는데, 이제 조금 알 것 같아요. 엄마 미안해요."

내가 사내자식으로 태어나지 않아 어머니에게 나이 들어가는 아버지 모습을 보여줄 수 없는 게 진심으로 미안했다. 사내자식으로 태어나 아버지 모습을 완벽하지 않더라도 엇비슷하게 보여주었더라면 어머니가 오래도록 쌓아오던 아버지로 향한 그리움을 조금이나 들어주었을 텐데 참으로 안타깝고 야속하다는 생각마저 들었다. 아니 딸로서 해야 할 짓을 못해내고 있다는 자책감까지 들었다. 누구를 기다린다는 건 자신 자리를 버린다는 처지인데, 그런 어머니 마음가짐이 내 마음을 궁색하게 만들었다. 그랬다. 낮은 산은 큰 그림자를 품을 수 없고 얕은 골짜기는 큰물을 안을 수 없다는 말이 고막에 종소리처럼 울렸다. 내 좁은 소견머리가 야속했기 때문이다. 마땅히 딸은 어머니에게 가렵고 무른 곳을 찾아 헤매는 손톱이 되어야 했다. 난, 내 어머니라서가 아니라 여자로서 한 남자로 향하는 집착에 마치 살두에서 떠난 각궁이 가슴에 와 박히듯 깊은 통증을 느낄 때가 더러 있었다.

마을 사람들은 서른한 살 홀어미가 길러내는 내게 관심이 많았다. 그런 눈길은 바라보기가 안쓰럽다는 동정에서 비롯되었다. 삼 대가 내리 여자뿐이니 가족 구성이 마치 오른짝 신발만 들어찬 신발장 같았다. 물론 빨래 건조대에서 남자용 옷가지가 사라진 지 이미 오래됐다. 그런 처지라 마을 아낙들은 멀찍이 걸음마를 해도 달려들어 말을 시켰으며 굳이 데려가 뭔가를 챙겨 먹이려고 부지런을 떨었다. 속상해할까 봐 '남 자식이지만, 순해서 탐난다.'고 에둘러 말했다. 그런 관심은 시집가 마을을 떠났어도 이어졌다.

"탱자나무집 현자는 잘사는 지 도통 모르겠다. 한번 봤으면……."

"예, 우리 현자 잘살고 있지요. 그러니 너무 걱정들 하지 마시오."

"걔도 하마 쉰을 넘겼지, 아마……."

"쉰이 뭔가. 올해 쉰여덟이나 됐는데……."

"하이고, 언제 그렇게 많이 먹었나? 이젠 그럭저럭 같이 늙어가네. 아부지 없이 그렇게 서럽게 크더니만 이제 잘산다니 내 일처럼 반갑고말고. 이젠 한시름 놓고 휘이휘이 휘저으며 관광이나 다닐 나이에 딱 좋다."

"하마, 그래 살면 좋고 말고 하지……."

어머니가 마을회관에 나가며 상노인들 물음에 대거리하기 바빴다. 그러나 어머니에게는 그런 딸자식에 묻는 안부가 늘 고마웠다. 그런 연유로 어머니는 마을회관에 나갈 때면 딸에 관한 근황을 잘 챙겨나가야 했다. 맛있는 주전부리보다 현자 소식을 더 반가워하는 상노인들 관심을 해소해 주는 게 제 몫이라 여겼다. 난 그 까닭이 궁금했다.

내 물음에 어머니는 귀찮은 대꾸나 하듯 짧게 끊었다.

"네가 외롭게 컸으니 모두 궁금하지."

마을 아낙들은 나를 보채지 않는 애니 필시 순하게 자랄 거라 앞날을 내다봤다. 그러다 내가 열대여섯 살쯤 되었을 땐 성정이 고요해서 참한 여자가 될 거라 마을 아낙네마다 믿음을 가졌다. 여러 말을 하는 데도 아버질 너무 일찍 여의었다는 말은 결국 끼워 넣지 않았다. 그러나 내 처지는 좋은 총각을 만나 팔자가 피리라는 기대감에서부터 벗어나기 시작했다. 만난 사내가 짝이라 여겼는데 찰흙처럼 철썩 달라붙지 않은 반쪽이었다.

"걔는 분명 현명한 아내가 될 거다."

"현자는 그래도 책임감 있는 엄마가 될 거다."

"어려 고생 다 했으니 너그러운 여자로 늙어갈 거다."

짝이 어긋나서 마을 아낙들 그런 바람 자리에 이르지 못했다. 나 자신도 낯선 남자 하나가 내 인생을 구부리고 휘어 놓을 줄 몰랐다. 마치 물길이 바다로 향해 흐르다가 절벽을 만나 흐름의 방향이 틀어지듯 세상살이가 이리저리 굴곡졌다. 흔한 소리로 굽은 나무 나이테 무늬가 더 아름답다고 하지만, 어머니나 나나 굴곡진 삶으로 마음이나 외양이 아름다움에서 동떨어져 있었다. 오히려 둘 다 젊음이 몸에서 서둘러 빠져 달아나고 거친 고집만 남아 있다. 이웃과 부딪치면 순한 말을 찾아 쓰기보다 격한 감정이 섞인 험악한 말만 골라 내질렀다. 그래야만 속이 풀릴 성싶었다. 그런 처지인데 유난히 오나가나 기분 나쁘고 성마른 것들이 눈에 띄기만 했다.

사십 안팎에 남편을 잃은 건 모녀 운명이 서로 닮았다. 남편이 마흔둘에 죽었으니 아버지 나이 때와 십 년 남짓 차이가 났을 뿐이다. 남편은 건설 기술자로 회사를 차려 선국 건설 현장으로 떠돌았다. 전화 한 통으로 수백 리 길을 득달같이 떠나고, 한번 떠났다면 석 달이고 일 년이고 죽었는지 살았는지 모를 만큼 객지에 머물렀다. 더러 몸은 집에 하룻밤을 머물러도 오는 전화로 정신은 객지에 나가 있는 거나 마찬가지였다. 아니 묻어온 객지 바람으로 몸에서 타인 냄새가 났다. 현장에서 오는 전화는 시각과 이쪽 사정을 가리지 않았다. 이쪽 응답보다 말소리가 크고 빠를 땐, 상황이 급박하다는 걸 쉽게 짐작할 수 있었다. 떠도는 새의 둥지는 따뜻해질 날이 없고 흐르는 물은 연뿌리를 키울 수 없다는 말이 귀에 착 감겼다. 남편 말이 아니더라도 집을 찾는 일은 정신없이 돌아가는 현장에서 잠깐 숨 돌리려고 휴식하러 왔다는 말이 맞았다. 그러니 그 몸은 소금에 절인 푸성귀 잎처럼 흐느적거렸다. 아니 맹금류에 쫓겨 덤불에 처박힌 조그마한 들새와 같았다.

그런 사람이 집에만 들면 불만부터 토로했다.

"사람이 어찌 그리 뻣뻣해? 오랜만에 집에 온 사람에게 조금 나긋나긋하면 안 돼?"

행위 짓거리가 살갑지 않고 무뚝뚝하다는 투정이었다. 바람은 그랬다. 날다 지친 새니 안식을 바라 찾아든 보금자리에서 따뜻하게 보듬어 달라는 요구였다.

"사내처럼 생겨서 툭하면 성정을 드러내고……. 이제 그 얼굴이 보기 지겹다 지겨워."

남편은 내 외모와 성정을 싸잡아 못마땅해 했다. 난 아버질 닮은 내 외모를 뻔히 알고 있으므로 부정하며 우길 자신이 없었다. 어머니에게서 환대받았던 용모가 어쩌다 필생을 같이 걸어가야 할 남편에게 냉대를 받다니 나는 굴욕마저 느꼈다. 아버지를 닮았다는 말에 부담감을 느낀 적은 있으나, 난 내 모습을 애써 부정하진 않았다.

나는 어릴 때부터 '아버지 사랑합니다.'라고 쓸 때 두 낱말을 내처 쓰지 못했다. 아버지를 쓰고 난 뒤 한참 울먹이

는 감정을 다스린 뒤라야 비로소 '사랑합니다.'를 이어 쓸
수 있었다. 언제나 그 두 낱말 사이에는 보이지 않은 강이
흐르기 때문이다. 그건 눈물로만 채워진 채 마음 구석구석
을 휘저어 그리움을 일으켜 세우며 흐르는 강이다. 내가
죽음에 이르거나 의식을 잃었을 때만 말라 흐르지 않을 강
이기도 하다. 아버지를 빼닮았다는 말을 싫어하면서도 나
는 낯설지만 내가 닮았다는 아버지가 그리웠고 또 보고 싶
었다. 그래서 친구 아버지를 먼눈으로 바라보면서 숨어서
숨죽여 운 적도 여러 번 있었다.

그러나 남편은 내 마음속으로 흐르는 강물 소리를 듣지
못한 채 눈감았다. 현장에서 걸려온 전화를 받고 달려가다
가 당한 사고였다. 현장 사고 수습을 하러 가던 사람이 목
적지에 닿기에 앞서 먼저 교통사고로 제 목숨을 잃었다.
남편을 닮거나 나를 닮아야 할 아이도 둘 사이에 생산하지
못한 채였다. 단 한 번도 자신감에 차 선뜻 나서지 못하고
그때그때 정황에 휩쓸려 제정신을 놓고 허둥지둥 산다고
살아온 칠 년 결혼생활은 그런 비참한 꼴로 마감했다. 아
버지를 닮았다 해서 어머니는 나만 보면 눈물을 글썽거렸
는데 남편은 그 닮음을 트집 잡아 싫다면서 짜증까지 내다

가 저승으로 갔다. 버림받았다는 느낌만은 지울 수 없었다.

　아버지를 닮은 겉모습은 숙명이라 옴쭉할 수 없었으나, 팔자만은 어머니 길을 밟지 않으려고 용기를 내어 남잘 여럿 만났다. 이쪽에서 맘에 들면 저쪽에서 가탈을 달았고, 저쪽에서 관심을 가지면 이쪽에서 정이 가지 않았다. 남녀 섞임이 짝짝이 신발을 신은 듯 내디디려는 촉수가 틀려 첫 발자국조차 옮겨 놓을 수가 없었다. 남자를 만나면 만날수록 남자들이 가진 단점이 양파를 벗기는 일 같았다. 겹도 많을뿐더러 겹을 제거할 때마다 매움 때문에 눈물이 났다. 한둘을 만나 선택하고 끝났다면 평생 모르고 넘길 일이었다. 삶 중도에서 남편을 여읜 여자가 그냥 장사꾼이 아니라 몸 뒤섞으며 살 남자를 다시 선택한다는 일은 상처 난 발바닥으로 소금밭을 걷는 것과 다를 바 없었다.

　아버지가 죽어 세월이 흘렀어도 자식 모습을 한 자락도 놓지 않고 사는 할머니가 돌아가기에 앞서 여러 번 같은 꿈 이야길 했다. 모른 척 넘어가려는 어머니가 야속하다는 표정이 역력했다.
　"아이고 어미야, 아비가 고의적삼이 젖어 춥다고 울더구나."

"어머님도 그런 꿈을 꾸셨어요. 제 꿈엔 물에 빠진 채 허우적거렸어요."

할머니 말이 허공으로 흩어질까 두려워하듯 어머니도 냉큼 말끝을 받았다. 그동안 모른 척한 건 아니었다. 망설여 왔을 뿐이다. 그 말을 전해 들은 마을 바깥노인들이 제 안목이 틀림없다는 듯 앞다퉈 알은체했다.

"묏자리가 겉보기엔 돌무더기 땅에 물매가 급해 보이지만 필시 수맥이 흐를 거야. 그러니 지관한테 담뱃값이나 좀 질러 주고 한번 봐달라고 해봐."

못 들었다면 모를까 귓속으로 들어온 말이라 마음을 흔들고 몸을 움직이게 했다. 자칫 가슴에다 못을 박고도 여한은 여한대로 쌓일 성싶었다.

"어미야 말 뒤끝이 영 찜찜하다. 안 들었으면 모를까, 내가 한번 나서 봐야겠다."

"제 맘도 역시 그러하네요."

"사람이 사는 짓이 걱정이 생기면 걱정을 들어내고 맘 편히 살아야지 그것을 마음속에 쌓아 두고 지낼 일만 아니다. 금전에 조금 쪼들릴 테지만, 생각할 게 뭐 있느냐? 그 일부터 해치우자꾸나."

74

"어머님만 좋다면 그러하세요. 돈을 안는 것보다 걱정을 안는 게 더 불편하네요."

"겉 보는 산세와 달리 수맥이 흐르는 것 같은데, 묘를 한번 옮기지. 멀리도 아니고 조쯤만 옮겨도 수맥은 피하겠어."

산세를 살피면서 패철佩鐵을 들고 주변으로 부산하게 오락가락하던 지관이 어머닐 보고 대뜸 일머리를 잡아주었다. 관혼상제 일 가운데 아녀자로서 가장 어려운 일이 상사喪事와 관련된 일이다. 그런 일은 일가붙이 사내들이 있다면 마땅히 그들의 몫인데, 아녀자 셋뿐이니 모든 일은 지관에 맡기고 따를 수밖에 없었다.

"경비가 얼마나 소용될는지요?"

어머니가 잔뜩 풀죽은 목소리로 물었다.

"조금 떨어진 저쯤 옮길 거니 크게 벌릴 것까진 없네. 내가 자리를 잡아줄 테니 인부 서넛에 음식만 조금 준비하면 되네."

마침 윤 유월이라 말 나온 김에 이장 일을 벌였다. 옮길 자리에다 산제를 지내고 묘혈부터 파헤쳤다. 생땅의 붉은 흙이 드러난 곳에 아버지 유골이 들어갈 묘혈이 만들어졌

다. 묏자리가 그런대로 괜찮다고 지관이 눈빛을 빛냈다. 땀
먹을 감은 일꾼들은 그늘 자리에 둘러앉아 막걸리를 소갈
증 환자처럼 들이키며 파묘破墓를 위해 잠시 쉼을 했다.

"윤 유월이니 평년 칠 월인 셈이지, 해 길이야 한참 길다
지만 어물어물하다간 금방 저물지. 이젠 어지간히 쉬었으
면 파묘하지?"

유족들이 상석 앞에 놓인 제물을 치우자 지관이 나무 그
늘에서 쉬고 있는 일꾼들을 향하여 소리를 내질렀다. 일꾼
들이 무덤에 덮인 잡초들을 낫으로 쳐내기 시작했다.

"이 나무도 베어낼까요?"

일꾼이 무덤 옆자리에 서 있는 배롱나무를 가리키며 지
관에게 물었다. 할머니가 묘목을 사다 심은 것이 거침없이
자라 무덤 옆을 화사하게 지켜내던 나무다. 홍자색 꽃이
가지를 휘어놓을 만큼 가득 피어 있었다. 배롱나무꽃은 무
더기로 핀 듯 보이지만 낱낱이 무리로 피었다가 무리로 진
다. 마침 일찍 핀 무리가 서서히 꽃잎을 뿌리고 있었다.

"아니 아닐세. 그도 옮겨야지. 우선 그건 그대로 두고 무
덤 위 풀이나 깨끗하게 베어내게."

일꾼이 네 사람이라 파묘는 쉽게 이루어졌다. 썩을 대
로 썩은 횡대와 널 뚜껑을 들어내자 이십 년 전에 내 곁을

떠난 아버지가 머리카락을 벗어던진 채 백골로 누워 있었다. 묘혈에 있는 하얀 뼈를 보는 순간 나는 공황상태에 빠졌다. 나는 아버지 뼈를 보면서 반사적으로 나의 가슴뼈와 팔목 뼈를 만져보았다. 어머니보다 내 입에서 먼저 울음이 터져 나왔다. 가슴에 이십 년이나 갇혀 있으면서 출구를 찾지 못하던 울음이었다. 수맥이 흐르는 곳에 묻힌 시신이 더러 미라일 수도 있다는 소리를 들었기에 엉뚱하게 험하더라도 아버지 모습을 조금이나마 보았으면 했다. 그런데 살이 녹아내리고 뼈만 남은 공간에는 내가 품었던 소망은 볼 수 없었다. 나를 빼닮았다는 부분 어느 것도 그곳에 남아 있지 않았다.

"다행일세. 미라가 아니어서 천만다행이야. 탈골은 잘되었네만 역시 내 짐작이 엇비슷하게 맞았네. 유골이 황금빛이지 않고 많이 검으니 수맥 영향을 받긴 조금 받은 것 같네."

지관은 처음 무덤을 돌아볼 때보다 억양이 내려 꺾여 있었다. 유족 쪽에서 아무런 대꾸가 없자 면구쩍은지 시선을 돌리며 갑자기 일꾼들을 향해 소릴 버럭 질렀다.

"뭣들 하는가? 목관을 배롱나무 밑에다 놓고 한지를 펴야지. 처음 일하는 사람처럼 그리 어벙하게 서 있는가?"

퉁맞은 사람이 서둘러 유골을 옮길 자릴 마련했다. 지관의 성마름에 따라 아버지 유골을 배롱나무 아래 판자에 덮인 한지로 하나하나 옮겨져 뼈 인체도 형상을 이뤄가고 있었다. 그 위로 홍자색 배롱나무 꽃잎이 떨어질 때마다 지관은 입김으로 불거나 손으로 쓸어냈다. 홍자색 꽃잎이 떨어지는 한지 위에 토막토막 놓이는 뼈로 형상화되는 아버지 인체도를 보며 그리움과 울음이 솟구쳤다. 토막으로 내뱉던 울음도 중간에서 꺾었다. 더는 성음成音조차 되지 않도록 목이 막혔다. 그러다 머리를 어머니 품에다 묻으며 불을 일으키듯 비벼댔다. 어머니 체취가 아니라 아버지 형상을 그곳에서 보고 싶었다. 서른세 살에 멈춰버린 미생의 아버지 삶이 미완 길을 걸어가고 있는 내 발걸음을 휘청거리게 했는데, 이장을 끝낸 스물여섯에서야 아버지 모습을 내 눈에서 놓을 수밖에 없었다.

나는 나를 잃고 아버지 길을 유랑하던 나그네처럼 어머니 주검이 기다리고 있는 남촌마을에 들어섰다. 탱자나무 울타리 안으로 마을 사람 몇이 얼씬거리는 게 먼눈으로도 선명하니 띄었다. 나는 탱자나무 울타리에 갇혀 세상을 떠난 어머니를 보러 마을 사람들 인사를 받으며 울타리 안으로 들어섰다. 그러나 어머니 주검은 나를 기다리지 않고 입관하는 일에 유일한 유족인 딸을 기다리고 있었다.

"이제 딸이 왔으니 입관을 서둘러야 하네."

나는 그런 소리를 귓등으로 들으며 가려진 천을 젖히고 어머니 얼굴을 살폈다. 어머니는 산사람이 무슨 짓을 하는지도 모르고 꿈꾸듯 태평하게 눈 감고 있었다. 어머니의 감긴 아래 눈꺼풀에는 눈물이 말라 있었다. 남은 모르지만 내 생각에는 그랬다. 날 기다리다 흘린 눈물이 아니라 아버지를 향한 그리움으로 맺힌 눈물이 마른 것이라고. 아마 마른 눈물 자국을 물에다 불리면 어머니 마음에서 일궈오던 그리움의 실체를 알 수 있으리라는 생각도 들었다. 나는 어머니 눈밑 눈물 자국을 지우며 내 눈물을 어머니 주검 위에다 떨어뜨렸다. 아버지 눈물이 묻어야 할 그 자리였다.

조운산경도 朝雲山景圖

1

2016년 8월 4일 오후 다섯 시 무렵.

동양화가 서곡은 인사동 '갈르리 원galerie 鴛'에서 걸려 온 전화 받았다. 갈르리 원은 본디 '화랑 원畫廊 鴛'이었다 가 프랑스 유학한 아들이 가업을 이으며 삼대 만에 프랑스 발음으로 상호를 바꾼 회화 전용 전시 판매장이다. 서곡은 제작한 그림을 그곳으로 통해서만 전시하고 판매했다. 작 품성으로 화제를 불러일으키기보다 불편하기 이를 데 없 는 위작 시비로 늘 세간 이목이 집중하던 화단 세태라 화 가로서 방어하는 의도로도 그런 고집만 굽히지 않았다.

갈르리 원과 거래 관계를 맺은 지도 어언 삼십여 년에 가까웠다. 그러니 서로 속사정까지 웬만큼 알고 있는 터라 인사동 화랑에 서곡 작품이 들어오면 진위를 제작 화가에게 물어오기보다 갈르리 원으로 찾아와 확인하려는 촌극까지 이따금 벌어졌다. 그런 현상은 갈르리 원에서 서곡 작품 유통 경로를 누구보다 소상히 안다는 증거기도 했다. 서곡은 생활 소소한 면까지 화단은 물론 SNS 상에서도 널리 알려지지 않은 화가다. 이를테면 외적인 활동보다 오직 작품 제작에만 몰두하는 부류에 속한 화가였다.

서곡은 갈르리 원에서 책정 판매하는 그림 시세에 대체로 만족했다. 가격이 낮으면 품격이 손상되었다는 생각으로 기분이 상했고, 반대로 과하다 싶으면 기쁘기에 앞서 부담스러웠다. 그런 서곡 처지를 모자라지도 넘치지도 않게 갈르리 원이 그때그때 사정에 따라 제대로 헤아리는 셈이라 믿음이 갔고 변함없는 응대로 마음 또한 편했다. 가뜩이나 이윤이 끼어든 상거래에 몸소 얼굴을 붉히며 속이 긁히고 또 자신을 추스르려 애끓이지 않고도 초연하게 그림 그리기에 몰입할 수 있어 정서에 맞았다.

아침녘 남쪽 창을 뚫고 들앉은 나른한 햇볕을 휘젓듯 전화기가 울었다. 서곡은 두어 번 흘끔거리다 게으르게 전화길 들었다. 늙은이에게 바삐 서둘 일은 많지 않았다. 일찍부터 바쁜 일은 젊은이들 몫이고 나이 들면 서둘지 않을 일들을 챙기면 된다는 그런 여유가 나이테에 묻은 셈이다. 서곡이 대거리하기도 앞서 전화기에서 목소리가 튀어나왔다.

"선생님, 저 상현입니다. 건강하십니까?"

갈르리 원 주인 격인 남상현 목소리다. 고운 품성 바탕이 그대로 묻어나듯 늘 밝은 음성을 지녀 전화로 전하는 감성이 언제나 듣는 쪽을 편안하게 해서 호감을 주었다.

"응 자네가 웬일인가. 그곳도 별일 없지. 가게 일은 잘되고?"

서곡은 남상현 목소리에 귀 안이 귀지로 후벼낸 듯 확 밝아져 기분마저 좋아졌다. 상대에게 물음이 있음은 관심의 끈을 놓지 않았다는 의미고, 그리고 한동안 소식마저 뜸했음에 자책하는 언사이기 때문이다. 따져보니 서곡은 인사동에 출입한 지도 한참이나 뜸했다. 예전에는 틈틈이 젊은 화가들 작풍의 흐름이 궁금하여 전시장에도 기웃거렸으나, 요즘은 초대 자리라야 잠깐 얼굴을 내밀었다가 서둘러 돌아오곤 했다. 함께 그림을 그리는 사람들 모임이라도 오가는 인사가 예전 같은 정나미가 없고, 사람에게 하는 언사마저 진정성이 느껴지지 않아서였다. 오롯한 마음의 정을 나누기보다 허명을 드높이려고 원로와 사진 찍기에 골몰하니 이곳만 좇는 감돌이와 같은 작자들만 설치는 오일장 마당이나 다를 바 없었다. 그러니 벌집을 파 뒤집은 듯 그저 시끄럽고 소란스럽기만 했다. 당연히 그런 자리가 불편해서 오래 머물기가 부담스러워 일찍 자리에서 뜨곤 했다.

"선생님 내일 특별한 약속이 있진 않으시지요?"

"요즘은 시계 시침처럼 늘 그렇게 한가하다네."

이제 나일 먹으니 몸 여기저기 온전치 못해서 오래 앉아 버티기 어려워 손대던 그림에서도 자주 손놓고 산책으로 빈둥거릴 만큼 게으름만 늘었다. 천천히 할 일과 서둘러 할 일을 가릴 나이라고 여유를 더하니 그것이 게으름을 늘이는 원흉이랄 수 있겠다.

"선생님 그러시담 내일 점심 무렵에 저희 가게로 나오세요. 복중인데 선생님이 즐겨 찾는 가회에서 요즘 물좋은 민어가 들어온다는 연락이 왔습니다. 날씨도 더운데 그곳에서 식사나 같이하시지요?"

귀가 번쩍 뜨였다. 복중 보양탕은 뭐니 뭐니 해도 민어탕이 역시 그의 입맛에 맞았다. 여느 생선보다 비싸기는 하나 워낙 선호하는 음식이라 복중 영양탕이나 삼계탕을 찾는 사람 식성을 알 수 없다고 공공연히 말하는 사람이다. 민어는 산란기가 한창 여름인 팔월이라 알밴 육칠월이 가장 기름지고 맛과 영양가가 뛰어난 어류로 알려졌다. 오죽했으면 생선에다 백성 민民 자를 붙이겠는가. 그랬다. 초복에 민어탕으로 운기를 북돋아놓아야 여름철 으레 치르는 학질을 피해 갈 수 있다면서 예로부터 남도 사람들은 여름 보양식에선 으뜸으로 쳤다. 비록 조금 때를 놓치긴 했으나 민어탕 그릇이 앞에 놓인 듯 갑자기 목구멍이 칼칼해진다.

"자넨 요즘 바쁘지 않은가?"

서곡은 별 부담 없었으나 인사치레로 그렇게 빈말이라도 응답하고 싶었다.

"선생님, 제 일이야 손놓고 있으면 그냥 세월 보낼 수 있습니다. 올해는 경기를 몹시 타는지 화가 선생님들이나 매입자들 발길이 아주 뜸합니다. 찬바람이 불어야 전시회를 기획하니 지금 그냥 한가한 편입니다."

"그런가? 나를 보자는 특별난 이유는 없겠지?"

"일상 나들이나 하듯 그냥 천천히 나오셔서 점심이나 편히 드시고 가세요."

"알겠네. 그럼 내일 봄세."

서곡은 전화를 끊으면서 습관처럼 벽시계 쪽에다 시선을 흘낏 주었다. 시각은 오전 열 시를 지나고 있었다. 삼십 년 동안이나 홀로 사는 몸이라 외출에 이 눈치 저 눈치 살피지 않으니 편해서 좋을 뿐 아니라 이젠 몸에도 익었다. 아내라도 있어 외출하자면 어린이집으로 보내지는 아이처럼 잔소리에 붙잡혀 이런저런 간섭 받아야 하지만, 그저 활동하기 편한 옷 걸치고 먼지를 툭툭 터는 구두보다 발편한 운동화 차림으로 나서 오 분 거리 전철역에서 떠나 종로 3가에 내리면 되는 외출이었다. 느린 걸음으로 이런 저런, 별짓을 다 하며 가도 삼십 분이면 닿고도 남았다. 오랜만에 외출이라 내일이 하마 기다려지기도 했다.

2

2016년 8월 4일 오후 3시경.

한 여인이 갈르리 원 안으로 문을 밀치며 조심스레 들어섰다. 마흔을 막 넘어선 듯한 여인은 꽃무늬 망사 겹 소재 원피스 위에다 흰 카디건을 걸친 차림인데, 짧게 커트한 머리에 쉬 폰트 일러 검은 리본을 장식한 상아색 밀집 챙 넓은 모자를 쓰고 있었다. 어깨에다 파라솔 자루가 튀어나온 판타지 색상 숄더백을 둘러멘 채 문을 밀고 들어설 때 흰 레이스 신발이 걷기 편해 보일 만큼 가벼워 보였는데, 문 안으로 들어와 들고 온 포장된 표구 액자를 내려놓고서야 비로소 포도주색 선글라스마저 벗어 해맑은 얼굴을 뚜렷이 드러냈다. 차림새는 금시 백화점으로 다녀온 듯한데 얼굴이 동안이라 그렇지 눈가 주름을 보면 사십 넘어선 게 맞는 듯했고, 찌는 날씨 탓인지 표정은 차림새와 다르게 냉한 채 밝진 않았다. 초면 자리에 찾아든 표정치곤 몹시 어두워 보였다.

"후유— 한참 찾았네."

고향이 서울은 아닌 듯 겉모양과 달리 여자 말씨로서는 투박하게 들리는데, 찾아 헤매던 보물지도 끝자리에 닿았다는 표정으로 한숨을 내쉬었다. 미처 남상현이 대답도 하기에 앞서 여인은 이미 가게 안으로 들어왔는데, 내처 굳이 새삼스레 가게 이름까지 확인하고자 따지듯 물었다.

"여기가 분명 갈르리 원이 맞죠?"

손에 쥔 메모지를 다시 한번 훑고 나서 생뚱하니 반문했다. 메모지는 화랑 이름이 박힌 걸 보면 중간쯤 어느 화랑에 들러 위치를 물어보자, 그곳 주인이 그려준 듯 갈르리 원 약도가 낙서처럼 그려져 있었다. 꼬깃꼬깃 구겨져 사인

펜 자국이 손 땀으로 번진 걸 보면 초조함은 물론 얼마나 야무지게 말아 쥐고 확인하며 왔는지 짐작 가고도 남았다. 간판을 확인하고 들어와 다시 확인하는 모습이 우습기도 하지만, 더운 날씨에 고생하며 찾은 듯 이마에 땀까지 맺혀 있었다. 마치 진군이나 하듯 낯선 주소를 찾아 땀을 흘리며 찾아든 발걸음이 남상현에게는 부담스럽기까지 했다.

"예, 바로 찾아오셨습니다. 이쪽으로 앉으시죠. 뭐 시원한 음료수라도 한 잔 드릴까요?"

"네. 찬 보리차 있음, 한 잔 주세요."

탁자를 앞에 두고 앉은 여인은 소갈증에 걸린 듯 여직원이 전해 준 보리차를 단숨에 비우고 긴 호흡을 내뱉었다. 마주 앉은 남상현이 보리차를 비운 다음 컵을 내리는 여인에게 찾아온 까닭부터 물었다.

"어떤 일 때문에 저희 가게로 오셨나요?"

"저기, 저 거지 같은 그림 때문에 열 받쳐 왔거든요."

여인은 들고 온 표구 액자를 가리키며 울컥한 목소리로 말했다. 초면 손님치곤 말투가 사나웠다. 남상현은 여인의 말에 진의를 확인하려고 눈을 동그랗게 떠 바라보았다. 아버지로부터 화랑을 물려받은 뒤 소장한 그림에 그렇게 저주를 퍼붓는 고객이 화랑으로 찾아드는 일은 여태 처음이었기 때문이다.

"저게 어떤 그림이고 또 무슨 사연 때문에 그런 말씀을
하시나요?"

"한 여자 일생을 완전히 망가뜨려 놓은 그림이거든요.
그 여인이 바로 우리 어머니라네요. 어머니는 저 거지 같
은 그림에 사십 년 동안이나 미치듯 매달려 살아왔어요."

가뜩이나 투박한 어투에다가 감정이 날카롭게 돋긴 언
사여서 단정한 용모를 다시 한번 흘끔 쳐다볼 만큼 겉모습
과 달리 속으로 들끓는 화기를 느꼈다. 마치 긴 칼을 차고
싸움질이나 하러 온 듯 폭력 불량배처럼 적의가 말속에 성
마르게 숨어 있었다.

"그만큼 대단한 그림인가요? 어머니가 반생 동안 간직
해 올 만큼……."

"명작은 아님이 분명해요. 제 눈에는 그저 구름 낀 아침
산골 풍경화인데 탄복할 만큼 마음으로 팍 와닿지 않는 그
러그러한 그림이란 생각밖에 들지 않아요. 그런데도 어머
니는 저 거지 같은 그림에 멍하니 넋 놓고 보다가 소리 나
지 않게 눈물 흘리는 걸 어릴 때부터 지겹도록 몰래 훔쳐
보았으니 아저씬 제 심정을 충분히 이해할 거예요. 하도
보기가 딱해 그동안 여러 가지 방법으로 말렸는데, 칠순이

넘도록 여태껏 단념하지 않고 매달려 있잖아요. 이제 나이도 나이려니와 저것으로 지레 생을 마감할까 봐, 저 거지 같은 것을 삼복중인데도 이리 들고 왔네요."

여인은 초면 자리인데도 말이 길었고 험했다. 그림에 얽힌 악감정을 호소하듯 분연한 목소리로 거침없이 그림을 가져온 동기까지 시시콜콜 밝혔다. 물론 사건 내막을 모르는 사람에게 동조까지 얻자면 과장도 필요할 테다. 그렇게나마 진솔하게 사실을 전달해서 답답함까지 풀고 싶은 마음으로 애절하게 표현하려다 보니 지켜야 할, 선마저 훌쩍 넘은 듯했다.

이야기를 듣는 남상현 처지에서도 어차피 들고 온 그림이니 소유한 연유나 팔려는 이유를 물어보는 게 상거래에선 어긋나는 일이 아니라 여겼다. 그러나 묻기도 전에 슬슬 풀어내는 일은 드물었다. 여인 속내는 대충 요약되었다. 여인 어머니는 미치도록 좋아하는 그림 때문에 어떤 연유인지 일생을 그것에 매달려 눈물까지 흘리며 살아왔다. 나이 많은 지금 지나치게 그림에 집착한 나머지 그런 까닭으로 일찍 죽을지도 모른다. 생명 연장에 위협을 느껴 그녀 몰래 그림을 싸 들고 이리로 왔다. 그게 여기로 온 까닭 전부일 터였다. 그런 이야기를 여인은 평소 묵혀왔던 감정에다 매매 장소를 찾은 해방감에 벅차 험한 소리로 넋두리하듯 풀어낸 모양이다.

"분명 그림은 어머님 소유일 텐데 손님께서 팔고 싶다 해서 그냥 해결되는 게 아닙니다. 잘못하면 저희가 장물취득죄에 걸리거든요."

"장물취득죄요? 아마 그런 일은 없을 거예요. 어머니가 올해 일흔인데 그림에 너무 연연해 그런지 안질을 자주 앓더니 녹내장으로 지금 시력을 거의 잃다시피 했어요. 앞이 보이지 않은 데도 여태껏 손끝으로 그림을 쓸면서 우는 모습이 지겹도록 속상해서 그 자리에 다른 그림을 걸어두고 몰래 가지고 나왔거든요."

"눈이 어두우시니 대신 걸어놓은 다른 그림에도 그러지 않으시겠어요?"

"물론 그럴 수도 있겠죠. 그러나 그건 이젠 저와 상관없어요. 저 거지 같은 것만 아니면 돼요. 아마 어머니는 저 그림이 여기까지 온 걸 꿈에도 모르고 있을걸요. 만약에 나중 제가 어머니 사연을 이해할 때가 있다면 손해배상 대가를 지급해서라도 찾아가겠어요. 이건 제가 확실히 약속할 수 있어요."

"손님, 그건 참으로 억지입니다. 어찌 들으면 저 그림을 저희 가게에서 사서 보관해 두었다가 손님이 어머님을 이해하면 그때 돌려 달라는 말씀과 같으니까요."

"어머, 어머! 보관하는 그런 방법도 있었네요. 난 그건 몰랐네. 전 사실 그래요. 저 거지 같은 그림 금액 가치는 알 바 없어요. 다만 저것 때문에 고통을 받는 어머니 눈앞에서 그것을 치워야 한다는 생각, 아니 내 눈앞에서 여러 정황 때문에 보이지 않아야 할 그림이거든요."

"이리 오시다 중간에 들른 그 화랑에도 저 그림을 보여 주었나요?"

"네, 입구에 있는 첫 집에서요. 주인이 저 거지 같은 그림을 한참 보더니 약돌 그려주면서 이리로 가라고 일러 주었어요. 그곳에 가면 모든 걸 해결할 수 있다면서요."

"우리 가게에서 해결을요?"

"네에-. 이리로 가면 틀림없이 살 거라 확실한 언질까지 주었다니까요."

여인은 의심할 여지가 없다는 듯 처음으로 얼굴에다 시원한 웃음까지 얹었다. 비로소 무더위를 이기고 찾아온 보람을 느낀다는 표정이었다. 마치 무거운 짐을 이고 온 여인네가 그 짐을 내려놓고 홀가분하게 웃으며 치마꼬리를 틀어쥐고 막 돌아서려는 모습이었다.

그러나 남상현은 여인의 말에 호기심이 일었다. 입구 화랑에서 그림을 보고 두말없이 이리로 안내한 게 심상치 않았던 탓이다. 그림에 관해서 뭔가 알고 있다는 뜻이 아닌가. 환한 얼굴로 앞자리에 앉은 여인에게 남상현이 그림에 관심을 그제야 드러냈다.

"그렇습니까? 그럼 어떤 그림인지 한번 보기나 합시다."

여인은 용수철에 튕기듯 냉큼 일어나 가져온 표구 액자 포장을 서둘러 끌렀다. 포장지를 헤치고 드러난 그림은 풍경화로는 그리 크지 않은 20호짜리 산수화였다. 아침 하늘에 낀 구름 사이로 보이는 산을 몽환적으로 그린 그림인 듯한데 완숙한 경지에 들지 않았으나 경물을 보고 그려낸 시선이 참신하고 구조에 짜임새가 있었다. 수준급을 평가될 그림이다.

그림을 살피던 남상현은 화폭 오른쪽 아랫단에 찍힌 낙성관지落成款識를 보고 깜짝 놀랐다. 화제는 〈조운산경도朝雲山景圖〉라 붙었고, '1974年 爲 張秀瑛 솔뫼 그리다.'이라 쌍관한 밑에다 하관 낙관을 찍었다. 호인 '솔뫼'라 양각한 낙관을 찍은 옆에 성명인 '徐鵠'이라 음각한 낙관이 찍혔기 때문이다. 서곡이 노년에 사용하는 낙관보다 작고 획이 가느다란 전서체지만 서곡 작품과 그의 초기 낙관임이 분명했다.

그러고 보면 입구 화랑 안내에 따라 이곳으로 순리대로 찾아올 곳에 제대로 찾아든 그림이었다. 남상현은 그림을 보는 순간 충격을 받을 만큼 놀랐지만, 그림을 받은 장수영이란 여인의 신분이 궁금했고, 여인 어머니가 소장하게 된 사연에도 호기심이 발동했다. 남상현이 여인에게 지나가는 말투로 가볍게 물었다.

"혹 장수영이란 분을 아십니까?"

"네, 어떻게 장수영을?! 우리 어머닌데…….”

"어머니라고요? 여기 이렇게 적혀 있지 않습니까?"

"어마, 거지 같은 그림이 눈에 꼴도 보기 싫다 보니 그곳 낙관에는 신경도 쓰지 않았는데…….”

사실 그랬다. 어머니는 여인이 어릴 때부터 지금까지 그 그림에 집착했다. 다만 어머니가 그림에 하도 집착하기에 물어본 적이 있는데, 어머니는 어릴 때 살던 고향 경치를 어떤 사람이 그려주어서 자주 눈길이 가는 게 당연한 일이 아니냐고 오히려 되묻기까지 했다.

여인의 회상을 깨뜨리며 남상현이 친절하게 손끝으로

낙관 부분을 가리키며 입을 열었다.

"보세요. 여기 이렇게 적혀 있잖습니까. 일천구백칠십사 년 장수영을 위하여 솔뫼가 그리다. 이렇게 말입니다."

"일천구백칠십사 년이라면 내가 태어나기 바로 전해였 네. 그런데 솔뫼라는 화가가 있긴 있나요?"

"예, 산수화로 유명한 분인데, 본명이 여기 나타나 있지 않아요? 이름이 서곡이라고……."

남상현은 그런 대답을 하면서도 서곡의 생존 사실을 입 에 올리지 않았다. 서곡과 장수영이 어떤 사이인지도 모르 는 판국에 딸인 여인에게 밝혀야 할지 숨겨야 할지 선뜻 판단이 서지 않았던 탓이다. 요행 여인은 남상현의 고민 같은 건 관심이 없다는 듯 밝은 목소리로 말했다.

"아, 그런가요? 그분이 유명하다면 이 거지 같은 그림을 사줄 사람이 나타나거나 아니면 여기서 사주시면 문제는 간단히 해결되겠네요."

서곡이 여인 어머니에게 직접 그려준 그림이라면 소중 한 그림임이 틀림없을 테지만, 여인은 오직 그림을 어머니 눈앞에서 없애기에 골몰하고 있었다. 지금 표정에서는 그 림을 팔 수 있다는 확신 때문에 찾아들 때와 달리 다른 사 람으로 보일 만큼 얼굴이 환하게 밝아 있었다. 그러나 남상현은 사십 년 전에 그려진 그림은 서곡과 장수영이 어떤 사연이 숨어 있지 않으냐는 짐작에서 머릿속이 복잡해지고 앞뒤가 선명하게 간추려지지 않았다.

"저어, 혹시 아버님은 지금 생존해 계시는가요?"

"제 아버지 말씀이세요?"

"예, 예, 아버님 말씀입니다."

여인은 웬 생뚱맞은 물음이냐는 표정으로 남상현에게 두 눈을 동그랗게 치켜뜨면서 타인 이야기나 하듯 가볍게 대답했다.

"전 유복자예요. 그러니 아버지 얼굴도 모르는 게 당연하죠. 아버지란 단어조차 오랜만에 듣고 보니 제겐 그 단어 자체가 무척 생소하게 들리네요. 아니 그런데 그걸 왜 갑자기 제게 묻고 그러세요?"

"그냥 물어보고 싶었습니다. 기분 나쁘다면 용서하십시오."

"아니, 아니에요. 전 상관없어요. 그런데 이 거지 같은 그림은 어떻게 하실래요?"

남상현 머릿속은 헝클어진 실꾸리처럼 복잡해지기 시작했다. 새로이 벌어진 상황에 뭔가 추리가 가능할 듯한데 명징하게 추려지지 않았다. 좀 더 머릿속을 정리해야 할 성싶었다. 그런 계산하면서도 보채는 여인에게 당장 답변 주어야 할 정황이었다. 퍼뜩 떠오른 생각이 오래된 그림이라 서곡에게 보여줘 사실을 확인한 뒤 매물로 내놓든 돌려주든 해야 한다고 판단까진 했다.

"저어 손님, 이 그림을 이렇게 합시다. 제가 진위를 판단한 뒤 팔도록 하겠습니다. 제가 보관증 하날 써 드릴 테니 이 그림을 제 가게에다 우선 맡기십시오. 며칠 기다리시면 제가 연락을 드리겠습니다. 그때 오셔서 그림값을 받아 가든 이 그림을 다시 가져가시든 하십시오. 수고스럽지만, 다시 한번 나오셔야 할 것 같습니다."

남상현은 우선 그렇게 시간을 벌어놓고 보자는 심산으로 약속을 늘려 잡았다. 성급하게 처리할 성질의 그림은 아니란 생각이 머릿속으로 굳어졌기 때문이다.

"파는 쪽으로 해주세요. 파는 게 확실하다면 저도 좋아요. 어머니 생에 붙은 악귀 같은 거니 전 며칠을 더 참아낼 수 있어요. 여기 명함은 제가 챙겼으니 제 전화번호를 적어드리면 되죠? 제 이름은 서이연이라 불러요."

3

1989년 8월 그믐께쯤.

서이연이 어머니 방에서 〈조운산경도〉를 본 때는 이미
외조부모가 돌아간 뒤였다. 바로 중학교 2학년 때였고, 어
머니가 중년을 막 넘어섰을 무렵이다. 외조부모 외동딸인
어머니는 외딸인 서이연을 데리고 외가에서 살았다. 외조
부모나 어머니는 서이연이 태어나기에 앞서 아버지가 죽
었다고 일러주었다. 외갓집에서 어려서부터 자랐기에 철
들 무렵까지 아버지에 관한 일은 '죽었다.'는 동사 세 글자
밖에 아는 게 없었다.

한번도 본 적 없는 아버지를 향한 그리움 같은 건 아예
일지 않았다. 외할아버지가 아버지로서 할 수 있는 일을
부족함 없이 메워 주었기에 부정에 아쉬움은 없었다. 간간
이 어떤 모습일까, 그런 궁금증을 커서 더러 가져보긴 했
으나, 어머니 모습을 더 많이 닮았다는 소리만 많이 들어
서 그런지 일찍 죽은 사람에게 더는 바랄 수 없는 일이기
에 신경조차 쓰지 않았다. 어머니는 외가로부터 물려받은
재산 덕으로 아버지 없이도 살림에 쪼들리지 않고 생활을

이어갈 수 있었으므로 아버지 존재는 더더욱 미미했다.

외할머니가 외할아버지보다 십 년 뒤에 돌아가자, 어느 날 어머니는 벽장 속 깊이 묻어둔 그림을 찾아내 묻은 먼지까지 샅샅이 닦고 있는데, 코를 훌쩍거릴 만큼 울음을 참는 모습이 서이연 눈에 띄었다. 그날 그녀 눈에 비친 어머니는 지금껏 보아온 모습과는 판이했다. 담아놓은 대접 물처럼 흔들림 없던 어머니인데, 그림을 쓰다듬으며 들썩이는 어깨가 한없이 가냘프게 보여 바람이 불지 않아도 저절로 바스러질 듯 보였다.

그림을 거울같이 닦은 어머니는 눈에 가장 잘 뜨이는 장소에다 걸어 놓고 액자가 뚫어질 듯 바라보기 일쑤였다. 그때면 서이연이 뭐라 물어도 정신이 온통 그림에 팔려 물음에 제대로 대꾸조차 하지 못할 만큼 한 넋이 빠져 있었다.

그러기 전에도 외할아버지 입에서 재가하라고 재촉하는 소릴 듣긴 했으나, 어머니는 타인 얘기나 듣듯 쓰다 달다 대꾸 한마디조차 없었다. 그런데 외할머니는 외할아버지가 그런 말을 할 때마다 옆구리를 쿡쿡 찌르며 눈을 꿈쩍여 말문을 지레 막았다. 서이연 눈에는 서둘러 입 밖으로 말이 나오지 못하도록 사전에 틀어막는 행위로만 보였다.

"애한테 부담을 너무 주지 마세요. 가뜩이나 상처받은 몸인데……. 뭐든 마음에서 쉽사리 털지 못하는 개 성격을 판연히 잘 아시면서도 자꾸 숨도 못 쉬게 옥죄세요? 걔들 오죽하겠어요."

"눈앞에 보이지 않으면 모를까? 당장 보기 답답해서 내가 그러네."

"저도 뜻이 있으면 생각을 바꾸겠지요. 기다려 보세요."

어머니는 성격이 그래서 그런지 집 안에 있는 듯 없는 듯 조용했다. 좀체 속마음까지 잘 드러내지 않은 성격이라 맞닥뜨린 일에 과격한 행동을 보인 적 없이 늘 속으로만 끙끙 앓았다. 그런데 어머니는 방에 그림을 걸고부터 속으로만 더는 참아낼 수 없던지 서이연 눈을 피해 그림을 쓰다듬으면서 자주 속울음을 더 깊이 삼키곤 했다.

서이연이 고등학생이던 어느 날, 이제는 물어도 좋을 나이 때가 됐다 싶어 어머니 눈물샘을 자극하는 그림에 증오심이 일어 참았던 말을 기어코 어머니에게 던졌다.

"엄마, 그러지 말고 저 거지 같은 그림을 떼 치우자."

어머니는 끓는 솥에 손이 닿은 듯 화들짝 놀라며 황망히 제지했다.

"왜?"

"보기 너무 민망해서 그래. 저게 뭔데 그렇게 집착하고
있는 거야?"

그렇게 물어오는 데도 어머니는 대답해 줄 마땅한 말을
찾지 못하고 쩔쩔매다가 간신히 입을 열어 더듬으며 대꾸
했다.

"저 그림, 응 저 그림은 말이야. 내가 살았던 곳 경치를
그린 것인데. 그래 맞아. 그곳에서 살던 때 생각이 나서 그
래. 맞아 향수란 말만 들어도 괜히 울컥할 때가 있잖아? 내
겐 바로 향수 같은 그런 감정일 거야."

"그런 일로 울어? 에이 엄만, 외할아버지와 외할머니 생
각이 나서 그런 그지?"

"우는 걸 봤니? 물론 아버지 어머니 생각하면 늘 눈물이
나기도 하지."

"그러니 저 거지 같은 그림을 떼서 벽장에 두든 아니면
버리자. 응? 내가 보기엔 엄마가 저 그림에 너무 집착해서
병이 날까 봐 그래. 거기서 벗어나자면 저 거지 같은 그림
을 눈앞에서 없애자?"

"그렇게는 할 수 없다. 너희 외할아버지와 외할머니가
살아있을 때 걸지 못했던 그림을 이제 건 일도 후회하는

참이다."

딸의 말에 어머니는 지금껏 태도를 바꿔 목소리는 낮췄으나 완강함이 말속에 숨어 있었다. 억양으로 따져보면 천 길 방벽을 쌓아둔 듯한 완강함이었다. 그러나 서이연 역시 가만히 물러서지만 않았다.

"엄마, 저 거지 같은 그림이 뭔데 그렇게 집착하는 거야. 내가 버릴 테야."

서이연은 다시 한번 고집을 부려봤다. 그러나 그녀 의지는 흔들림이 없었다. 아니 오히려 그 그림에 더욱 집착하는 모습을 보였다.

"그건 그렇게 할 수 없다. 내 죽은 뒤면 모를까. 아니다. 너에게 넘겨주면 금방 버릴 게 뻔하니 내가 죽어서도 관속에다 넣어갈 것이다."

"엄마! 지금 제정신이야? 그게 뭐가 그리 소중하다고 그런 말까지 해요?"

"저것이 나와 너를 잡은 끈이기에 놓을 수 없다는 뜻이다."

4

2016년 8월 5일 11시 반 여름.

남상현은 서이연이 두고 간 〈조운산경도〉를 보면서 깊은 고민에 빠졌다. 그 그림이 얽힌 사연의 궁금증 때문이다. 그림에다 이름까지 밝혀 건넨 것은 아주 가까운 사이가 아니고선 상상하기 어려운 일이었다. 그도 사십여 년 앞선 일이니 젊은 시절 어떤 기회로든 서로 만났음이 분명했다. 그런데 장수영이 그처럼 그림에 매달려 사는 처지를 헤아리면, 분명 그럴 만한 사연이 있지 않고서야 그렇게 집착할 수 없다는 결론에 닿았다. 그런데 한 발 더 내디뎌 추측하면 서로 간 상대방 행방마저 모른 채 산다는 정황까지 추리가 가능한 일이다. 그런데 서이연은 어머니 그런 처지를 감감히 모르고 있는 듯했다.

남상현은 생각이 그런 상상에 미치자, 짜릿한 자극으로 마음이 설레기보다 자신까지 묘한 상황에 빠졌음을 알았다. 섣불리 나섰다가는 낭패를 볼 일이라 여겼다. 딸 이름이 서이연이라면 셋 관계가 의심할 여지가 없지만, 장수영이 아버지 존재를 딸에게 극명하게 알려주지 않은 근원이 궁금했다. 셋이 반드시 만나야 할 인연일지라도 결과가 어떻게 나타날지는 성급하게 예단할 수만 없었다. 그러나 남상현 머릿속에는 필연이란 말이 떠나지 않고 자리 잡고 있어 쉽게 판단을 내리지 못한 채 속으로만 끙끙대고 있었다.

"소나기 한줄기가 온다더니만 오늘도 영락없게 기상예보는 엉터리야. 하늘이 베풀어야 땅이 넉넉해지지……."

약속보다 이른 시각에 서곡이 갈르리 원의 문을 밀고 들어서며 더운 날씨를 시비 삼아 방송국 기상예보 오보를 탓했다. 지하철에서 짧은 거리인데도 쥘부채를 팔이 아프도록 부치며 온 듯 땀 밴 얼굴이 더위로 벌겋게 익어 있었다. 남상현은 반갑게 두어 발작 나아가 그를 맞았다.

"선생님 죄송합니다. 하필 더운 날 잡아 나오시라 해서 말입니다."

"어이구, 아닐세. 오랜만에 콧구멍에 바람 넣게 돼서 좋은 일이지. 점심을 먹으러 가기 전에 내가 할 일이 분명 있지? 그게 뭔가?"

"역시 선생님 눈을 속이기 이렇게 어렵다니까요. 예견은 여전하십니다."

"우리가 만난 지 벌써 몇 년째인가? 자네 목소리는 전화로도 이미 그런 냄새가 났어."

둘은 마주 보고 유쾌하게 웃음을 나눴다. 남상현이 얼굴에서 웃음기를 거두며 입을 열었다.

"선생님, 사실 어제 선생님이 그린 산수화 한 점이 들어왔습니다. 제 눈에는 화풍을 보건 낙관을 보건 선생님 작품이 틀림없습니다. 그림은 잘 알지 못하는 분이 가져왔는데 본인도 입수 경로를 밝히지 않았습니다."

남상현은 〈조운산경도〉를 서곡 앞에다 내놓으며 뒷말은 꾸며 서이연 신분을 일부러 감췄다. 말을 마친 남상현은 서곡 표정을 눈여겨 살펴봤다. 그림을 보는 순간 서곡은 충격을 받은 듯 한참이나 말이 없었다. 그는 그림을 대각선으로 몇 번이나 찬찬히 훑었다. 그러나 그렇게 대각선으로 타 내리는 눈동자가 한없이 흔들리고 있었다. 그런 변화를 곁눈으로 찬찬히 바라보던 남상현이 가볍게 물었다.

"선생님이 사십 년 전에 그린 그림이 틀림은 없으시죠?"

서곡은 그 말에는 대답이 없고 그림에다 시선을 묻은 채 달리 물었다.

"이 그림은 누가 가지고 왔던가?"

"사십 남짓한 여성인데 소장한 연유는 밝히지 않았습니다."

"혹 이름이나 연락처라도 남기지 않았는가?"

표정에는 변화가 없는데 감정을 지그시 눌러 참느라 목

소리 끝이 가늘게 떨렸다.

"남기지 않고 본인이 지나는 길에 들리겠단 얘기하고 보관증만 받아 갔습니다."

남상현은 서이연 신상을 거짓말로 둘러대야 했다. 그 그림에 숨겨진 비밀을 캐내기 전에는 나중에 꾸중을 듣더라도 지금은 그렇게 답할 수밖에 없었다. 서곡은 실망스러운 표정으로 입맛을 쩍 다셨다.

"이 그림을 사달라고 하든가, 팔아 달라고 하든가?"

"둘 다였습니다."

"그럴 것 없네. 내가 사겠네. 아니 그 여성이 이곳에 들릴 때까지 이곳에다 그냥 두시게. 그리고 그 여성이 오면 나에게 급히 연락하게. 만나보고 나서 이 그림을 내가 처리하도록 하겠네. 꼭 그리해주게, 알겠는가?"

말을 마친 서곡은 분연히 이는 감정을 참아내려는지 크게 한숨을 내뱉으며 물 잔을 들었다. 물 잔 쥔 손은 힘이 빠져 보이는데, 시선은 허공에다 망연히 띄워놓고 있었다.

"예, 그렇게 하도록 하겠습니다. 선생님."

남상현은 가볍게 대답한 뒤 더는 그림에 관해서 묻지 않기로 했다. 감정이 심하게 복받쳐 있음이 분명한 사람에게 물음을 연이어 던지는 게 잔인했다. 남상현은 서둘러 서곡

조운산경도朝雲山景圖   107

을 민어탕 집으로 안내했다.

남상현은 복더위로 땀 목욕할 지경이지만 그림으로 충격을 받았을 서곡에게 청주 한 잔을 공손히 건넸다.

"선생님 한 잔 드십시오. 괜히 나오시라 한 것 같습니다."

"그 그림말일세."

청주 잔을 거듭 비워낸 난 서곡이 뜨거운 민어탕 김을 불며 먼저 말문을 열었다.

"아까 선생님이 젊었을 때 그렸다는 그 그림, 말입니까?"

남상현은 짐짓 딴청 피웠다. 스스로 말문이 터지기를 기다릴 심산이었는데, 서곡이 그 답답함을 풀어주려 했다.

"그 그림이 어떻게 자네 가게까지 왔는지 도저히 상상이 되질 않아."

"우리 가게에서만 선생님 그림을 취급하니 당연한 일 아닙니까?"

"아닐세. 다른 그림이라면 혹 모를까. 그 그림만은……."

"참, 그런데 그림의 장수영은 누굽니까?"

남상현은 빈 잔에다 청주를 따르며 가장 궁금한 사실에 접근하려고 했다. 오늘따라 점심 자리인데도 서곡은 잔을 자주 비웠다. 마치 텅텅 비는 속을 청주로 메울 사람으로 보였다.

"장수영? 그 사람은 내가 만난 처음 여자였네. 철없던 시절 오직 그림에 미쳐만 있을 때 한창 감정이 격정적일 때 마주쳤다가 꿈길로 떠나듯 그렇게 헤어졌네. 난 아무런 대책 없이 만나자마자 죄를 짓고 프랑스로 떠났지만, 아직도 잊지 못한 사람이네."

뜻밖에도 서곡은 쉽게 보따릴 풀었다. 그러나 마치 봄날에 꾼 꿈 이야기하듯 눈꼬리가 아련히 젖어 있었다. 청주 탓인지 장수영 탓인지 나이로 주름진 얼굴이 붉게 물들었다.

"지금도 생존해 있다면 만나보고 싶습니까?"

일부러 골라내도 쉽게 고르지 못할 짓궂은 물음일 테다. 그러나 서곡은 속마음을 만판 드러냈다. 입꼬리조차 가늘게 떨렸다.

"이 사람아, 나도 정을 가진 인간이네. 그런데 그 그림이 이제 화랑에 나왔다면 소장하던 사람이 필시 세상을 떠나서 그런 게 아닐까 그런 생각이 그 그림을 보는 순간 퍼뜩 머리에 스쳤다네. 순간 나는 무언가 큰 것을 놓친 듯 아뜩했다네. 그리 홀로 세상을 떠났다면……. 휴우-. 그러면 내지루하게 끌어오던 이 긴 기다림도 이제 끝내는 거니 말일세."

"긴 기다림이라 했습니까?"

"그러네. 오늘까지 여태 기다렸으니까⋯⋯."

말을 마친 서곡은 쓸쓸한 표정으로 지난 일을 남상현에게 옮기기 시작했다.

5

1974년 8월 초순을 막 지날 때.

서곡은 인제군 기린면 아침가리 계곡을 찾았다. 아침 안갯속에서 서서히 드러나는 산세를 화폭에 담기 위해서다. 안갯속에서 숨바꼭질하는 산세는 처녀림처럼 몽환적 분위기로 바라보면 바라볼수록 시선을 압도했다. 서곡은 해마다 여름이면 그곳에 찾아가 한 달 남짓 머무르며 작업했다. 그런데 머물던 집에 도착한 서곡은 당황했다. 국전에 응모할 작품을 그릴 작심한 다음 일상 머물던 곳이라 무턱대고 찾았는데 낯선 사람이 그를 맞았다. 춘천에서 온 부부가 딸아이와 같이 머물고 있었다. 며칠 지나서야 안 일이지만, 병약한 딸 때문에 본채는 춘천에 둔 채 이곳으로 요양 삼아 들어왔다는 걸 알았다.

서곡은 난감했다. 인가들이 경성드뭇한 첩첩 산골이라 달리 머물 곳을 쉽사리 찾을 성싶지 않았기 때문이다. 그렇다고 되돌아갈 순 없었다. 갖은 소릴 하며 사정사정한 끝에야 간신히 허락 얻어 한 달 동안 방 하날 빌렸다. 그들은 세 사람이었으나 물밑 가재 구멍처럼 말소리도 크게 나지 않을 만큼 조용히 사는 가족이었다. 그 틈바구니에 끼어든 서곡도 그런 분위기에 동조할 수밖에 없었다. 오히려 주변에 인적이 있는 듯 없는 듯한 그런 무관심한 분위기는 그림에 몰입하기에는 어찌 보면 바라는 바기도 했다.

중년 부부는 딸에게 어린아이를 부르듯 '수영아! 수영아.' 호칭하기에 서곡은 딸 이름을 일찍 알 수 있었다. 장수영은 아침나절에는 나뭇가지에 매단 그네의 흔들의자에 앉아 안개가 몰려다니는 계곡에다 한 넋을 놓았다. 그럴 때 뒷모습은 스물여덟으로 보이지 않을 만큼 병약해 보이지만, 정작 마주칠 때 하도 적적함에 말을 걸 법도 한데도 눈인사로만 일별했다. 그러나 밝은 표정에선 이십 중반답게 성숙미가 드러났으며 얼굴은 안개에 물든 듯 푸른 숲

배경으로 하얗게 보였다.

장수영은 서곡에게 대체로 무심한 듯했다. 그저 서곡이 그리는 그림을 멀찍이서 바라보곤 했지만 그려지는 그림에는 이다지다 한마디 말도 없었다. 그녀는 서곡이 그림을 그리는 동안 화폭 구도에서 벗어나려고 몸가짐을 조심하는 양 싶었다. 캔버스를 들고 나서는 서곡 시선에 종종 멈춰 서는 흔들의자 움직임으로도 그런 배려를 쉽게 감지할 수 있었다. 그러나 서곡은 흔들의자 흔들림이 부담스러웠다. 신경을 쓰다 보니 그것이 그림 구도 안으로 들어오고, 그 흔들의자에는 그녀가 앉은 모습이, 또한 안개가 짙게 몰려올 땐 마치 그것을 끌어들인다는 환영을 몰아왔다.

산 속에서 작은 뭉치로 모여 큰 무리를 이룬 계곡 아침 안개는 팔월 푸르게 단장한 산의 정기를 서서히 개먹다가 느리게 토해냈다. 그때마다 산은 안개에 파묻혀 몽롱하게 무너져 내렸다. 맞바람이라도 불어오면 계곡에서 건너온 안개가 엷은 형체로 전신에다 습한 바람을 끼얹었다. 그때면 그림을 그리는 서곡의 목마름을 풀어주듯 습기가 목 너머로 넘어가느라 목젖이 더 젖었다.

서곡은 그렇게 보내던 며칠 뒤에야 눈으로 들어와 잡히는 구도가 예전과 다름을 깨달았다. 예전에는 산과 안개의 뒤섞임이었으나, 지금은 그 뒤섞임에 장수영의 흔들의자 움직임이 끼어 있었다. 산과 안개를 그리면 어느 한 공간에다 흔들의자를 그려 넣어야 물상 배치가 완결될 성싶은 구조로 변해 있었다. 그런 물상의 구도는 늘 새로운 변화를 주었다. 아침 하늘에 낀 구름 사이로 산을 바라보면 어제와 또 달리 모든 게 새롭게 배치된 듯했다. 흐르는 안개로 물상은 끊임없이 변하지만, 그런 새로움 때문인지 어제 혼신으로 그려놓은 캔버스 그림들이 오늘에서는 먼 데 것을 그린 듯 못마땅함이 여기저기 보여 새삼 그리고자 하는 욕구마저 용솟음쳤다. 그리고 나날이 달라지는 걸 새롭게 담고자 하니 늘 솜씨가 부족했다. 정작 안개에서 벗어나는 산을 그려야 하는데, 모든 게 안개에 갇힌 듯했다. 장수영이 앉았던 흔들의자의 잦아드는 흔들림도 안개와 같이 그림 구도를 흔들었다. 서곡은 안개와 흔들의자와 장수영을 분리하고 싶었다. 그것들이 하나 의미를 가지듯 너무 밀착되어 캔버스 위로 유령처럼 걸어 다녔다.

안절부절못하고 애씀에도 의도대로 작업은 진전이 없었다. 오히려 본디 풍경에서 벗어나 몽환적인 색조가 점점 강하게 드러나면서 안개가 원경을 밀어내고 모호함만 길러냈다. 때로는 안개가 모든 걸 집어삼키기도 했다. 그것에 집착할수록 그림은 점점 마음에서 멀어지고 그 자리에 장수영이 앉은 흔들의자가 흔들리고 있었다. 그것이 마음을 통째로 흔들었다.

그림이 제대로 그려지지 않는 날은 밤잠조차 잃었다. 그저 분하고 뭔가에 쫓기는 기분만 들었다. 그런 혼돈을 떨치고자 애써 그려낸 그림이 〈조운산경도〉였다. 결과를 보면 그녀 시선을 잡아들이려고 의도적인 속셈으로 그린 그림이 되고 말았지만 그림에는 흔들의자는 없었다. 서곡은 그림의 안갯속에 그것을 묻었다. 그리고 장수영에게 주었다. 그녀가 간직할 그림이라 생각했다. 그림을 건네받은 장수영은 놀라거나 고맙다는 인사 대신 짧게 말했다.

"애써 그린 걸 제게 준다고요? 굳이 그럴 필요 없는데……."

"기념으로 남기고 싶어서요."

"안 그래도 되는데……. 이거 저 건너편 경치가 아니

에요? 이 그림이 아니어도 이곳에서는 늘 새롭게 변화하는 안개를 볼 수 있는데, 이건 순간에 갇힌 안개가 아닌가……."

서곡은 머쓱해서 무안을 당한 아이처럼 머리를 오른쪽으로 기울러 뒤통수를 긁었다. 그러다 장수영 눈빛을 마주하지 못한 채 그림만 남겨두고 방에서 서둘러 물러 나와야 했다. 앞에서 힐난을 받지 않았는데도 얼굴이 화끈 달아올랐다. 그런데 무시가 아니라 모욕당했다는 느낌이 들기도 했다. 서곡은 그날 밤은 끝끝내 잠을 이루지 못한 채 꼬박 밝혔다.

이튿날부터 닷새 동안 소나기가 쏟아졌다.

안개는 소나기에 맞아 달아나고 빗속에 산들이 명징하게 우뚝 서 보였다. 소나기 내리는 동안 서곡은 나흘이나 신열로 앓았다. 신열이 높을 땐 때때로 정신을 잃기도 했다. 헛소리를 질렀을지도 모를 일이었다. 정신이 들 때마다 차탁 위에 놓인 미음이나 물병 위치가 달라 보였고, 젖은 채 접힌 물수건의 놓인 자리가 이마에서 차탁 위로 오갔음을 짐작하게 했다. 그곳에 사람은 없는 채 장수영의 걱정스러운 시선만 흐릿하게 오락가락했다. 비로소 홀로임을 일깨워

조운산경도朝雲山景圖   115

준 그녀 마음 씀씀이가 말로 할 수 없는 고마움으로 여겨져 귀로 향하여 눈물방울을 두어 번 기어 내리게 했다.

병 자리에서 일어났으나 그림은 그려지지 않은 채 돌아갈 날이 바짝 다가와 있었다. 서곡은 초조함을 느꼈다. 내세울 만한 그림은 한 장도 없었던 탓이다. 자고 일어나 계곡을 바라보면 안개는 천연덕스럽게 그를 기다리고 있었다. 서둘러 캔버스 앞에서 구도에 골몰하다 눈길을 들면 아침 햇살이 안개를 갈가리 해체해 눈앞에서 치웠다.

국전에 이것이다, 할 작품은 구도조차 잡히지 않은 채였다. 산수화를 그리자면 그려내고자 하는 주위 것들이 한눈으로 들어와 다시 제가끔 갖은 특색을 골라 재해석해 나타내야 하는데, 잡다한 생각만 찢긴 거미줄처럼 머릿속에 얽혀 있었다. 그럴수록 그림을 그리는 눈앞에 그녀가 말없이 서 있는 게 환각으로 보였다. 마치 몽롱한 정신으로 우리에 갇힌 듯 압박감을 느꼈다. 빨리 이곳에서 뛰쳐나가고 싶은 답답함을 느꼈다. 서곡은 끝내 올해 국전 출품은 포기한다는 마음을 굳히자 왠지 모를 억울함에 분노마저 치밀었다. 올해는 어떤 일이 있더라도 국전에 뽑히고 싶었는데 또 한 해를 기다려야 한다는 게 미칠 지경이었다.

내일이면 떠나고자 짐을 챙기는 서곡에게 장수영이 처음으로 먼저 말을 걸었다.

"가시게요? 내년에 다시 오실 수 있어요?"

"……예?!"

"제대로 완성한 그림을 그려야 하잖아요. 제가 아는데……."

"……."

"좋아요. 그렇담 아프지 않았으면 좋겠어요."

"병치레해서 미안해요. 정신을 잃어 그땐 몰랐군요."

"아픈 사람 앞에서 아무도 할 수 없는 제가 바보 같아 오히려 한심했어요."

"도와줘서 이렇게 나았잖아요."

"낯선 사람에게 처음으로 마음 아파했어요."

서곡은 그녀의 소리 없는 웃음을 처음 보았다. 반가움도 슬픔도 고루 섞인 반쪽짜리가 합쳐진 웃음이었다. 그림 그리는 시선을 막아서던 여자가 아니고 무심한 사람이 아니었다. 모든 행동을 말없이 지켜본 사람이었다. 아닌 게 아니라 몸살을 앓은 뒤 장수영은 너무 가까이 와 있었다. 그런데 서곡은 자신도 알 수 없는 묘한 감정이 울컥 솟구쳤다.

밤이 깊어 자리에 누웠으나 가슴이 답답해 잠은 오지 않았다. 그림을 완성하지 못하고 돌아가는 까닭은 아침가리 계곡 아침 환경에 완벽하게 패배했으며 원인이 안개를 매개로 해서 산 정기를 빨아들인 그녀의 몽환적인 모습 때문이란 엉뚱한 생각까지 했다. 분명 자신은 허깨비만 잡고 있었다. 비참하다는 자괴감을 느끼면서 장수영의 말들이 낱낱이 떠올랐다. 어떤 근거로 한 셈법인지 승자는 그녀라는 생각이 들었다. 그녀는 넘어야 할 하나의 벽이었다. 그 벽에 닿는 모든 게 모래성처럼 무너져 내렸다.

　서곡은 밖으로 나왔다. 그녀 방에는 흐릿하게 불빛이 보였으나 조용했다. 소란하지 않은 그것에 또한 반감이 일었다. 이대로 빈손으로 떠날 수 없었다. 마침 밤안개가 일어 먼 산 울음처럼 밀려왔다. 안개를 삼킬 때마다 갈증이 났다. 허한 마음속에서 울음이 치달았다. 장수영의 몽환적인 실체를 품고 싶었다. 서곡은 그녀 방으로 향하여 걸음을 옮겼다.

　"저 여기 있어요."

　흔들의자 쪽에서 장수영이 성큼성큼 다가들었다. 기류

가 빠르게 흐르는 아침이면 안개는 나무와 산 그리고 계곡까지 폭력적으로 잠식하며 몽환을 취했다. 그런 안개가 지금 앞에 있었고 그 끝자락에 장수영이 멈춰 서 있었다. 자운영 무성한 풀밭에 미끄러졌을 뿐인데 옷만 아니라 손톱밑 살까지 퍼렇게 풀물이 들던 어린 시절 기억이 떠올랐다. 지금은 손톱 밑이 아니라 마음이 그렇게 퍼렇게 물이 드는 듯싶었다. 안개가 목으로 넘어왔다. 습기일 텐데 성마름이 일었다. 목마른 사람에게로 장수영이 파고들었다. 그녀도 서곡도 사람 감정은 일순에 기운다는 말을 증명하듯 둘 사이 가로막이 젖히지 않아도 절로 걷혔다. 장수영이 들뜬 목소리로 거칠게 제안했다.

"암말 말아요."

안개에 싸인 듯했고 둘은 몽환에 파묻혔다. 서곡의 갈망 끝이 장수영 기다림의 초입에 닿았다. 젊음이 맞닿아 솟음쳐 오른 뜨거움을 넘어 나른함에 안착하려고 일었던 격정이 스스로 잦아들었다. 사랑은 확인했으나 이별이 내일로 와 있었다.

6

1976년 8월 중순 어느 날.

프랑스에 그림 공부하러 갔다가 이태를 보낸 뒤 귀국한 서곡은 지체하지 않고 인제군 기린면 아침가리 계곡으로 찾아갔다. 아침 안개에서 벗어나는 계곡 산수를 그리려 찾아간 게 아니라 자기 그림 앞에 가로막아 서던 장수영을 만나려 했다. 그러나 아침가리 계곡은 작심하고 찾아온 서곡에게 황당함만 안겼다. 이번에도 거주자가 바뀌었다. 더욱 황당한 것은 장수영 가족 행방을 묻는 그에게 주인 남자가 들려준 대답이었다.

"임대하여 살던 사람이어서 나랑 계약은 원주인과 했기에 여긴 주소조차 남지 않네요. 더군다나 드문드문 흩어져 살다 보니 이웃 간에 왕래도 없어 이곳에서 떠나면 소식이 끊어지는 곳이라 알 길이 감감하네요. 그러니……."

서곡은 무거운 발걸음으로 그대로 돌아서야 했다. 모든 것들이 선연하게 떠올라 시선을 옥죄여서 잠시라도 머물 수가 없었다. 이젠 찾아갈 곳이 없으니 올 소식만 기다려야 하지만, 남긴 그녀의 주소는 없었다. 이태 세월이 이곳 흔적마저 싸안고 현실에서 홀쩍 사라져 버렸기 때문이다.

장수영을 찾아 춘천까지 훑었다. 의암호 너른 수면처럼 그저 막막했다. 춘천에서 안고 돌아온 막막함으로 다섯 해를 보내니 눈앞에 1981년이 와 있었다. 그동안 국전에도 뽑혔고 대학 강단에도 섰지만, 미련의 끈은 한번도 놓지 않고 장수영 생각에 빠져 있었다.

그러다 행동에서나 성격에서나 자루에 넣어 둔 모난 돌처럼 이리저리 툭툭 튀어나오는 여제자와 계약서 한 장 없이 다섯 해를 살았다. 어느 날 인사 한마디 없이 떠난 여제자를 서곡은 굳이 찾으려 하지 않았다. 휑하니 빈 방 안을 훑던 멀건 눈으로 달력을 쳐다보니 1986년 섣달그믐인데 사진 속에는 녹지 않는 눈만 가득했다. 제자는 애초 곁에 오래 머물 여자가 아니었다. 그녀는 매사에 쉽게 뒤집히고 엎어지는 성격이라 서곡의 하찮은 언행에도 예민하게 반응했다. 서곡보다 훨씬 더 예민한 감각을 가진 여자인데 참을성마저 모자랐다. 그 여자가 가장 자주 그에게 한 말에는 늘 날카롭게 씹히는 뼈가 숨어 있었다.

"무슨 생각을 옆에 사람이 있는지도 모르게 그렇게 멍한 채 골몰하세요? 그럴 때면 선생님은 아주 딴사람으로 보여요."

그런 말 한마디 던짐으로써 끝나는 게 아니라 근원을 파려고 잔머리 굴리다가 여자로서 상상으로 잡히는 예감으로 서슴없이 찔러 댔다.

"저를 만난 나이까지 분명 여자가 있었죠? 그도 한둘 아니죠? 우리 허심탄회하게 얘기 좀 해요. 전 모두 이해할 수 있어요. 어디 한번 터놓고 얘기해 보세요."

처음에는 그런 말에 서곡은 적잖이 당황했지만, 물어오는 저의를 분명 파악한 만큼 에둘러 말막음에 나서지 않을 수 없었다.

"여자와 살림이라고 살긴 당신이 처음이오. 괜한 상상은 그만둬요. 그동안 한두 번도 아니고……. 이제, 그만둘 때가 아니오."

7

2016년 8월 6일 늦은 아침.

서이연이 마당가에서 흐드러지게 핀 봉선화 꽃잎을 딸 때였다. 어머니 방에서 거울이 깨지는 소리가 날카롭게 들려왔다. 그녀는 부리나케 방 안으로 뛰어들었다. 〈조운산경도〉 자리에 대신 걸어 둔 그림 액자 유리가 산산조각으로 부서져 방바닥에 흐트러져 있었다. 앉은 채 손에 피를 흘리는 어머니는 눈물도 흘렸는데, 곁에는 액자 유리를 박살 낸 검은색 원형 알람 탁상시계가 모로 누운 채 째깍째깍 하릴없이 시각을 재고 있었다. 유리 파열음이 사라진 뒤 적막감을 몰아내는 탁상시계 소리가 유난히 크게 서이연 귀를 자극했다.

"엄마?!"

서이연은 주저앉은 어머니 앞에 흩어진 유리조각을 치울 생각도 잊은 듯 달려들 기세로 외쳤다. 외치고 나서야 심장이 심하게 뛰는 걸 의식했다. 어머니는 돌부처처럼 아무런 말이 없었다. 서이연은 울컥 치닫는 분노를 참지 못한 채 다시 소릴 냅다 질렀다.

"엄마?! 도대체 왜, 왜 그랬어. 왜?"

방안이 쩌렁쩌렁 울리는 소리에도 어머니는 대답마저 잃은 채 눈물만 흘렸다. 그런 모습이 서이연 속을 더욱 뒤집어 엎었다. 그녀는 더 짜증스러운 표정으로 쏴 대기 시작했다.

"엄마, 말 좀 해 봐! 도대체 왜 그랬느냐고? 어쩌려고 이랬어?"

"먼저 그림을 다시 가져다 걸어라."

어머니 목소리는 뜻밖에도 감정을 체에 걸러내듯 차분했다. 미리 짐작하고 바꾼 액자 테와 문양이 흡사한 것으로 했는데도 어머니 손끝 감각을 속이지는 못했다. 그것마저 선별해 내는 어머니 손끝 감각이 그저 야속했다.

"엄마, 그 거지 같은 그림이 뭐가 소중해서 이 난리를 피우세요? 정말 해도 해도 너무하네요. 엄마 이제 제발 그 거지 같은 그림을 버리고 웃으며 살자. 응 내가 이렇게 빌게. 엄마아-."

서이연은 북받치는 서러움에 울음을 뱉으며 어머니 앞에 떨어진 유리조각을 슬리퍼로 밀어내고 두 무릎을 꿇고 빌었다. 날선 도끼라도 있다면 그림과 어머니 관계를 끊어내고 싶었다. 사십 년이나 어머니 장수영을 잡고 있던 그림이다. 어머니는 두 손을 뻗어 서이연 머리를 잡아 가슴팍에다 끌어당겨 거칠게 안으며 속마음에 맺힌 말을 비로소 토해냈다.

"이것아, 그 그림은 네 아버지 그림이다."

8

2016년 8월 7일 정오 못미처.

124

몽환 냄새가 짙게 풍기는 산수화 〈조운산경도〉 때문에 진퇴양난에 빠져 고민하던 남상현에게로 일찍 전화가 걸려왔다.

　"며칠 전에 그림을 맡긴 서이연입니다."

　남상현은 가슴이 철렁 내려앉았다. 마음의 결정을 내리지도 않았는데 예상보다 일찍 걸려온 전화였다. 목소리가 차분한 걸 보면 독촉하려는 듯했다.

　"예, 알고 있습니다. 그런데 아직 그림은…….."

　"그게 아니라 그 그림을 그린 화가가 누구라고 했죠? 그땐 들었는데 그만 잊었네요."

　남상현은 다시 가슴이 뛰었다. 우선 〈조운산경도〉 호칭에서 '거지 같은' 투가 빠져 있었다. 자세히 목소리 음색을 새기니 격한 감정이 사라지고 잔잔하게 애성이 묻어났다. 남상현은 바짝 긴장하지 않을 수 없었다.

　"솔뫼 서곡 선생님입니다."

　"그분 신분을 잘 아시나요?"

　"우리 화랑 단골이라 어느 정도까지요."

　"생존해 계시나요?"

　서이연은 수사관이나 사건 담당 기자처럼 짧게, 짧게 끊어 물어왔다. 긴 말은 행간에서 감정이 묻어나서 속내가 드러나는데 짧은 말은 메마르게 감정만 또박또박 전해질 뿐이다.

"예, 올해 일흔둘이지만 정정하십니다."

"물론 가족들은 있겠죠?"

남상현은 그제야 긴장을 놓았다. 물어오는 말을 모으면 서이연은 이미 서곡과 자신의 관계를 인지한 듯했다. 전에 전혀 무심한 부분에 관한 질문이었기 때문이다. 일이 그렇게 전개되는 게 남상현 처지에서는 홀가분했다. 그들 해후는 이제 결심에 달린 그들 몫이었던 셈이다. 자기로서는 사실을 그대로 이야기할 뿐 이제 상황 변화는 그들 처신에 맡겨져 있었다.

"정식 결혼하지 않은 채 오래도록 홀로 지내시는 거로 압니다."

"아, 알았어요. 감사합니다. 참 그 그림 있죠?"

"예?"

"아직 그림은 팔리지는 않았죠?"

"팔렸으면 제가 먼저 전활 드렸겠지요."

"우휴-. 정말 다행이다. 그 그림을 절대 팔지 마세요. 제가 내일 가지러 갈 거예요. 그럼 내일 뵙겠습니다."

서이연은 제 말만 부지런히 마치고 전활 끊었다. 남상현

은 긴 고문 끝에 놓여난 기분이듯 홀가분한 해방감을 느꼈
다. 또박또박 대답하다 보니 얽혀 고민한 일이 스스로 풀
렸다. 비로소 남상현은 서곡에게 전할 말이 분명하게 떠올
랐다. 그는 주저하지 않고 바로 서곡에게 전화를 넣었다.
서곡은 전화기 앞에서 여태 기다린 듯 냉큼 전활 받았다.

"선생님, 저 상현입니다. 내일 그림 맡긴 분이 가게로 온
답니다."

"그런가? 알았네. 나도 일찍 나감세."

남상현이 말하기에 앞서 전화 끊기는 소리가 먼저 그의
귀에 들리는데 여운은 산사 종소리처럼 길게 남았다. 남상
현은 이제야 단단히 갇힌 그물눈에서 빠져나온 느낌이 들
었다.

붙살이집

*

대낮에 꾼 나비 꿈은 동영상처럼 선명하고 생생했다.

대 가루가 뽀얗게 묻은 대쪽이 쩍 갈라 터지는 정황부터 전개됐다. 대통 속 막상피인 죽여竹茹가 종이접기하듯 또르르 말리며 변신한 게 나비였다. 두 마리 나비가 하늘로 창망히 날아오르며 현란한 짝 춤을 연출했다. 한 쌍은 서로 다른 대 마디에서 나온 노랑나비와 흰나비로 우화기를 거쳤다. 두 마리 나비는 애원 풀이하듯 날렵한 날개에 비견하여 빈약한 몸뚱이 뱃바닥을 파닥파닥 마주 튕기며 날아올랐다. 오선지 위 화음 음계들을 튕길 듯 나비춤은 현란하다 못해 애절했다. 나비가 입을 말아 올려 허공으로 날아오를 땐, 서로 부딪힌 날갯짓으로 떨어진 은빛 가루가 머리 위로 하얗게 떨어지고 거기를 쓰다듬다가 돌아온 손바닥엔 선명하게도 교잡 비린내가 묻어날 듯 미세한 가루들이 반짝였다. 오줌 방울을 찔끔 지릴 만한 요의가 불두덩뼈까지 뻐근하게 느껴지도록 압박했다. 꿈은 중도에서 잠깐 현실로 돌아왔다.

뒷맛도 꿈길답게 몽롱한데 정황 또한 미진하게 눈에 아련히 걸렸다. 그 잔상이 은모래 밭에 뒤섞인 햇볕처럼 눈 끝에서 윤슬처럼 반짝였다. 잠에서 깨어나니 평상에 내렸던 배나무 그림자가 옆으로 비켜나서 햇살이 맞바로 눈을 쏘아댔다. 먼저 오른 손바닥으로 빛을 막아 눈부심을 가리며 현실로 연착륙하듯 차근히 돌아왔다. 한참 만에 힘 디딜 수 없는 오른쪽 다리 대신 왼쪽 다리로 평상에서 내려 안간힘 써서 상체를 일으켜 세웠다. 요즘 종종 탈이 나던 오른쪽 다리가 오늘따라 심하게 찌릿하니 근육 신경을 자극했다.

열흘 앞서 동재를 진단한 신경정신과 의사인 윤 박사가 개진했다.

"탈락성 건망증 증세를 보이네요."

동재는 처음 듣는 병명이라 그게 어떤 병세냐고 묻지 않을 수가 없었다.

"일정한 시기나 특정한 정황만 기억해 내지 못하는 일종의 망각증입니다. 물론 생명에 지장을 줘서 일상에 불편을 주는 건 아니고요."

"예를 들면요?"

"음 어떻게 비유해야 하나. 예를 들어 이런 거지요. 깊이 화상을 입은 데가 그다음 화상을 입더라도 시간이 지나면 처음 크게 입은 화상의 기억만 남고 그다음 충격은 기억도 못 하는 그런 일종의 건망 증세라고 여기시면 됩니다."

동재는 윤 박사 진단을 부인하고 싶었지만, 도리 없이 수용해야 했다. 이경 외에 만난 여자들과 지낸 일들이 종종 기억에 잡히지 않은 채 까마득했던 까닭이 그래서였던 걸까, 그렇게 속으로 짚이는 게 있었기 때문이다. 이경과 지낸 일이 그런 기억 공간을 독차지해서 여느 여자와 지냈던 기억이 틈입할 여지가 없었던 걸까. 그런 정황에서 나비 꿈이라니 꼭 집어 뭐라 표현할 수 없지만 몹시 기분이 찝찝했다. 그나저나 나비 꿈을 굳이 따지자면 얄망궂게도 몸이 한 쌍의 나비 숙주가 대나무였던 셈이다. 대나무가 간이 통로인 숙주라니 그럼 이경과 관계에 묶여 있는 나는 뭔가, 그런 물음이 뒤미처 왔다.

*

요술램프 운무 속에서 나타나듯 이경이 느닷없이 찾아왔다.

떠난 사람은 기억도 못 하고 사는데, 남은 사람이 미련 타령한들 부질없다고 결론을 낸 관계였다. 그나저나 동재로선 지워내기가 힘들었던 여자기도 했다. 일생 궤도를 뒤틀어 놓은 여자라는 낙인을 찍었음에도 옛정은 찌든 때처럼 그렇게 구차하게 마음 한편에 남아 있었다. 그녀가 떠남으로써 퍼런 지폐와 같은 젊음이 상처를 받아 일상까지 작파하는 변곡점을 맞게 했다. 처음엔 인생 종 쳤고 젊음은 파투가 났다며 희망을 가짜 낡은 목걸이처럼 내던졌다. 그러나 쌓은 정분의 질척함 때문에 외려 반미치광이로 살다시피 했다. 순간 존재감을 체득해야 미래도 있고 그게 바탕을 이뤄 행복이 온다는 믿음을 포기할 순 없었다. 현실 순간을 잃은 나날이 무의미해서 우울하고 비참하기만 했다. 정신이 휘둘린 채 방황하니 허깨비 같은 육신은 못이 부식한 거푸집처럼 맥없이 가닥가닥 뜯겨나갔다. 아니 혼쭐마저 놓고 미친놈처럼 좌충우돌하며 마음이 피폐하도록 자학하며 살았다는 말이 적확했다. 썩은 동아줄 같은 인연임에도 그렇게 매달려 허우적거렸다. 그도 이제 뒤덮쳐 휘몰아 간 새벽 태풍처럼 아득한 일로 기억에서 도막도막 퇴색돼 갔다.

오른쪽 다리를 다친 그 정황은 세월 흐름과 무관하게 생생했다.

집 안에 갇힌 그녀를 찾아 나섰다가 허구한 날 대문 밖에서 퇴짜를 맞았다. 동재는 허튼짓임을 판연히 알면서 하루도 거르지 않고 이경을 찾아갔다. 그저 철모르는 너덧 살 애처럼 생떼를 써 댔다. 어떤 방해에도 이경만을 놓쳐서는 살아갈 까닭이 없다는 절박함에서였다. 그러나 그녀 아버지 봉서는 눈썹 한 올 흔들리지 않고 동재를 냉혹하게 내쳤다. 몇 며칠 밤새우며 술판에 뒹굴다가 돌아오는 일이 그럭저럭 일상이 됐다. 달빛은커녕 잔뜩 흐려서 별빛마저 없는 그렇게 어둑어둑한 밤, 손가락으로 몸을 찌르면 술이 몸 여기저기서 꾸역꾸역 배어 나올 만큼 곤죽 된 채 돌아오다 다리에서 낙상했다. 목만 멀쩡하고 멀쩡했던 사족이 부러지거나 금이 가서 어디가 관절이라 가늠하지 못할 만큼 아프게 부어올랐다. 남녀 정분의 끈적거림 맛을 아는 나이 때인 오십 대 이웃 사내들이 그 모양새를 동정하면서도 다분히 남의 불행을 즐기려는 듯 귀신 씻나락 까먹는 소릴 해댔다.

"곤죽이 된 상태에서 그만 높이에서 떨어져 죽잖은 건만도 선한 귀신을 만난 거야. 악귀를 만나 봐, 저렇게 멀쩡하게 살아날 수 있었겠어?"

"산 여자가 귀신으로 둔갑했겠지. 아예 찾아오지 못하도록 다리 몽둥이를 왕창 분질러 놓았구먼. 뼈를 생다지로 분질러 놓았으니 평생 불구로 원망하며 살아가야 하겠지."

"그만 만 하면 다행이지. 손들어 배웅도 못하게 아예 손모가지까지 금내 놨으니, 지청구 짓을 하긴 했구먼."

동정이 아니라 악담을 질펀하게 주고받고도 션찮아선지 한 사내가 입가에 야한 웃음과 음침한 눈빛을 빛내며 능청까지 떨었다.

"여자란 정말, 정말로 남자에게 그리도 좋은가?"

"이 사람 시방 뭔 소리야. 깃을 다듬는 장끼에게 물어봐, 그 멋으로 사는 사내놈들이 세상에 얼마나 많은데……. 그런데 동재 경우는 또 다르지. 여자도 여자 나름일 테지. 질긴 인연으로 서로 깊이 얽혀야 할 운명 같은 거니, 이를테면 숙명이라는 거야."

"암, 보통 인연일 수가 없지. 이승 아닌 저승에서도 반드시 맺어져야 해."

"아니네. 이경의 아비 봉서가 떼어 말리지 않았다면 이미 현실에서 맺어졌겠지."

"그런 처지에서 보면 동재 팔다리를 봉서가 분질렀단 결론이 나오는구먼. 허참, 남을 평생 절름발이로 만들어 버렸으니 죄가 저승에도 지고 가지 못할 만큼 무겁지."

동재가 목숨이 붙어 있는 것만으로도 천행이라 했다. 그나저나 동재는 끙끙 앓는 소리를 내뱉으면서, 또 부러진 팔다리를 고치면서, 비몽사몽간 수술대에 묶여서 모진 마음으로 이경을 잊으려고 입술을 꽉꽉 물었다. 두 팔뚝과 왼쪽 발목은 외상 흔적 없이 아물었으나 오른쪽은 복사뼈가 부러져 철심을 박아 넣었다. 물론 이경은 절뚝거리며 걷는 동재 모습을 보지도 못한 채 정환에게 시집갔다. 그래도 동재는 얼굴 비듬이 늘 고와 박꽃 같은 모습의 이경을 산등선 너머로 흘러간 구름자락처럼 가볍게 잊을 수가 없었다. 단념하자고 결심하기 십오 년, 비로소 뿌옇게나마 얼굴 윤곽조차 떠올리지 못할 만큼 잊긴 했다. 기다린다고 돌아올 여자가 아님을 일찍 알았기에 기다림을 붙잡고 있는 게 물 위 꽃 그림자를 안은 듯했지만, 쥘부채처럼 쉽게 접을 수 없었던 여자였다. 그러나 흐르는 세월 자락이 어김없이 기억을 되새기다 지운 뒤라 금간 벽을 도배질한 듯 겉보기엔 멀끔했다.

*

이경이 찾아온 날, 뭔 놈 심보인지 비까지 쭈럭쭈럭 내렸다.

올 땐 창문 밖으로 발로 이어지는 빗발이 뭉텅뭉텅 불어오는 바람에 엇비슷하니 누워 흔들리며 쏟아졌다. 가물었던 들판에서 젖은 흙냄새가 콧속으로 파고들었다. 그러나저러나 사람 형상은 드러나지 않고 무지개 빛깔 우산 모서리가 자두나무 가지 사이로 숨바꼭질이나 하듯 먼저 눈에 띄었다. 그리고 움직임이 자두나무 가림에서 완전히 벗어나자 비로소 우산 끝에 가려진 방문객 가슴 아래의 자태가 뚜렷이 드러났다. 하늘하늘한 꽃무늬 인견 원피스 끝자락이 천경자 화폭 한 모서리쯤 보이는 아래로 내려온 이물스럽게 보일 만큼 희디흰 종아리, 발톱까지 공들여 치장한 여자였다. 빗물이 흐르는 맨발은 브라운 스트랩 샌들에 갇혔는데, 선명한 벽옥색으로 올린 레일아트로 공들인 만큼 발가락에서 날렵함이 묻어났다. 열 개의 오막조막한 구슬이 두 줄로 나눠 꿰어진 듯 예뻤다. 걸음을 옮길 때마다 발걸음이 내리는 잔디밭에서 빗물은 고여 들었다가 낙수 뒷자리처럼 튀어 주위로 찰방찰방 흩어졌다.

열나흘 달이 반숙 달걀노른자처럼 하늘에 눌어붙어 별은 중천에 가득했으나 푸르게 빛나지 않았다. 집 뒤 야트막한 언덕 위에 멋대로 자란 느티나무 아래에서 사단의 까닭인 그 일이 첨 터졌다. 사랑의 현장으로 잠입한 틈입자인 봉서 눈에도 뒤에서 보면 분명 그렇게 보였다. 오른쪽에 앉은 이경의 상체가 왼편으로 쓰러지듯 기울었고, 마치 넘어지는 상체를 수긋이 받아 안은 동재 오른팔이 그녀의 어깨 언저리를 꼭 조여 품고 있었다. 이경의 상의가 당기도록 주름이 깊이 잡힌 걸 보면 동재 팔뚝에 힘이 잔뜩 들어가 있었다. 둘이 마주 보더니 동시에 입술이 멈칫멈칫 다가가서 격하게 맞부딪치며 멈췄다. 길게 머물며 서로 손해 보지 않으려는 듯 열중하는 모습이었다. 솟구치는 갈증은 풀리지 않은 듯 허공에 떠 있던 이경 손끝이 파르르 떨리다가 동재 머릿속으로 기어들며 '내 것이다.' 그렇게 부르짖듯 강하게 움켜쥐었다.

초저녁잠을 놓치고 일어난 김에 바람이나 쐴까 싶어 마당가로 서성거리다가 가로질러 언덕 위 느티나무로 향했던 이경의 아버지인 봉서 시선에 그들의 모습이 그렇게 애정 영화 한 컷처럼 리얼하게 잡혔다. 아닐 테지 외면하고 싶어도 달빛은 밝아도 너무 밝았다. 남의 자식들이 아니라 이경과 동재였다. 그 모습을 보는 찰나 봉서 머릿속은 뙤약볕이 내리쬐는 백사장에 서 있는 듯 모든 게 하얗게 바래져 보였다. 그런 경황에도 봉서는 반사적으로 재빠르게 주변부터 훑어봤다. 타인의 눈을 경계하려 함이다. 침샘이 말랐는지 혀끝으로 입안에서 침을 두루 찾아도 찾을 수가 없었다. 또다시 불안해서 조심스럽게 주위를 빠르게 훑었다. 요행 이슥한 밤이라 보는 눈이 없길 다행이었다. 그나저나 내친 김에 서둘러 수습해야 한다는 궁리밖에 떠오르지 않았다. 봉서는 발걸음 소리를 죽이며 도둑고양이처럼 둘에게 바짝 다가갔다.

"너네, 지금 예서 뭘 하고 있느냐?"

나직했지만 땅을 가르듯 묵직한 목소리에 어깨 품에 붙었던 그림자가 서둘러 둘로 갈라지며 이경은 냉큼 일어서고 동재는 땅에다 파뜩 두 무릎을 꿇었다. 느닷없는 사태를 맞은 자리, 이경보다 동재가 더욱 사색이 되어 몸까지 덜덜 떨고 있었다. 동재 눈앞에 별들이 하늘을 비우듯 쏟아져 내렸다. 그 자리에 차단막이 둘 사이로 갑자기 솟아오르듯 했다. 인연의 끈이 끊기고 있었다. 동재는 봉서 입에서 떨어질 불호령을 차라리 기다렸다. 그때 이경이 재빨리 동재를 보호하려는 듯 막아서며 뭐라 입을 열려고 했으나, 봉서가 손짓으로 제지하며 서둘러 말문을 틀어막았다. 격한 감정 때문에 울컥 치달아 오르는 말을 자제하려니 뱉어내는 말소리에 가쁜 숨소리도 거칠게 섞여 있었다.

"아버지, 제가 동재 오빠에게 먼저……."

서둘러 변명하려는 감정이 앞서 뒷말이 앞말을 잘라먹었다.

"지금 둘은 암 소리 말고 조용히 나를 따라오너라."

봉서는 끝내 타인 이목을 두려워하고 있었다. 먼눈이 무섭고 밤눈이 두렵다는 옛말을 되새기는 듯했다. 새어나갈 소문을 서둘러 막는 게 선행이라 판단했던 모양이다.

달빛과 나무 그늘 얼룩으로 표정을 가늠하기 어려웠던 봉서 얼굴이 건넌방에 들어서자 불빛 아래 창백하게 드러났다. 거친 호흡을 가다듬으며 깊게 숨을 들이마시는 가슴이 크게 오르락내리락하는 게 윗옷 겉으로도 뚜렷이 보였다. 쥔영감인 봉서가 그렇게 무섭도록 화를 낸 모습을 동재는 난생처음 보았다. 평소 작은 실수를 범한 동재에게 봉서는 언제나 관대했다.

"저 어린 게 전생에 무슨 죄가 있어서……."

언제나 첫머리에 놓이던 말이었다. 그 말 자리 뒤를 이렇게 마감하기 일쑤였다.

"부모를 잘못 만나 타고난 팔자지만, 어릴 때 고생은 사서라도 한다 했으니 저리 부지런만 하면 훗날 복은 절로 찾아들 것이야."

동재 처지를 두고 측은함과 안쓰러움이 마디마디 절절히 밴 목소리와 표정에 걱정까지 가득 담고 내뱉던 쥔어른이었다. 그러면서도 관심의 끈은 놓지 않으려는 듯 말을 보탰다.

"그대로 큰다면야 사내구실을 제대로 하겠어."

장래 성장한 모습을 기다리는 심산을 그렇게 절절히 드러내기도 했다. 그런 언사와 늘 뒷걱정으로 챙겨주던 쥔어른 봉서였는데 지금은 칼바위만 보이는 절벽 같았다.

목소리는 높고 거칠었을 뿐만 아니라 바늘 끝도 들어가지 않을 만큼 얼굴에서 찬바람이 일듯 굳어 보였다. 보통 조급한 성격이 아닌데도 화를 안으로 삼키면서도 뱉어내야 할 말을 고르고 있는 안색이 동재 눈으로도 분명히 감지됐다. 봉서는 크게 한숨을 뱉어낸 뒤끝으로 무거운 목소리로 입을 열었다.

"지극정성이면 넘지 못할 장벽이 없다는 말은 있다만, 그런데 이 경우는 분명 아니다. 아니어도 절대로 아니다. 애당초 넘을 생각은커녕 쳐다보지도 말았어야 할 담장임을 알아야 했다. 동재 이놈! 여태껏 내가 너를 크게 잘못 봤다."

"……."

동재는 쉰어른 봉서 말에 서러움이 왈칵 치받혔다. 독특하게 보살핌을 받던 처지였던지라 거듭 생각해도 강퍅한 내침이 딴에는 가혹하게 여겨졌다.

"그리고 내가 둘을 너무 풀어놓았다. 내 생각도 너희 단속에 미치지 못했으니 이제 와 내가 누굴 탓하겠느냐? 너희 둘은 절대로 맺어질 일이 없으니 서로 상처를 받기에 앞서 단념들 해라. 지금 내가 많이 참아내고 있다. 그리고 이경이, 너는 앞으로 바깥출입은 아비에게 반드시 사전에 아뢴 뒤 하도록 해라. 아비는 너에게 크게 실망했다."

"아버지, 저는 동재 오빠를 잊을 수……."

말을 잇지 못하고 울음이 북받쳤다.

"무슨 말을 하려는지 이 아빈 이미 다 알고 있다. 그러니
더 들을 필요조차 없다는 뜻이다! 작심만 한다면 세상에
못 잊을 일이란 없다. 모든 게 네 의지에 달렸을 뿐이란 것
도 이참에 명심해라."

이경이 하려던 말이 봉서 서슬에 토막 났다. 그나저나
오르내리는 어깨선에서 이경의 슬픔 깊이를 헤아릴 수 있
었다. 동재도 봉서의 차갑게 굳어진 표정과 말투는 차분하
지만, 마디마다 사납게 드러난 감정이 감당할 수 없을 만
큼 전신을 압박해 왔으므로 오금이 찌릿찌릿 저리도록 받
아들이고 있었다. 앞으로 일어날 모든 게 두렵기만 했다.
그 말속에는 지금껏 받아왔던 호의가 말끔히 배제되어 있
었기 때문이다. 잠시 쉬는 일자리에서도 농기구들을 가지
런히 제자리에다 놓기를 이르면서 두부의 잘린 모서리처
럼 반듯함을 원칙으로 사수하던 사람. 아버지보다 몸과 마
음을 더 의지했던 봉서에게서 냉혹하게 내침을 당하고 있
다는 정황이 참아내기 힘들었다. 종아리를 피가 튀도록 모
질게 맞는 게 차라리 후련할 듯싶었다.

이튿날, 새벽은 여느 날보다 빨리도 밝았다. 닭이 첫 홰

를 치자마자 봉서는 바깥채 동재아버지를 불러들였다. 영문도 모른 채 건넌방으로 들어선 그에게 봉서는 거두절미하고 내뱉었다. 낮은 목소리였으나 손을 부들부들 떨 만큼 감정이 격앙되어 있었다.

"이제 나와 자네 식솔들과 인연은 마지막일세. 오늘 오후라도 장평리 송영달을 찾아가게. 내 이미 사람을 보냈으니 그리로 가서 그 집안일 도우며 호구를 해결하게나."

반생 끊고 맺음을 분명한 의지로 처신해 왔던 소신대로 봉서는 말을 뱉은 뒤, 실팍한 돈봉투를 동재아버지에게 밀어 보냈다. 까닭 모른 돈을 받은 그는 어안이 벙벙할 수밖에 없었다. 눈길을 멀리 피한 봉서에게 동재아버지가 답답함을 호소했다.

"어르신 지금 무슨 말씀이신지, 제가 도무지……?"

"자세한 거야 자네 집 동재에게 물어보게나. 내가 전할 말은 이젠 다 전했네. 이제 나가서 떠날 짐을 챙기게."

"어르신, 갑자기 왜 이러시는지 저로선 당최 알 수 없구먼요."

"그리 답답하다면 내 입으로 말하지. 세상이 원한다고 모두 얻을 수 있는 것도 아니네. 모든 관계에서는 나름대로 엄연히 지켜야 할 분수와 한계가 있는 것이지. 동재에

게 분명 이르게. 일찌감치 선 차려 제 짝을 찾으라고. 자네
도 며느리를 격에 맞게 찾고…….”

바깥채 동재네를 내보내고도 봉서의 불안은 해소되지
않았다.

비 오는 날 잡아 도랑 친다고 내처 딸인 이경의 혼사를
서둘렀다. 동재로 향한 딸의 연정이 사리를 미처 모를 때
일어난 사념이라 여겨 빠르게 단절할 방법은 혼처를 정해
서둘러 출가시키는 방법밖에 없다고 판단했다. 사윗감 조
건은 자식 둔 여느 아비들과 크게 다르지 않았다. 남에게
서 한 잔 받아 마시면 마땅히 한 잔 사야 직성이 풀리는 그
는, 남자 편인 시댁 사돈 살림 형세가 딸 가진 집보다 나아
야 한다는 지론에는 변함없었고, 또 그걸 관철하려고 혼사
이야기만 나오면 그 기준에 저울추로 응용했다. 하물며 씨
앗 콩을 고르듯 눈에 불을 켜고 사윗감을 고른답시고 고
르고 골랐다. 그러면서 내처 밥술깨나 먹는 집 자식이라야
한다고 승낙 조건을 못박기까지 했다. 사람 삶의 질을 높
이는 하나의 방법이듯 사돈을 선택함에 있었어도 항상 위
로 보고 처신해야지 눈높이로 시작하면 한도 끝도 없이 아
래로, 아래로 내려디디기 마련인 게 인간사라 여겼다.

선을 뵈려 마당 안으로 들어서는 정환을 보고 봉서는 속에서 터져 나오려는 쾌재를 참아내느라고 연해 헛기침을 날렸다. 사윗감이 밥술깨나 먹는 집안 자제고 또 궁기 없이 훤한 용모면 금상첨화라 싶었는데, 막상 마당 안으로 들어선 정환은 재산가의 집안이라 이미 들어서 그 부분 걱정은 접어두었으나, 실제 용모까지 마음에 흡족하도록 겸비할 줄은 꿈에도 몰랐다. 사내의 틀이 떼거리 남자 무리에 내놓아도 눈에 환히 드러날 만큼 풍모에 궁기마저 없었고, 묻는 말에 대답하는 태도도 구김살 없이 활달했다. 사람을 고르는 일이 우시장에서 암소를 고르듯 어디 쉬운 노릇인가. 봉서는 이젠 이만하면 품안에 꼭 틀어 안았던 딸을 풀어내도 안심이 될 성싶었다. 먹은 맘대로 혼사가 이루어지니 이제 날 잡아 음식만 흉잡히지 않을 만큼 준비한 뒤 잔치만 무탈하게 치르면 여한 없이 발편잠도 잘 수 있을 듯싶었다.

동재로 향한 미련을 온전히 거둬내지 못한 채 출가한 이경에게는 정환이 남편 아니라 불알만 찬 사내라 여겼다. 마치 외간 사내와 밤을 보내는 거나 다를 바 없어 이러지 말자 해도 몸이 경직된 채 싸느랗게 식기만 했다. 정환은 이경의 마음 따윈 살피지 않은 채 밤이면 사내구실만 하려고 그녀 곁으로 수캐처럼 다가왔다간 어둠 속에서 두더지 잡듯 더듬더듬 일 치른 뒤 잠 구덩이에 빠져 곯아떨어지곤 했다. 그의 집은 풍족하게 물려받은 유산으로 쌀독이 비는 날은 없었다. 그래선지 정환은 천성마저 게으르고 몸 쓰는 일을 꺼려서 수확을 앞둔 보리밭이 장맛비로 퍼렇게 싹이 돋아나도 눈길 한 번 돌리지 않았다. 그런 일들은 으레 일꾼들 손끝이 가야만 처리할 일로 여겼다. 한번도 직업으로 돈을 벌어들인 적 없으니 남의 수고 같은 건 이해할 리가 없었고, 늘었다 줄었다 하는 재물 속성조차 깨닫지 못한 채 덜컥덜컥 나이만 열심히 먹어 온 사내였다.

당연히 쌀이 논에서 나는 게 아니라 정미소에서 나온다고 여길 만큼 세상 물정에는 숫제 까막눈이었다. 다만 용케도 깨우쳤다는 게 있다면 자고새면 집 밖으로 나돌며 술에 취한 채 여자를 취하며 하루해를 지우는 일이 유일한 일과였다. 마음을 깊게 오롯이 주는 여자가 없으니 늘 마음 구석이 허전하게 비었을 테고, 그 허기를 메우려는 듯 번질나게 나돌았는데, 그 빈 곳을 세상에 뛰고 날고 한다는 어떤 여자도 장맛비처럼 흡족하도록 적셔주지 못했다. 그러나 정환은 귀찮은 일이라면 고개를 내젓는 성격인지라 돈 냄새를 찾아 눈알까지 굴리는 여인네들과 어울리기는 했으나, 한번도 집 안으로 끌어들인 적은 없었다. 그런 아들의 낭비벽과 무책임한 성향을 일찍 눈치챈 그의 어머니는 관 안에다 몸을 누일 때까지 곳간 열쇠를 손에다 목숨보다 더 소중히 움켜쥐고 살았다. 손아귀에 힘을 푸는 날이 쪽박을 차는 날이란 생전 푸념을 이빨 끝에 물고 열쇠 꾸러미를 쥔 채 눈감을 여인네였다.

이경은 아이를 생산하지 못했다.

번번이 자궁에 태기를 느꼈으나 한 달을 버텨내지 못하고 밖으로 쏟아냈다. 한의사 진맥은 노상 그랬다. 몸이 차고 아기집이 약하니 보약으로 몸을 따뜻하게 다스리라고. 시아버지가 먼 곳도 마다치 않고 찾아가 처방받아 오는 약, 정성에 보답하려고 이 악물고 복용했으나 몸이 약을 받아들이지 않았다. 말마따나 백약이 무용했다. 이제나저제나 배태에 매달리다 보니 십 년 세월이 우습게 달아났다. 그동안 그곳에서 밴 암 덩어리를 들어내느라 자궁까지 추출해 수태할 희망마저 없어졌다.

"행여, 행여 하면서 여태 참아왔는데, 이젠 씨 밭을 잃은 거다."

시아버지가 참담한 표정으로 노골적인 심사를 절박하게 내뱉자 시어머니가 옥니를 빼물며 차선책을 제격 내놓았다. 오랜 시간 맘에다 차분차분 쟁여 온 말임이 분명했다.

"영감, 기다릴 만큼 기다려 왔는데 인제 다른 데로 눈을 돌려야 할 것 같네요. 우리 정환인 엄연히 대를 이을 장손인데⋯⋯."

텃밭이 아니라 원경遠耕에 뜻을 둔 속내였다. 텃밭이 척박해서 씨를 품지 못하니 먼 곳에 있는 미지의 땅이라도 대토 삼아 자손을 이어 가야지 않겠느냐는 뜻을 그렇게 에둘러 입 밖으로 끄집어냈다.

"그러잖아도 내가 오래전부터 속으로 만작만작 생각해 왔네만⋯⋯."

시아버지가 물었던 담배를 짓이겨 끄며 마음 밑바닥에 오래 감춰 두었던 속내를 슬며시 내비쳤다. 화급하게 서둘러 댈 필요가 없다는 표정이었다.

"무슨 좋은 방도라도 있수?"

시어머니가 호기심이 잔뜩 돋긴 눈빛을 빛내며 시아버지 앞으로 무릎걸음으로 슬금슬금 다가갔다. 영감 의중은

진중할수록 언제나 이세가 넓었기에 이번에도 믿을 만할 대책이 나올 거다. 기대까지 걸고 집토끼처럼 귀를 바투 세웠다.

"좀 기다려 보세. 내 이미 사람을 풀어놓았으니, 곧 기별이 올 것이야."

언제나 사달은 집안사람을 내보낼 때나 새사람을 들일 때 엇갈리며 생기는 법. 영감이 점찍은 새사람이 집 대문 안으로 들어서기에 앞서 정환이 세상을 떴다. 마흔도 못 채운 서른일곱 나이로 땅속에 생떼같이 묻혔다. 몸과 마음을 제 것이 아니듯 거칠게 썼던 탓에 젊은 날을 푸르게 보낸 날이 그에겐 없었다. 밤낮없이 줄곧 술판에 나뒹굴었으니 입 한쪽으로 술이 흐르다시피 했던 생활이었다. 행티마저 질펀해서 곁에서 흥을 돋우는 여자가 혀로 그것을 알뜰히 핥기도 했다. 황음무도하게 분탕질 치며 마셔 대는 과음이 몸을 축냈고, 절제마저 잃은 채 여자와 질탕하게 몸을 섞으니 젊은 육신이라도 낡은 한 칸 초가처럼 불시에 무너질 수밖에 없었다. 진이 빠진 사내 몸은 썩은 보리 짚단보다 못했다.

기다림도 없는 세월이 이경에게 찾아왔다. 별채 우묵하

니 보이는 동굴 같은 방 안에서 밤낮을 맞으며 속절없이 젊은 나이를 허비했다. 그녀가 사는 마을 하늘은 바람 흐름이 빠른지 구름을 오래도록 품지 못했다. 눈비를 뿌리거나 구름이 햇빛을 가리려고 산 너머에서 무리로 몰려왔다가 그림자까지 길게 끌면서 건너편 산 너머로 재빠르게 사라지곤 했다. 다만 계절에 따라 흐르는 방향만 다를 뿐이었다. 또 어떤 날은 맑은 바람이 불어 하늘을 시퍼렇도록 더욱 높여 깊은 바다에 빠진 착각에 빠지게도 했다.

그것이 때로는 희망이 아니라 절망으로 보여서 이경의 외로움을 더욱 깊게 했다. 그런 하늘에 아침놀이 핏빛으로 물들일 때면 불길하게 여겨져 종일 불안함에 마음을 놓을 수가 없었다. 그런 하늘과 땅만 바라보는 세월이 십 년이나 흘렀고 그동안 삼 년 안팎 간격을 두고 시부모가 이승에서 하직했다. 일찍 아들을 잃은 통한이 병을 키웠고, 여한을 풀지 못한 채 재촉하듯 앞다퉈 저승길로 서둘러 떠나갔다.

살가운 정을 받지 못한 이경은 시부모와 사별로 더 깊은 외로움을 느꼈다. 말이 입안에서 만들어져도 듣는 귀가 없으매 입안에서 절로 사라졌다. 집안일을 하는 사람들이 수도 없이 들락날락했지만, 그녀 얘기를 들을 사이는 아니었다. 응당 속 깊은 말은 목 아래에서 문드러져 썩었다. 늘 외로운 바람이 황량한 가슴에서 갈바람처럼 일었다. 어느 날 그 바람 자락에 잿더미 속 불씨 같은 게 가슴에서 움텄다. 잊고 있었던 동재였다. 그것은 싹둑 잘린 나무 그루터기의 그 감감했던 부분에서 돋아난 새움과 같은 거였다.

같은 울타리 안, 같은 마당을 쓰는 청년과 처녀인데, 무엇이 못 미더워 마음 주기를 마다할 수 있었겠는가. 그도 석 달 차이, 배밀이할 때부터 이미 보고 또 본 눈길인데 무엇이 흠결로 잡히겠는가. 한 어미가 바쁘면 다른 어미젖을 나눠 먹기도 했고, 기저귀도 네 것 내 것 가리지 않았는데……. 사내아이는 어린 계집이 여자 티가 나도록 기다렸고, 계집아이는 사내놈 턱에서 수염이 듬성듬성 날 때까지 기다려 왔는데, 그 마음을 참아내다 못해 달이 밝은 날, 기다려온 대가로 느티나무 아래에서 남녀 다름을 조금 알고자 했을 뿐인데……. 사랑을 취함에 넘쳐 터진 일은 경험도 못했고, 그것이 설령 과하다 해서 토해냄을 여태 보지 못했으므로 두려워할 까닭마저 없었던 사이였는데. 만남의 시간은 그저 짧고 짧아서 깊고 짙어가는 해갈을 풀기에는 몸이 먼저 지칠 만도 했는데……. 그런데 싫은 사람과 살기를 안간힘쓰다 십여 년 세월을 덧없이 썩혔다. 그게 어리석다면 가슴을 칠만큼 어리석은 망설임이었다.

　이경은 동재가 보고 싶었다. 참다못해 끝내 사람까지 풀어 그의 종적을 찾았다. 고향 쪽으로 먼저 훑어보라 시켜 보냈는데 다행히 동재는 아직도 고향 이웃 마을에서 산다는 정보를 물어왔다. 가장 충격적인 소식은 혼자 산다는 근황보다는 다리를 저는 원인을 들었을 때였다. 그리고 그를 버리고 떠난 여자들의 이야기도 덤으로 전해 들었다. 그녀는 가슴이 터질 듯 아팠다. 한 사내의 삶을 절뚝거리게 했고, 그게 흠결이 되어 그에게서 여자들이 떠났으니 아버지 봉서 때문에 자기도 모르게 여태 죄인으로 살아온 셈이었다.

　처음 소식을 접했을 때 죄인이 된 심경이었다. 특출하진 않아도 좋은 여자를 아내로 맞아 행복하게 살겠거니 믿고 빌어 왔는데, 그런 불구 몸으로 혼자서 살 줄은 짐작하지도 못했기 때문이다. 그 원인 제공자가 자신이었음을 되잡아 생각하자 그냥 모른 척할 수가 없었다. 그녀는 몇 며칠 마음을 자근자근 다잡은 뒤 동재를 찾아가기로 마음을 굳히고 굳혔다.

동재는 이경 결혼 소식을 바람결에 스치듯 듣긴 들었다. 버려진 동재 곁으로 숱한 여자가 들락거렸다. 마치 동네 슈퍼처럼. 그나저나 동재 눈에는 그 여자가 그 여자로 보일 만큼 마음을 휘어잡는 여자가 없었다. 지껄이는 말투가 다르고 몸뚱어리를 가리는 옷가지가 다르며 머리를 풀어 내렸다 올려 묶거나 볶아내는 모양새와 얼굴에다 그려 대는 화장의 모양과 음영만 다를 뿐, 그를 대하는 행동거지는 오십 보 백 보였다. 그런 유형 여자들이 혼자서 또는 중매쟁이와 같이 왔다가 하나같이 발걸음을 제 마음대로 움직여 떠나갔다. 혼자 산다는 소릴 듣고 찾아올 때 결심과 달리 이건 아니다 내뱉곤 발걸이가 떨어진 고무 슬리퍼 짝처럼 그를 내팽개쳤다. 월척일수록 등뼈가 굵고 모질었으며 모진 만큼 팔딱이는 힘은 손아귀에서 항상 넘쳐나서 사내 마음 이곳저곳에다 칼질해 생채기를 깊이 남기는가 하면 외양간 바닥처럼 사정없이 짓밟아댔다.

동재는 여울목에 박힌 바위처럼 오는 물길을 안아 들였지만, 흘러가려고 앙탈하는 물줄기는 정을 털어가지 않는 한 처내버려 두었다. 그게 자연 순리이려니 여겼다. 천 년이나 흐름에 맞부딪쳐 닳아 문드러진 돌이라야 견딜 길목인데 무른 살과 아픈 뼈를 가진 인간에게는 거칠고 버거운 변곡점이었다. 하도 당하는 일이다 보니 내성이 생기면서 여자로 향하는 감각도 방앗공이처럼 뭉툭하게 닳았다. 무뎌진 감각에서는 곁으로 스치든 쥐어박든 근원이 차가운 돌멩이나 다를 바 없었다. 꿀을 빨아들이려고 꽃에 앉아 날개를 접었다 펼쳤다 할 의미가 털끝만큼도 없었다. 동재는 마른 망초처럼 참혹하게 밟히고 꺾였다. 아니 사기그릇이 산산 조각난 옹기가마에 맨 무릎으로 꿇어앉은 느낌마저 들었다. 여자란 언제나 그에게 눈앞에 어른거리는 곡두와 같은 형상이라서 손끝이나 마음 자락에 그 민낯이 도무지 뚜렷하게 잡혀 들지 않았다. 여자들 겉모습이 천자만태이듯 담긴 속내도 오만가지였다. 그럴수록 이경이란 말뚝에 자신이 아직도 매여 있음을 알았다. 아니 여느 여자도 동재 마음에 박힌 이경의 그림자를 지워내지 못했다. 동재를 숙주 삼아 이경이 그 안에 움치고 살았다.

*

　눈앞 헛것의 실체를 확인하듯 눈시울을 붉히면서 머리 끝에서 발끝까지, 다시 거슬러 이경은 동재를 뜯어보고 또 뜯어봤다. 집요한 눈길도 오른쪽 발목에선 비켜 외면했다. 바라만 봐도 쓰러질 성싶은 사람인데, 원인을 제공한 이경 눈앞에 절뚝발이로 변한 발목이 죄의 물증처럼 보였다. 반가움과 또 다른 서러운 감정이 명치끝을 두들기며 거세게 북받쳐 올랐다.

　"바보 미련퉁이같이. 어쩌자고……."

　이경은 그 말밖에 다른 말을 심중에서 찾아낼 수 없었다. 태산 같던 말도 이땐 모자랐다. 갈잎 위로 떨어지는 비처럼 후두두 소리 내며 솟구치는 눈물을 감추려고 바람 부는 산으로 눈길을 틀었다. 바람이 변덕을 부리기 시작했다. 그 바람결은 늘 그러듯 얼굴 예민한 곳을 때렸다. 나뭇가지를 흔들 때나 건물 벽에 부딪힐 때마다 내지른 소리를 지금도 내지르려고 윙윙거렸다. 그게 동재 깊은 마음속에서 들판으로 달려가는 바람처럼 일었다.

　"네가 하필 좋은 날 두고 궂은 날에 이 먼길을 오다니……."

"멀다니? 지체해도 차로 두어 시간 거리인데. 오래도록 결심한 끝에 오빠 찾아왔는데……. 스치는 길이 선명히 기억에 남도록 비 같지 않은 비가 날 마중하네."

이경은 동재의 건성 걱정에 연극 대사를 외듯 단숨에 어렵게 찾아든 길의 소감을 가볍게 뱉으려 애썼다. 먼 눈길로 그녀의 방문을 지켜보던 동재는 겉으론 적어도 차분해 보였다. 불꽃을 태워도 또다시 젊음이 넘쳐나던 시절, 애증 뒤로 사라졌던 여자가 잔뜩 먹은 나이를 얼굴에 얹고 눈앞에 조용히 서 있는 게 현실로 보이지 않았다. 호들갑스럽거나 소란스러움도 없이 그저 존재 윤곽만 확인해 주려는 듯 형체만 뿌옇게 실루엣처럼 보였다. 그러나 짧은 순간 눈썹 밑으로 경련 한 줄기가 스침을 감추지는 못했다. 이미 잃은 말을 찾아서 되찾아 건네기는 너무 길었던 세월이 그들의 옆구리를 툭툭 치며 멀찍이 지나갔다. 지쳐 입아귀가 아플 만큼 내뱉을 수많은 말이 있었는데, 그 말의 처음과 끝이 냉큼 입에 걸리지 않았다. 그녀가 나타남으로써 그 말은 까닭 없이 증발하거나 안으로 꼭꼭 숨어버리고 말았다는 느낌마저 들었다.

"멀다는 건 이수나 버린 시간을 말하는 것이 아니야."

"그럼 그게 아니라면?"

"그도 분명 오고 가야 할 테니 마음과 마음 사이에 끼인 길을 말하는 거지."

말을 마친 동재는 잠깐 외출에서 돌아온 사람이나 만나듯 이경을 가까운 눈으로 바라봤다. 발끝에서 얼굴까지 더듬어 오른 깊은 눈길이 촉촉이 젖어들고 있었다. 그녀도 제 몸에 와있는 눈길을 피하지 않고 화사한 봄볕을 쬐듯 받아들였다. 감정이 빠르게 흡수되어 마음을 뿌리째 흔들었다.

"늦은 손님에게 빈손 대접이니 용서해라."

"얻으러 온 걸음은 아니야. 난 단지 같은 하늘 아래 살아가는 산사람들이 만날 수 있다는 그 신기함을 확인하고 싶어 무작정 왔는데……."

"왔더니?"

"천상에서 만난다는 게 이런 느낌일 거야. 이른 봄 잔설 속에서 성급하게 소생한 듯해."

"그런데 어쩌지? 내가 이제 너에게 줄 것이 너무 없도록 구차한 목숨만 건사해서 그저 미안하고 딱하기만 한데……."

"아냐, 살아서 만난다는 그게 얼마나 소중한 것인데……."

"누구에게 말이냐?"

"둘 다지, 누군 누구야."

"이제 남은 나이가 짧잖아."

"사랑은 길이로 재는 게 아니라 깊이로 재는 거라잖아."

먹은 나이와 무관하게 옛적 아이 때처럼 그런 투로 묻고 대답하고 있었다. 그게 편했고 자연스러웠다.

이경은 하늘에서 태양의 위치를 살핀 다음 손목시계를 들춰봤다. 부는 바람이 구름을 쓸어내 비를 멎게 하곤 하늘 가득 푸르게 칠해 놓았다. 멀끔한 하늘에서 세 시경을 가늠할 만큼 해가 기울고 있었다. 그녀는 동재 기분도 살피지 않고 불쑥 제안했다.

"꼭 둘이서 같이 갈 데가 있었는데 내친 김에 오늘 가볼까?"

"지금 어딜 가려고?"

"가보면 다아 알게 될 거야."

"가자면 옷이나 갈아입어야 할 텐데……. 잠깐 기다려."

"아니 그냥 그대로가 좋아. 으음- 그만하면 새 장가라도 들겠다."

"누구랑?"

"뭐, 어딘가 있겠지. 차암, 걷기가 무척 불편하지? 계단 끝에 차를 세워두었으니 조금 고생하면 돼."

"십오 년을 그렇게 걸어왔으니 이제는 마치 태어날 때 부터 본디 장애자로 태어난 듯 몸에 익었는데……."

"나 때문에……. 당연히 원망했지?"

"그랬지만, 내 생이 원래 그렇기도 했지……."

"또 그런 바보 같은 소리 하긴. 앞으로 그러지 마."

자궁을 들어낸, 불임 여자가 오른쪽 발목 복사뼈가 부러 져 걸음을 옮길 때마다 십오 도 각도로 기우는 남자에게 조심스러운 눈길을 보냈다. 동재는 복사뼈에다 핀을 박은 뒤 깁스를 풀었지만, 눈에 띌 만큼 방아를 찧듯 절뚝거렸 다. 그럴 때마다 그는 이마에다 푸르게 심줄을 일으켜 세 웠지만, 이경은 속에서 내치는 울음을 참아내야 했다. 동재 는 한 손에는 계단 난간을, 다른 손에는 지팡이를 잡고 계 단으로 숫제 바다 바위 구멍으로 들락거리는 게처럼 부지 런히 그러나 천천히 기어 내리다시피 내려가고 있었다.

"힘들 텐데 내가 도와줄까?"

"아니. 오늘은 너 앞이니 멀쩡한 척, 아주 멀쩡한 척하고 싶어."

이경은 계단을 내려가는 동재를 뒤따르면서 도움을 거절당한 무안함보다 막무가내로 동재의 허리춤을 파고들어 울음을 터뜨리지 못하는 비위가 야속했다. 그런 압박에서 해방되려고 불쑥 던진 말인데, 말이 입 밖으로 사라지기에 앞서 위로 말이 될 수 없다는 생각 땜에 자책하며 거듭 후회했다. 그러나 동재는 진지했다.

"많이 익숙해졌어. 뼈를 다쳤다는 데에 연연하지 않는다면 말이지."

계단은 앞에서 잠시 멈춘 듯하다가 오른쪽으로 꼬리를 비스듬히 틀어 내렸다. 동재는 계단이 끝나는 곳에서 이경을 올려본 다음에야 희미하게 웃곤 이마에 맺힌 땀방울을 닦아낸 뒤 물었던 한숨마저 쏟아냈다. 동재는 한숨을 비워낸 만큼 속에서 딱히 무엇을 먹고 싶다는 욕구 없이 아릿한 허기를 느꼈다. 이경의 눈길은 동재 뒷모습에 붙박여 있었다. 그러나 그녀의 눈동자는 눈앞에 있는 동재에 머문 게 아니라 허공에서 초점을 잃고 떠돌았다. 오늘따라 그녀에게로 전해지는 동재 말들이 낱낱 화살처럼 가슴으로 와 빠짐없이 꽂혔다.

이경이 차를 몰아간 곳은 그들이 자라던 마을이었다.

"너무나 변했다. 그렇지 오빠. 너무 많이 변해 낯설기까
지 하지?"

"그러네. 산과 개천을 빼면 모두 변했네. 너처럼……."

자란 나무들이 공제 선상을 바꿨고 헐어 없어진 집과 새
로 들어선 집들로 마을 지도가 변했다. 먹을 감던 개천은
머리도 감지 못할 만큼 수량이 줄어 얕은 도랑으로 달라졌
고 그들이 살았던 집터가 공터로 변한 채 눈앞에 나타났
다. 기저귀를 찬 채 만나 성년 나이 때까지 뿌려 놓았던 그
들의 발걸음 소리가 지금도 저쪽에서 이쪽으로 난 골목길
로 목소리와 함께 왁자하게 몰려나 올 듯싶었다.

"우리가 저기서……."

"음- 그래, 그랬지. 아주 옛적 우리는……."

둘은 옛일이 되살아나는 장소를 가리키는 손끝을 바라
보면서 옛일을 소상히 엮어내지 않고도 서로 눈빛을 빛내
며 웃기도 하고 더러 부끄러움에 얼굴을 붉히기도 했다.
마치 유년기로 돌아간 듯 그들은 마을 주위를 철모르는 아
이들처럼 여기저기 둘러봤다. 주변 나무들은 자라 있었으
나, 그들이 술래잡기하거나 걸터앉아 진달래 꽃술 싸움했
던 바위들은, 그들이 몰라볼 만큼 무심할까 봐 노심초사하
듯 그때 그 자리에서 옴쭉 않은 모양새로 그들을 맞았다.

그들은 누가 먼저라 할 수 없이 바위들 가운데 너른 바위를 골라 걸터앉았다.

"참 많이도 기어오르곤 했는데 이끼만 더 늘었을 뿐이네."

"느낌은 똑같아. 그런데 엉덩이가 배기지 않아."

"나이 먹은 엉덩이니 그래야지."

"아냐, 나이 들어 조금 감각이 무뎌졌을 뿐이야……. 내 몸을 알도 못하면서."

서로 같은 눈길로 마을과 계곡을 보며 들과 산으로 거쳐 두루 하늘까지 쳐다봤다. 마음이 요람에 든 듯 푸근하고 아늑했다. 총탄이 뚫고 지나간 과녁이나 다를 바 없이 자신들의 삶 위로 스쳐 지나간 온갖 일들이 꿈길에서 일어난 일인 듯 아련했다.

예전 마을은 그랬다. 사월에서 오월로 접어들면 하루가 다르게 나무들이 잎을 길러내 푸른 숲을 만들어냈다. 그러면 이내 푸른 숲은 어깨를 겯고 초여름 계곡 깊숙이 품었다. 푸르게 깊어진 계곡은 물 흐름소리가 더욱 낭자했고 산새 암수컷이 나뭇가지를 옮겨 날며 품을 주고 품을 받아 알둥지에서 새끼들을 환호하며 길러냈다. 풀벌레도 물소리에 질세라 울음을 높이고 바람도 시샘이나 하듯 술렁거렸다. 그럴 즈음 나비들이 숲에다 알을 슬었다. 숲에서 자란 애벌레가 번데기로 고치에 들었다가 새끼 치려고 날개를 하늘거리며 날아올랐다. 어렸던 그들은 나비를 쫓아 들판으로 내닫다가 차오르는 숨결을 고르지 못해 풀밭에서 옷자락에 풀물이 들도록 나뒹굴기도 했다.

"오빠, 우리 나비처럼 살자."

"무슨 색 나비? 흰나비로?"

"흰나비는 청승맞을 것 같지? 노랑나비가 좋아. 숲에서 가장 잘 보이잖아. 그래 노랑나비로 살았으면 좋겠다."

"그럼 나는 흰나비, 오빠 노랑나비로 살면 되지!"

"암 살면 되지. 암 그렇고말고."

그들은 살았던 곳에서 발길을 멈췄다. 비록 집은 뜯기고 그을린 주춧돌만 오롯이 남아 그들을 맞았지만, 마음속에서 뜨거운 감정이 프라이팬 기름 연기처럼 뜨겁게 솟구쳐 올랐다. 집터에 남은 돌멩이들을 하나하나 뒤집으면 일기장 넘기듯 옛일이 낱낱 들춰지며 넘겨 갈 듯싶었다. 그곳에서 이십여 보 거리에 동재가 살았던 집터가, 그들이 크며 잘랐던 사이를 일러주듯 가까운 거리로 놓여 있었다. 모든 게 눈에 익었지만, 또한 새로워 보이기도 했다. 동재 표정을 살피던 이경은 얼굴까지 붉히며 목이 잠긴 소리로 입을 열었다.

"우린 이렇게 살던 곳으로 되돌아왔네. 집이 없는 곳으로 늙은 몸만……."

"그렇지. 주름지기 시작하는 몸으로……."

"그렇게 보기 흉한 주름은 아니지."

"그러나 오고 싶어도 올 수 없었던 때도 있긴 있었지."

"알아, 아버지 때문이지?"

"처음에는 그랬지만, 세월이 흘러서는 이경이, 너 때문에……."

"이해해. 나는 혼자서 이곳에 올 때마다 눈물을 참을 수 없었어. 모든 흔적에 묻어나는 기억이 오빠와 엮여 있었으니까……."

이경이 앞장서 이끄는 대로 동재는 죄인처럼 끌려갔다. 마치 깊은 계곡으로, 너른 숲으로 날이 저물도록 쏴 다니던 그런 시절로 되돌아간 듯했다. 부지런히 발걸음을 옮기다 보니 어느새 걸음은 집 뒤 언덕 위 느티나무 밑에 와 있었다. 이경이 눈과 입을 크게 열어 환호하며 눈까지 반짝였다. 그리고 동재 눈을 찾아 맞추며 아련함이 배어나는 목소리로 말했다.

"우리들의 범행 장소지?"

"그래, 범인처럼 우린 현장에 왔고. 내가 주범이었고 네가 공범이었고?"

"아냐, 내가 오빠를 더 좋아했으니까 내가 주범이 되어야 해. 안 그래?"

"그래. 그도 오빠를 사냥하는 아주 고약한 사랑꾼처럼……."

둘은 몸피가 불어난 느티나무를 찬찬히 쓰다듬어 가며 주위를 돌기 시작했다. 그들은 느티나무가 잎을 피우거나 낙엽을 털어내고 잔가지마저 보일 때도 그곳을 찾았다. 느티나무는 더욱 가지를 길러내며 그들이 따라오지 못하게 몸피를 불리는가 하면 수고마저 높였다. 그 그늘 자리에서 서로 성장해가는 얼굴을 마주 바라보기도 했고, 별이 무리 지어 쏟아질 듯한 밤이면 어깨를 기대고 먼 하늘 바라보며 훗날의 꿈을 엮어보기도 했다.

느티나무 표피를 더듬으며 나무 주위를 돌고 있던 이경이 갑자기 흥분해서 소리를 질렀다.

"오빠! 이것 봐. 이게 이렇게 남아 있다니?!"

"아니, 뭔데 그래?"

"이, 이거! 나 어쩌면 좋아……."

이경의 말끝에 울음이 와락 딸려 나왔다.

"이런, 여태 없어지지 않았다니……?!"

그들이 느티나무에 새겨 넣었던 표시였다. 그것은 X자로 한 획씩 서로 어긋나게 그었는데 언제가 심하게 다툰 뒤 서로 화해하면서 '앞으로 절대로 싸우지 말며, 또한 헤어지지도 말자.'면서 언약했던 맹세의 흔적이었다. 표시는 불어난 부피로 표피가 거의 서로 맞닿을 듯 아물어 들었지만, 워낙 깊이 새겼던 터여서 뚜렷이 남은 형체는 손바닥 감촉으로도 쉽게 느낄 수 있었다. 느티나무는 그들이 남긴 맹세를 간직한 채 사계절 풍상, 또한 수삼 년 참아내면서 가지까지 길러내고 잎마저 불리며 오늘에 이르러 그들 앞에 변함없이 늠름한 자태로 기념탑처럼 서 있었다.

이경은 눈물이 묻은 눈으로 동재에게 바삐 다가왔다. 그녀는 동재의 두 손을 모아 움켜쥐어 제 가슴에다 격렬하게 붙인 뒤 아이처럼 방방 뛰어오르면서 울먹이는 목소리로 입을 열었다.

"어떻게 해, 나 어떻게 해? 오빠, 나 어떻게 하면 좋아……."

동재를 처다보면서 마치 물음에 대답을 재촉하듯 연이어 뱉어내던 이경은 두 눈을 질끈 감으며 고갤 숙였는데 눈물이 발치에 후두두 떨어져 내렸다. 동재는 파르르 떨고 서 있는 이경의 모습이 안쓰러워 두 팔을 등 뒤로 돌려 감싸 안았다.

"괜찮아, 모두 지난 일이야. 이제 어르신도 보지 못하잖아…… . 그러나 우린 지금 여기 이렇게 서 있잖아."

"아니, 아니야. 그게 아니야. 지금도 아버지는 지켜보고 있어."

동재 손안으로 이미 들어와 있는 이경의 손이 그를 다른 곳으로 잡아끌었다.

"이제 오빠와 내가 꼭 가 볼 곳이 있어."

"집터도 여기도 아니고 어딜?!"

"물론 여긴 아니지. 오빤 날 따라오기나 해."

그곳에서 언덕 위쪽으로 여남은 발짝 경사 길로 올라갔을 때 그들 눈앞에 무덤 두 기가 나란히 땅에서 돋아 있었다. 예전에 볼 수 없었던 무덤이라 동재는 뻥한 눈으로 바라보다가 그곳으로 다가가며 이경에게 내막을 물었다.

"예전에 이곳에 무덤이 없었는데…… ."

"그랬지. 삼 년 전만 해도 그랬지. 인사는 올려야지, 오빠."

"인사를……?!"

"우리 아버지와 어머니가 여기 묻혔어."

멍하니 서 있는 동재에게 이경이 먼저 무릎을 꿇어 내리면서 말했다. 아버지보다도 자기 앞날을 더 걱정했던 봉서에게 무릎을 꿇어내려야 했다. 동재도 그녀를 따라 무덤 앞에서 이마가 잔디에 닿도록 머리를 내렸다. 진작 속에서 울컥 감정이 치달았다. 손에 잡히는 잔디를 잡아 뽑듯 힘주어 움켜쥐었다. 만감이 마음속으로 교차했다. 먼저 일어난 이경은 무덤이 아니라 동재에게 울음 밴 목소리로 말했다.

"오빠, 이제 아버지를 용서해 주었으면 좋겠어. 오빠 일생을 장애인으로 살게 한 우리 아버지를……. 이 자리에서."

그녀 말을 받은 동재는 이경에게서 감정이 전이된 듯 무덤을 향하여 입을 열었다.

"아닙니다. 어르신, 이경의 말은 틀렸습니다. 못난 저 때문에 서둘러 시킨 결혼 탓에 이경이 불행한 삶을 살았으니 무엇보다 제 잘못이 더 큽니다. 어르신! 이 동재 놈을 부디 용서하지 마십시오."

동재는 일어서다 말고 다시 꿇어앉으며 머리를 더 깊이 조아렸다. 복받쳐 오르는 서러움을 참아내느라고 어깨를 들먹이고 있었다. 그를 일으키려던 이경이 마음을 고쳐먹은 듯 허리를 다시 굽혀 잔디밭으로 내려앉았다.

"아버지, 그리고 어머니, 이제 저희를 용서하시고 허락해 주세요. 아버지 어머니도 지금은 아시잖아요? 다른 사람들은 우리 둘의 짝이 될 수 없다는 걸 생전에 보셨잖아요. 그리고 둘을 갈라놓은 일에 후회도 했다면서요. 비록 늦긴 하지만, 우리에겐 아직도 많은 날이 있어요. 그러니 이젠 허락해 주세요."

이경의 흐느낌 속에서 서산으로 해가 지고 있었다. 바람이 산 위로 올라가는 소리가 둘 귀에도 들렸다. 몇 자락은 느티나무 가지에서 주춤 멈추었다가 흩어지며 앞선 바람 줄기와 합쳐졌다. 산바람 소리가 가뭇없이 사라지자 고요가 찾아들었다. 동재가 흐느낌을 멈춘 이경을 잡아 일으켰다. 그리고 말없이 그녀를 가슴에다 당겨 깊이 품었다. 먼 길을 돌아오느라고 발그레하니 젊음이 넘쳤던 얼굴에 눈가 잔주름이 잡혔고 칠흑처럼 검었던 머리카락이 한두 가

닥 희어가는 모습으로 무수히 상처 입은 가슴에다 따뜻한
체온을 건네주려는 듯 빈틈없이 가슴을 밀착시켰다.

*

동재는 꿈에서 빠져나왔다. 내의도 흠뻑 젖을 만큼 땀을
흘렸다.

꿈이 없어진 자리에 매미 껍데기 같은 허물만 남았다.
몸이 마디 터진 대처럼 진공상태에서 튀어 나왔다. 숙주의
숙명이니 그럴 테다. 눈앞 탁상 달력에는 윤 박사에게 탈
락성 건망증 2차 상담 날짜가 내일로 잡혀 있었다. 이경의
얼굴이 새삼 떠올랐다.

때 묻은 손

어림잡아 짚어본 시각이 오후 일곱 시 반으로 넘어선 양 싶었다.

19인치 티브이 모니터 화면 가득 넘쳐난 영상이 벽등만 켜진 방안에 빛 물결을 이뤘다. 리얼리티 다큐멘터리 프로그램인 〈이것이 인생이다〉가 방영되고 있었으니 경험 짐작으로 그런 시간 흐름의 계산이 얼추 가능했다.

주영혜는 이 시간대면 어김없이 티브이 앞에 앉아 만사를 제쳐둔 채 화면에 넋을 놓았다. 인간사 냄새가 진하게 배어나는 다큐멘터리 영상들은 평범한 사람들의 상상 밖 삶을 소재로 했기에 항상 시청자들 호기심을 자극하며 감성을 쥐흔들었다. 또 평범한 삶을 꾸려가는 사람들의 시선 앞에다, 기구한 삶을 영위하는 인간들의 천차만별한 다양성을 보여줌으로써 반향 또한, 뜨거웠다.

오늘따라 화면에서 쏟아져 나온 빛이 그녀의 양쪽 뺨 위에서 유난히 번들번들 반사되고 있었다. 일상 이 프로그램을 시청하면서 쏟아내던 눈물이 뺨을 적시긴 했으나, 오늘 정황은 예전과 판이했다. 프로그램이 방영되기에 앞서 그녀의 양쪽 뺨은 이미 눈물로 흥건히 젖어 있었다.

오늘도 하찮은 일로 사내와 또다시 다퉜다.

사내와 다툴 때는 자존심을 세우려고 한번도 눈물을 흘린 적이 없었던 그녀다. 언제나 싸움 끝까지 평정을 잃지 않은 채 맞서려고 냉정의 끈을 놓지 않는다. 그러다 그녀의 냉랭한 자세를 피해서 사내가 자릴 뜨거나, 제 하고 싶은 대로 행동한 뒤 주변에서 떠나면, 비로소 그녀는 자기만이 차지하는 공간에서 마음을 풀고 참았던 눈물을 소리 없이 쏟아낸다. 의지로도 이겨낼 수 없는 분함이 뼛속까지 사무쳐서다.

그녀도 잘 알고 있었다. 사랑은 소통을 근본으로 한다는 원리를, 또한 그것은 수평을 이룬 저울의 양단에 놓인, 질량이 다른 물건의 무게와 같이 언제나 평행을 이룰 수 없다는 것도. 하지만 한쪽으로 일방적인 흐름이어서는 관계가 성립되지 않는다는 성질마저. 중량이 일방적일 때, 서로 마음에 깊은 상처를 입고, 몸마저 애증으로 피폐해지리라는 예측까지 하지 않는 바가 아니다. 더러는 삶의 의미를 잃은 채 허우적대며, 때로는 조울증에 빠져 거기에서 탈출하지 못하고, 죽음길로 들어설 수도 있다는 종국의 처절한 파멸까지도 예견하고 있음은 물론이다.

그렇게 빤한 원리를 꿰고 있으면서도 마음은커녕 몸의 한 모서리조차 스치기 싫은 사람과 가정이라는 한 울타리에 갇혀 살아가는 사람도 이 세상에는 더러 있음이 분명한데, 그녀는 자신 스스로 바로 그런 정황이라 받아들이며 여태 살아왔던 터였다.

수원 영통에 사는 그녀와 한 번이나 얼굴을 스친 사람들은 남녀를 불문하고 모두 같은 느낌으로 결론을 모았다. 내면은 고사하고 사람의 외모마저 얼음장 밑으로 흐르는 계곡물과 같이 차디차다고 했다. 냉기로 똘똘 뭉쳐 얼음처럼 굳어진 여자. 그러면서 그 얼굴에서 안온한 웃음을 찾아내는 일이나, 타인에게 배려하려는 인정머리를 찾아내는 일은 고목에서 꽃을 피워내는 기적을 보는 경우보다 훨씬 어렵다고, 인간미에 호소하는 기대감을 초저녁에 버리라는 조언도 서슴지 않았다.

그게 크게 틀린 말은 아니었다. 남편이라 자칭하는 사내에게 가는 그녀의 마음은 쌀을 솥에 안칠 때, 이남박 안에 남아 있는 돌과 같았다. 설사 솥으로 그것이 흘러들어서 열로 가해지더라도 밥이 될 수 없듯 어떤 안유에도 변할 성질이 아니란 거다. 그렇듯 모진 돌이 사내와 짝을 이뤄 부부라는 인연을 맺었음에도 지금까지 마음속으로 끊임없이 타인처럼 굴러다녔다. 더욱이 그냥 굴러다니기만 하는 게 아니라, 요석처럼 틈틈이 마음 이 구석 저 구석을 아프게 갉아댔다.

그러니 그녀가 늘 지녀가는 감정은 바람 부는 운동장에 굴러다니는 왕모래들 모양 삭연하니 돌출되기만 했고, 자기에게로 틈입하려는 타인의 감정에는 코브라 머리처럼 독을 내뿜을 자세로 방어자세를 취하는 게 은연중 하나의 습관으로 가슴에 옹두라지로 박혀 있었다.

결코 어떤 장소, 어떤 시간 속에서도 사내를 향해서는 애틋한 감정은 한 자락도 일지 않았다. 사내와 마주치면 윤활유가 말라버린 톱니의 맞물림처럼 스스로 제 살을 갉아먹는 소리가 났다. 그러니 사내와 숱한 날을 전쟁이나 하듯 서로 싸우며 살아갈 수밖에 없었던 터였다. 그들 부부를 보면 남자와 여자는 애당초 형질의 계보가 다른 종족이 아니었을까 하는 의구심마저 들 때도 있었다.

그녀는 자신도 제가 파고 들어앉은 구덩이에서 뛰쳐나가야 한다는 상황만 인식하고 있었을 뿐 달리 방법을 찾아내려고 애쓰지도 않았다. 상황이 달리 바뀌더라도 둘의 관계가 크게 개선되리라는 믿음을 버린 지 이미 오래되었던 탓이다.

그러다 보니 어느덧 그녀는 사내에 대항하는 투쟁력이 나날이 강해져 갔다. 하릴없이 노는 병졸보다 잦은 싸움터에서 작은 상처나마 자주 입는 병사가 실전에서는 더욱 강함을 드러내는 이치와 같았다. 싸움이 잦다 보니 싸움을 읽어내는 수가 늘어서 그랬든지 세월이 흐를수록 사내보다 그녀의 승수勝數가 당연히 앞섰다.

그녀는 차츰 직업군인처럼 싸움을 즐겼다. 싸움도 묘수를 터득하면 짜릿한 쾌감까지 덤으로 얻었을 수 있었다. 그러면서 그녀는 사내와 싸움을 치러내는 순간에도 자신과의 싸우는 일을 포기하지 않았다. 그런데 그런 내면 싸움은 마치 복사 벌레가 목질을 갉아내듯 그녀의 속을 여지없이 갉아내는 결과를 가져와 스스로 감당하는 부담도 안아야 했다. 그러나 그녀는 기둥에 박힌 못 머리에 옷이 걸려 살갗이 찢기는 그런 반사적인 변고를 당하더라도 사내와의 싸움에서 물러나지 않겠다고 더욱 자신의 결의를 옥죄였다.

사내는 늘 술에 취해 귀가를 했다. 술을 즐기는 편이지만 요즘 들어 술을 마시는 횟수가 부쩍 잦았다. 일찍 수원에다 삶의 터전을 잡았기에 잡종지를 사두었는데, 도시개발이 이루어져 아파트 부지로 확정되자, 매수로 내놓아 목돈깨나 거머쥐었다.

사내는 몇과 어울려 무덤을 가족 묘원의 석실로 꾸미는 유행 바람에 맞춰 그 일을 시작했다. 사내로서 거침없이 사회활동을 왕성하게 할 나이 때긴 했다. 물론 투자금액의 비율로 따져 사내가 대표로 사장에 올랐고, 두 명이 전무라는 타이틀로 영업 현장으로 뛰었다. 영업으로 뛰는 전무들이 몇 다리를 건너 소개를 받고, 또 가까운 동기까지 동원해서 서넛 차례 일거리를 물어 날랐다. 그런대로 부지런히 뛰어다니면 발품을 챙길 만한 일거리임이 분명했다. 얻어들은 정보에 기대어 재료비 대부분을 차지하는 석재의 원가를 줄이고자 중국에서 들여오는 대리석을 사용했다. 국산 대리석 가격이 고공행진을 하던 시기여서 중국산은 시세차액이 비교조차 할 수 없을 만큼 싸서 이문 폭이 컸다.

그러나 얼마 가지 않아 묏자리에다 가족 묘원의 석실을 꾸민다는 게 우리나라 장례문화에 맞지 않는다고 집안일을 주관하는 노년층에서 외면을 당하자 일거리가 끊겼다. 주변의 산수 또한 자연과 어울리게 꾸며지던 토봉분土封墳과 달리 금속성으로 빛나는 대리석 석실이 푸른 잔디와 부조화를 이루었기에 미관이 흉하다고 다들 머리를 내저었다. 투자했던 돈을 반도 건지지 못한 채 사업은 실패하고 회사는 문을 닫았다. 명색이 사장이었지만 사업 실패의 뒷수습은 고스란히 사내 몫으로 남겨졌다.

동참했던 둘과 달리 사내에게는 무덤을 꾸미는 사업은 본디 다른 데에 뜻이 있었다. 죽은 자를 위하여 유택을 지으려는 의지는 아버지로 향한 사모의 정 때문에 처음으로 제안이 왔을 때, 사내는 기다리고 있었다는 듯 선뜻 응했다. 그러나 그 일은 이문이 따르지 않아 한낱 물거품이 되었지만, 아버지에 향한 사모의 정을 풀어내지 못하는 현실에 가슴이 늘 아프다고 말했다. 그러기에 사내는 실패한 사업을 정리하면서 며칠 동안 통음을 계속하며 넋마저 놓

은 채 사람 껍데기로 지냈다. 자식의 도리를 다하기엔 세
월이 너무 빠르게 곁을 스치고 지나가고 말았던 셈이다.

　사내는 주영혜와 일찍 고향을 떠나 수원 영통에다 삶의
터전을 꾸린 뒤부터 지금까지 한번도 고향 땅을 밟지 않았
다. 아버지에게 내쫓김을 당한 처지여서 연락을 끊고 외톨
이로 숨어 지내다시피 살았다. 이쪽에서 발걸음을 끊으니
고향에서 전해지는 소식도 자연 끊겼다. 그러나 고향에 있
는 사물들은 사내의 무관심과 달리 나날이 변화 속으로 묻
혀갔다.

　사내의 귀문에 처음 고향에서 닿은 소식은 아버지의 죽
음이었다. 처음 내침을 당할 때, 고향에서 떠나는 자식의
뒷모습마저 보지 않으려고 먼 골짜기에 있는 밭으로 피신
한 아버지가 세상 떠났다는 소식을 들은 때는, 아버지의
무덤에서 잔디가 열 번이나 돋아났다가 시들만큼 세월이
훌쩍 흐른 뒤였다. 성남 모란시장에서 우연히 만나게 된
고향 쪽 사람에게서 아버지의 속마음을 전해 듣는 자리에
서였다.

　"자네가 부친 성격을 잘 알고 있지 않은가? 자네 부친은
입 밖으로 뱉어내진 않았지만 눈 감는 순간까지 자네를 기

다리고 있었다네."

"……!"

"이제 흐를 만큼 흘러간 세월이 아닌가? 생전에 뵙지 못했더라도 명절 때 시간 내서라도 성묘는 해야 할 게 아닌가. 그렇게 하는 게 자식의 마지막 도리가 아닌가."

"……."

"어떤 부모인들 자식을 고향에서 내칠 때, 속 태우지 않겠는가. 뭐니 뭐니 해도 자네가 집안의 장손이 아닌? 이제 먹은 나이가 있으니 내 말을 한번 깊이 생각하시게나."

사내는 적잖이 충격을 받았다. 심지어 지금껏 가마득히 잊고 지냈던 일이었다. 오히려 고향 생각을 하지 않으려고 기억 속에 남은 것을 지운 지가 오래되기도 했다. 살아오면서 그곳 사람들과 만나지 않으려고 얼마나 애써 왔던가. 그러나 바람이 잿불을 휘저어가듯 여전히 온기가 남은 불씨가 세월을 건너뛰어 그대로 드러난 형국처럼 그의 기억으로 생생하니 되살아 올랐다. 고향 사람 소식이 그대로 고막으로 파고들어 박혔다. 아버지는 눈을 감는 순간까지 눈 밖으로 몰아낸 아들을 기다렸다고 지금 전하고 있지 않은가. 그러나 사내는 차로 반나절이면 충분히 당도할 수 있는 고향이었지만 달려가지 않았다. 이미 고향에서 떠날 때, 되돌아갈 뒷길을 지워가며 떠났다고 여겼기 때문이다. 자식을 고향에서 내칠 때, 외지에 나가 생활할 수 있도록 전답을 팔아 준 일도, 마을 사람들은 아비로서 할 일을 다 했다고 입을 모았다. 아비로서 그렇게 도리를 다했음에도 사내는 아버지에게 불효한다고, 그들은 분명 손가락질을 해댈 게 뻔했다.

"아들놈, 소행을 보면 그대로 마을에서 쫓아내도 무방하지."

"대대로 내려오던 가문의 영예가 일순간 나락으로 떨어졌는데, 제 아비 심정이 어땠겠어? 그냥 죽을 맛이 아니겠어?"

"그러니 어떡하겠어. 그래도 제 속으로 낳은 자식이 저지른 일이니 아비 입장에서는 그럴 수밖에 달리 방도가 없었을 테지."

"그래서 전답을 팔았구먼."

"예전과 같았으면 사내로서 구실을 빼앗길 일이지. 이웃 마을 처녀를 겁탈한, 그 어처구니없는 짓이……."

무논 면적이 너른 후평 뜰 일은 소만을 지나 망종이 넘어서자, 발등에다 오줌을 쌀만큼 바빠졌다. 일손을 동원해 모내기를 끝냈을 때는 먹성거리를 만들어 논으로 나르던 주영혜도 몸살이 날 지경으로 지쳐 있었다. 몸이 피곤함에 젖다 보니 장소에 상관없이 잠시 앉았다 하면 몸을 움직이기 싫을 만큼 졸음이 덮쳐왔다. 졸음에 장사가 없다는 말이 비록 성년에 차오른 처녀도 예외로 두지 않았다.

바람결도 아주 조용한 그늘이다. 하오의 나른한 볕이 토담 모서리에서 꺾여 있고, 꺾어진 볕 조각이 땅바닥에 앉아 초여름 아지랑이를 아른아른 피워 올리고 있었다. 툇마루에 앉은 그녀는 눈이 감기기 전에 무릎 부근이 힘부터 빠져나가며 다리가 맥없이 퍼졌다. 몸의 움직임보다 졸음이 닥쳐드는 속도가 한 발 더 빨랐다.

눈이 감기고, 감긴 망막으로 볕이 차단되면서 검은 비로드 천이 내려왔다. 차츰 어둠이 멀어지며 온몸 구석구석으로 나른한 편안함이 찾아들었다. 손아귀에 남았던 힘마저 풀어냈다. 어제 모내기 일로 피곤함에 젖었던 그녀의 삭신은 심해로 내려앉듯 그렇게 잠 속으로 함몰했다. 사지의 마디마디가 풀어져 내리듯 온몸이 녹작지근함에 젖어들었다. 고개마저 돌리기 싫을 만큼 깊은 낮잠의 수렁에 빠졌다.

얼마 동안 그런 혼곤함에 젖어 있었을까. 비바람과 천둥에도 끄떡없다던, 마을 앞산 머리에 박힌 솟대바위가 내리굴렀다. 아낙들의 회임에 효험이 있다고 해서 금줄까지 두른 둥근 바위였다. 굴러내려 온, 그 바위는 생명체처럼 그녀의 배 위로 냉큼 올라앉았다. 죽은 것 같지는 않았으나, 무겁게 짓눌려 숨이 찼다. 어디까지 꿈결이고 어디까지가 현실인지 분간이 되지 않은 채 덜컥 겁부터 났다. 그녀는 반사적으로 꿈결에서 깨어났다.

너무나 힘에 겨워 눈을 떴으나, 검은 것만 보였다. 움직일 수 없도록 손이 묶여 있었고, 눈은 검은 천으로 가려져 있었다. 배 위의 무게가 들리고 묶였던 손이 풀어지며 발걸음 소리가 서둘러 귀문에서 멀어져 갔다. 무섭고 두려워 발걸음 소리가 들리지 않은 뒤에야 간신히 눈에 가려진 천을 풀어낼 수 있었다.

그때, 바삐 토담 모롱이를 막 돌아나가는 사내의 뒷모습 한 모서리가 눈에 띄었다. 얼굴은 볼 수 없었기에 신분조차 알 수 없었다. 그녀는 비로소 흐트러진 옷가지를 수습하며 어떻게 해결해야 하는지 대책조차 떠오르지 않는 상황에 더럭 겁부터 나서 울음을 토해냈다. 그러면서 이 일이 용서로써 풀어질 정황이 아님을 직감했다. 그러나 담담하게 받아들이기는 어린 나이로선 벅차고 두려웠다. 필시 자신의 운명에 무거운 짐으로 다가들게 분명해 보였다.

그 일 이후 그녀의 눈에는 동네 남자들이 하나같이 낯선 사내들로 보였다. 그리고 반사적으로 그들 가운데서 눈에 익어진 뒷모습을 찾아내려는 버릇마저 생겼다. 눈에 비친 뒷모습만으로 사내를 골라낼 수 없었지만, 설사 짐작이 가더라도 차마 입을 열 용기가 나지 않았다. 자기 입에서 뱉어진 말이 근동으로 퍼져나가면 그 뒷감당을 어찌해야 할는지 자신이 없었던 탓이다. 아니 하늘과 땅이 모르고 자신과 사내만 아는 일이라면, 그 일이 꿈결의 일이듯 내색하지 않고 가슴에다 묻어두고 싶었다. 그냥 묻어두고 겉으로는 태연한 척 살아갔으면- 그런 바람마저 속마음에서 간절히 일었다.

그런데 넉 달이 지날 무렵 이슥한 밤길을 헤쳐 가며 사내가 그녀 방으로 몰래 찾아들었다. 통성명은 없었으나 더러 보아왔던 윗마을 청년인데, 그녀는 몸을 가져간 남정네임을 직감했다. 잔뜩 긴장한 채 분노에 떠는 그녀 앞에 사내는 아무런 말도 없이 무릎부터 꺾어내렸다.

그리고 품속에서 짧지만 날카롭게 연마된 단검을 찾아

내 그녀 앞에 던지듯 미루어놓으며, 나직하지만 단호한 목소리를 뱉어냈다.

"여지가 없소. 선택하시오. 내 청을 받아들이든, 이것으로 나를 죽이든……."

그녀는 망설이지 않고 단검을 향하여 손을 내밀었다. 먹었던 마음과 달리 손끝보다 마음이 더 먼저 떨려왔다.

"죽을 게요."

칼끝이 사내에게로 향하는 게 아니라 제 가슴께로 향하게 그녀는 칼을 엎어쥐었다. 모질게 마음먹은 채 그동안 일었던 분함까지 참아내려 했는데, 속눈썹에 이슬이 먼저 가득 고여 들었다. 진작 속에서 울음과 슬픔이 솟구쳐 올랐다. 느지막하게 떠오른 달이 창밖 가득 달빛을 뿌렸는데, 불어가다 남은 바람이 문틈에서 살바람을 일으켰다.

사내는 그녀의 딴 짓거리를 막으려고 칼 쥔 손목을 잽싸게 검잡았다.

"그건 안 될 일이오. 차라리 이 가슴을 찌르시오. 그런 일이 없더라도 우린 만나야 할 인연이었소. 이제 당신의 일생은 내가 책임질 일이오. 제발 이러지 마시오."

사내의 뜻은 속내를 뒤집어 보이듯 간곡했다. 건장한 체구와 달리 눈가에 물기마저 어린 모습이 한없이 초라해 보이기도 했다. 수컷으로서 가지고 있는 거침과 거드름은 어디로 사라진 것일까. 그녀가 완강하게 버티며 뜻을 꺾지 않자 사내가 다급하게 다시 입을 열었다.

"괴로워서 도저히 참을 수 없어 부모님께 말씀드렸소. 고향을 떠나 살게 해달라고 빌었소. 그런데 오늘에서야 겨우 허락받고 이리 급하게 달려왔소. 이제 당신이 허락해주어야 할 차례요. 제발 나를 내치지 말고 나에게 속죄하는 길을 열어주시오. 그 속죄하는 과정을 당신이 옆에서 지켜봐야 하지 않겠소? 내가 그 일을 할 수 있도록 도와주시오. 이것은 이 사람의 진실한 바람이오."

사내는 수컷의 기를 꺾고 그녀의 바로 앞에서 고개를 힘없이 떨어뜨렸다. 숙인 얼굴에서 눈물이 떨어짐은 물론 어깨선이 무너져 흔들리고 있었다. 태도를 보아 순간의 감정으로 저지른 일에 깊이 뉘우치고 있음이 분명해 보였다. 그러나 그것은 그녀의 선택을 무언으로 강요하는 행위기도 했다.

고향에서 떠난 그들은 풍문이 무서워 서울로 가지 못하고 수원 변두리에서만 이십오 년을 숨어 살다시피 생활했다. 그녀는 곱사등박이도 정들면 살지, 그 말이 좋아 처음에는 마음을 열고 몸도 열려고 애를 쓰긴 했다. 그러나 마음과 몸이 방부제로 처리된 미라처럼 사내 앞에서는 좀체 반응이 오지 않았다. 사내가 천성적으로 악인이 아니라는 믿음이 가는 데도 몸과 마음이 그랬다. 따라서 이미 감정 끝이 무딜 만큼 무디어져 있었다. 이제 가시를 세워 상대방의 위해로부터 방어하려는 고슴도치가 아니라 육체에 입은 상해로 옹이 주위처럼 굳은살이 속까지 속속들이 들어박힌 나뭇결과 같이 굳어 있었다.

오늘 초저녁에도 그랬다.

사내는 싸움이 격하면 격해질수록, 아니 그녀가 냉랭해지면 냉랭해질수록 여자에게 맹목적이리만큼 잠자리를 요구했다. 그러나 그녀는 그의 요구를 마다치 않았다. 아니 마다할 아무런 이유가 없었다. 다만 그런 관계는 부부생활의 일부분이었다. 사내는 그녀로부터 냉혹한 대접을 받으면 받을수록 더욱 초조하고 격렬하게 달려들었다. 마치 수컷으로서 좌절됐던 승부가 오기로 변질해서 그런 반응으로 달아오르는 것이라고 단정할 만큼 공격성을 띠고 있었다.

그럴 때면 그녀는 몸속에 들어 있는 감정을 깡그리 뽑

아내고 사내의 요구대로 몸을 내맡겼다. 그러니 육체와 육체가 닿는 감각에 체온의 높낮이가 서로 다를 수밖에 없었다. 그녀의 몸은 마치 산마루에 서서 삭풍을 맞은 듯 살갗이 마비되어, 스치는 손길의 체온이 도무지 전달되지 않았다. 온기나 열기를 전달해야 할 혈관들이 곳곳에서 막힌 듯 건몸으로도 달아오르지 않았다. 아닌 게 아니라 마음을 딴전에 풀어헤쳐 놓으면 육신은 한갓 나무토막에 불과한 것일까. 정작 혼을 담아낼 때만 육신이 제 기능으로 작동하는가.

"독한 년!"

퇴송 후 네거리에 버려진 제웅처럼 누워 있는 그녀를 향하여 수컷으로 일을 끝낸 사내는 늘 그렇게 모진 말을 내뱉었다. 그녀는 같은 소리를 이십오 년 동안이나 꾸준히 들어왔다. 그 말속에 소나무 옹두라지처럼 솟아 있는 사내의 분함을 모르는 게 아니라, 다만 그녀는 모르는 척 외면하며 살아가고 있을 뿐이다.

그런 반응을 예견하고 있었던 듯 사내는 분풀이나 하듯 쉽게 물러나지 않았다. 사내의 치골이 불두덩에 부딪힐 때마다 살이 터져나가는 듯 통증이 왔다. 사내의 몸이 빠질 때를 기다렸다가 하체를 옆으로 틀어 아픔을 피하려 했으

190

나 사내는 호응으로 착각하고 오히려 숨결을 더욱 가파르게 높였다. 속에서 치밀어 오르는 '제발 그만'이라는 말이 튀어나올 것 같았으나, 고통스럽게 일그러진 입술의 모양새로는 그 말을 제대로 전할 수 없었다. 그냥 고통스러움에 이빨을 딱딱 마주쳤을 뿐이다. 통증을 참다못해 사내의 움직임에 제동을 걸고자 다리를 들어 허리를 조였고, 팔을 뻗어 상체를 바싹 당겨 안았다. 사내가 숨 가삐 헐떡이며 떡고물처럼 사이사이에 말을 끼워 넣었다.

"시방 좋은가?"

그녀의 처지에서는 딱한 물음이다. 말문이 막혀 아무런 대거리를 하지 않자, 사내는 더욱 득의양양해져 거리낌 없이 넘겨짚었다. 부끄러움을 이미 포기한 그녀의 나신이 형광등 빛 아래 더욱 뽀얗게 보이는 게 사내의 시선을 더욱 자극했다. 사내의 눈빛이 놓친 물고기를 다시 찾아낸 수달의 욕망처럼 새롭게 되살아났다. 사내는 뒷일을 후회하지 않으려는 듯 자신의 행위에 열중하고 있었다. 그래서 그런지 행동이 더욱 거칠어졌다.

"엄청나게 부끄럽나? 부끄럽더라도 참아라."

사내는 솟구치는 기분을 주체하지 못하고 벌어진 입속으로 혀를 미끄러뜨려 넣으려 기를 썼다. 고개를 흔들어모면하려고 안간힘을 쓰는데, 사내의 욕정은 집요했다. 피하는 입술을 따라다니며 조준하던 사내의 두꺼운 입술이 투망 그물을 던지듯 덮쳐왔다. 담배 냄새와 함께 목구멍으로 타 내렸던 소주와 막걸리의 뒤섞인 냄새가 입안으로 가득 넘어왔다.

"우엑! 우우엑!"

속에 것이 통째로 솟구쳐 오르듯 구역질이 목에서 치밀어 올랐다. 그런데도 이빨 사이를 헤집고 사내의 혀가 거머리처럼 기어들어 왔다. 혀로 밀어내자, 이빨로 그것을 물어냈다. 사내의 행동은 거침을 더했다. 그녀의 몸은 이미 날것이 아니라 산 것이 달아나서 죽어 있었다. 육신에서 정신을 뽑아내면 그것은 어떤 가혹한 상황에서도 이겨내는 내구력을 가지기 마련인가. 그녀의 육신은 이미 그런 과정을 무수히 거쳤기에 심적인 갈등도 느끼지 않은 채 다가드는 이물의 감각에 스침을 당할 뿐이라고 치부만 할 뿐이다.

사내가 다시 굳어진 몸을 열려고 기승을 떨기 시작했다. 술로 인한 객기가 남아 있는 한 그쯤에서 마무리할 위인이 아니기에, 그녀는 흐트러진 몸을 수습하려 하지 않고, 그냥 내버려 둔 듯 참아내고 있었다.

아버지 때문에 죽은 자를 위하여 무덤을 꾸미던 일을 접은 채 한동안 술로 세월을 보내고 있던 사내가 다시 일손을 잡았다. '자원재생센터'라는 간판을 내건 고물상이었다. 어떤 계기로 그런 일에다 손대게 되었는지 모르겠으나, 사내는 비로소 자신에게 합당한 일을 찾아낸 듯 전신에 활기가 넘쳐 보이는가 하면, 얼굴색마저 훨씬 밝아 보였다.

사내는 단단히 작정한 듯 몸소 그 일에 뛰어들었다. 일꾼 둘을 채용했으나 허드렛일을 위해서고, 자신은 손수 고물수집 차를 운전해 고물을 거두러 돌아다녔다. 그러니 얼굴에는 고물에서 묻어나는 시커먼 것들로 항상 얼룩져 예전의 그 사내가 아닌 듯 보일 때도 있었다. 어떤 직업에 종사하는지 확실히 알 수 있는 사내의 그런 차림새를 보고 이웃들은 사람이 달라져도 대중없이 달라져 간다고 수군댔다. 사내는 그런 소리를 들어도 그저 못 들은 척하며 멋쩍게 웃어넘기기만 했다.

인가에서 떨어진 곳에다 고물 집하장을 차렸는데, 사내는 종일 그곳으로 들락날락하면서 고물을 거둬들였다. 사내가 거둬들이는 고물들이 폐지나 폐철은 물론 조대쓰레기들도 있었다. 그런가 하면 일상생활에서 쓰다 버려진 그릇들도 보였다.

그것들이 빈터를 메우면서 무더기를 이뤄 지상에서 차차 높이를 드러냈다. 사내는 그렇게 산더미처럼 쌓여가는 고물 쓰레기들을 수집해 들이는 한편 다시 손을 걷어붙이고 분류작업을 했다.

그것은 다시 재화로 환원 재생할 것과 영원히 소멸할 쓰레기로 분리하는 일이었다. 사내는 그 일을 할 때면 재생할 것을 모아 더 큰 중개상으로 실어 보내면 될 일인데, 한번쯤은 옛 모양대로 복원해 보려는 듯 망치로 우그러진 부분을 두들기고, 공구로 구부려진 곳을 펴보기도 하며, 쓸모없도록 변한 형상에 시선을 놓지 못했다. 그것들은 대부분 살림에 소용되었던 그릇들이어서 애착이 가지 않을 수 없었던 모양이다. 그렇게 손을 보아 아직 효용가치가 있는 것들은 중개상으로 실어 보내지 않고 고물 집하장 여기저기에다 두었는데, 어떤 것은 실제 요긴하게 사용하기도 했다.

그런 지극정성을 하도 보다 못해 나이 지긋한 종업원이 물어올 때가 있었다.

"사장님? 고물은 어차피 고물로 실어 보내면 되는데, 왜

194

그것을 펴고 구부리고 헛일하려고 합니까? 그렇다고 중량이 더 나가는 것도 아닌데 말입니다."

"어허, 그거? 그것들도 한때 고급스러운 곳에서 귀한 사람 손끝으로 아끼던 것이란 생각이 들어서 옛 모양대로 고쳐보려고 했을 뿐이네."

"그게 그런다고 새것이 됩니까? 모두 소용없는 일이지요. 이미 고물은 고물일 뿐 아닙니까?"

"이 주전자를 한번 보게. 이것은 낡아서 이곳에 온 것이 아니라 쓰는 사람이 바닥에다 떨어뜨리는 실수를 했기 때문에 우그러져 이곳으로 왔을 테지. 그 사람의 실수가 아니었다면 아직 귀한 사람 손끝에서 그릇으로 대접을 받고 있을 게 아닌가? 내 말이 그리 억지는 아닐 걸세."

"말뜻이야 그러하지만 내 생전 사장님처럼 고물을 그렇게 생각하시는 고물상 사장님은 처음인가 싶네요."

"허 허 허. 그런가? 나는 고물을 볼 때마다 그것이 제대로 사람에게서 가치를 인정받았을 순간만 떠올리다 보니 그렇게 보이기도 하는 모양일세."

사내는 고물 집하장에서 대충 얼굴과 손을 씻고 오지만, 집에서 다시 손발을 씻어낼 때면 플라스틱 대야 밑으로 고물에서 묻어난 때가 더께가 앉을 만큼 쌓였다. 그뿐만 아니라 시간이 갈수록 손톱 주위로 고물에서 옮겨 묻은 때가 짙게 절여지고 있었다. 그런 변화에도 사내는 천직을 만난 듯 고물을 거둬들이고, 그것들을 골라 재생공장으로 보내는 일에 몰입했다.

그렇게 사내가 고물을 만나 생활이 변해가는 데도 그녀는 대체로 무심했다. 아니 겉으로는 무심한 체했지만 냉랭한 거부감은 여전히 마음속에다 쌓아두고 있었다. 아닌 게 아니라 그것은 영원히 무너뜨릴 수 없는 담장일 거라고 스스로 단정하기도 했다.

그녀는 어느덧 사내와 있었던 초저녁 일을 잊고 새삼 티브이 화면에다 시선을 두었다. 순간 그녀의 표정이 갑자기 굳어졌다. 언제나 가볍게 프로그램을 즐기던 그녀다. 그런데 오늘은 아주 낯선 장면이 그녀의 시선을 잡았다. 아니 그녀의 시선을 깊이 빨아들이고 있었다. 오늘은 시력을 잃은 한 사내의 이야기였다.

담당 프로듀서의 주문에 따라 눈을 잃은 한 사내가 누렇게 변색한 가족사진 속에서 이미 사별한 그의 아내 얼굴

부위를 손가락으로 더듬다가 가운데 부위를 정확하게 짚어내고 있었다. 그런데 시력을 잃은 눈에서 눈물샘이 터진 듯 눈물이 거침없이 솟구쳐 나와 뺨 위로 타 내렸다.

그것이 사내의 처지로 헤아려보면 진한 점액질이라 표현하는 게 합당할 것 같게 비쳐 보였다. 그 사내는 뺨 위로 흐르는 눈물을 훔쳐낼 생각도 잊은 듯 낮은 목소리로 입을 열어 타인의 이야기를 전해 옮기듯 천천히 말문을 열었다.

"집사람이 아버지 빚 때문에 제게로 시집왔었지요. 이를테면 돈 때문에 팔려왔던 거지요. 터진 옷가지조차 제대로 깁지 못하는 아주 어린 나이 때지요. 오자마자 내 품성이 거칠다면서 잠자리조차 멀리하려고 했지요. 그러나 속내는 돈에 팔려와 한이 졌고 맘에 없는 나이 먹은 사내여서 나를 거부했던 게 분명했어요. 그런데 저는 달리 생각했지요. 어떻게 하든 몸을 섞어 아이를 낳으면 그걸로 끈삼아 정들어 살아갈 수밖에 없는 게 남녀관계라 쉽게 여겼지요."

"그렇게 되던가요?"

"아니지요. 내 생각이 잘못돼도 한참 잘못되었던 거지요. 오히려 여자가 나이가 들었다면 체념이 빨랐을지도 모르지요. 나이가 어리니 깊은 생각 없이 오직 악으로 달려

들기만 했지요. 그러니 나날이 성깔이 모질어져 가더군요. 제가 가까이 다가가려 하면 그것을 막으려고 손아귀에 닥치는 대로 물건들을 저에게 사정없이 집어던졌으니까요."

그 눈먼 사내는 말을 끊고 한숨을 돌린 다음 작심이나 한 듯 더욱 차근차근 말머리를 풀어내 뒷얘기를 이어가기 시작했다. 그러나 이미 지난 일이어서 그런지 감정에 기복이 없는 듯 목소리에 흔들림이 없었다. 이미 받아야 할 수모와 갖은 고통을 마음속에서 걸러내 그런지 토로해 내는 말투에는 격정이 섞이지 않은 채 표정마저 담담하기만 했다. 이미 감정의 골이 메워진 탓이었을까.

"아내가 야속해서 매를 들어 폭력을 쓴 적도 있었지만, 가만히 생각해 보니 그런 방식으로 여자를 얻었던 것에 후회되더군요. 아내가 성깔을 몹시 부리는 날이면 저는 아내에게 진심으로 잘못을 빌고 싶었지요."

"실제 빌어보신 적은 있으세요?"

"아내가 윗방으로 피해 문을 잠가버려서 다가갈 수 없었지요. 그러니 그 앞에서 용서를 빌 수 없었던 거지요."

"그래서 용서 빌기를 그만두셨나요?"

"아니지요. 저는 사진 속 아내의 얼굴을 만지며 미안하다, 정말 미안하다 말하면서 빌었지요. 그렇게 빌다 보니 차라리 인연을 맺지 않았으면 좋았을 거라고 말하는 버릇이 생기기 시작했어요. 다른 사내를 만났다면 행복을 누렸을지도 모른다는 생각도 그때에서야 했지요. 그렇게 사진 속 아내의 얼굴을 수없이 더듬다 보니 이제 손끝의 감각만으로도 아내의 위치가 어디에 있는지 정확히 짚어낼 수 있지요."

사내는 옛일을 재현해 내듯 다시 사진 위, 아내의 얼굴을 손끝으로 정확한 지점을 짚어내서 피부의 촉감을 느끼려는 듯 어루만졌다.

"어쩌다 눈에 상처를 입고 시력을 잃었습니까?"

"아, 이 눈 말입니까? 그럴 사연이 좀 있었지요. 하루는 소주 한 잔에 취해 잠을 자고 있었어요. 그런데 갑자기 눈에서 불이 나는 듯했어요. 아내가 농약을 제 눈에다 부은 거지요."

"농약을 부었어요?!"

"예 그랬지요. 제 어린 아내가 그 짓을 했어요. 제 눈을 멀게 해야 자신을 찾아내지 못할 테고, 그러면 자기는 앞으로 나의 품에서 벗어날 수 있다고 단순히 그런 생각을 했던 거지요. 세상 물정을 모르면 어리석기라도 해야지. 제 꾀에 제가 속아 넘어간 셈이지요."

"……?!"

"그런데 사람이 극한에 다다르면 못할 짓이 없다고 말하지만, 그 극한을 넘어서면 오히려 모질지도 못하는가 봅니다. 경찰에서는 오히려 제가 간절하게 빌었습니다. 그 여자가 없으면 저도 살 수 없다고 말입니다."

"그랬더니요?"

"제가 간절히 빌어서 그랬던지 다행히 감방으로는 가지는 않았지요. 내가 실명을 했기에 죗값을 대신해 날 평생 부양해야 할 책임을 아내에게 지웠든가 봅니다. 그런데 그게 아니었어요. 아내는 한 해를 간신히 참아내다가 저 스스로 죽음을 선택하더군요."

"……?!"

"그러나 그 죽음이 제가 저지른 죄에 대한 것이나, 아내 스스로 저에게 지은 죄를 풀어내는데 하등의 의미가 없는 죽음이 아니겠어요? 또 한 번 한없이 어리석은 짓을 저지른 셈이지요."

눈먼 사내는 잠깐 말을 끊고 다시 한번 마른 입술을 침으로 추겨냈다.

"눈을 멀게 해서 자신을 나로부터 숨기려 했으나 저 스스로 먼저 자신의 목숨을 잃은 형세가 되었어요. 그러나 보세요. 저는 지금 시력을 잃었어도 손끝으로도 분명하게 이렇게 아내의 모습을 찾아내고 있지 않습니까? 그녀는 먼저 나로부터 도망친 지 모르겠으나 이렇듯 저 옆에 있지 않습니까. 다만 내 눈이 멀어 그 형상을 보지 못하고 있을 뿐이지요. 지금도 제 옆에 이리 머물고 있어요. 그래서 지금도 제가 이렇게 말할 수 있지요. 여보, 미안해요. 정말로 미안해요."

그것을 시청하고 있는 주영혜의 눈에서 조금 전에 사내 때문에 흘렸던 눈물과 또 다른 눈물이 거침없이 흘러내렸다. 마치 막혔던 눈물샘을 수술이나 한 듯 거듭 휴지로 닦아내도 흐르기를 끊이질 않았다. 그 눈물은 사내를 만난 뒤 지금까지 뼈 마디마디에 서렸던 감정이 녹아 겉으로 배어 나온 진액인지도 몰랐다.

그녀는 불현듯 일생 자기를 쫓아다니던 사내가 보고 싶어졌다. 그녀는 그런 감정을 감추지도 않은 채 사내가 잠들어 있는 건넌방으로 화급하게 건너갔다. 사내는 술기운 탓인지 깊은 잠에 빠져 있었다.

그곳에는 자기를 잡고자 일생 동안 다가들던 손이, 아니 요즘에 와서는 쭈그러진 고물조차 펴고자 고물 때가 배어 들어 가는 손이, 버려진 듯 맥없이 방바닥에 놓여 있었다. 단 한번도 포근하게 잡혀주지 않아 허전하게 비어 있을 수밖에 없었던 그것이 새삼 가슴을 줴흔들었다. 이제는 고물밖에 만질 수 없는 손아귀 안으로, 그녀는 그 앞에 내려앉으며 지금껏 혼자이던 제 손을 집어넣었다. 처음 느껴보는 체온의 따스함이 그곳에서 그녀의 손길을 기다리고 있었다. 갑자기 목 너머에서부터 더욱더 큰 울음덩어리가 울컥 밖으로 넘어왔다. 텔레비전 화면 속에서 눈먼 사내가 했던 말이 자신도 모르게 입 끝에 자연스레 걸렸다.

"여보, 미안해요. 정말로 미안해요."

그녀는 지금 이러고 있는 것이 사랑이 아니고 그동안 부딪쳐온 정 때문이라고 둘러대고 싶지 않았다. 그러면서 끊임없이 흐르는 눈물을 그냥 내버려 두었다. 아무리 많은 양의 눈물인들 사내의 애환을 풀어내긴 태부족이라는 생각이 들고도 남았기 때문이다.

나경裸耕

제 이름은 현재입니다.

강 사장 또래 부동산 개발업자들은 제 이름을 한번도 제대로 부른 적이 없답니다. 아예 성씨로만 딸랑 '어이 장씨!'-그렇게 호칭하곤 저희끼리 뒷담화로 쑤군댈 땐 어김없이 '엑설선'이란 비하 호칭을 씁니다. 어지러운 세태라 말도 난삽하게 어질러지는 세상입니다. 요즘 유행처럼 번지는 줄임말 풍조를 흉내 내서 오십 후반 나이답잖게 엉성하니 꾸밈말로 낄낄대며 희롱질로 즐기기까지 합니다.

조령모개하는 정책을 약삭빠르게 인지를 못했대서 부동산 투자에 형편없이 깨졌기로서니 제가 그 호칭을 모를 리 있겠어요. 그들과 맞대해서 묻잖아도 도시 때에 이십 년 동안 갈피갈피 찌든 제가 어찌 모르겠습니까. 이 글을 읽는 이는 이미 눈치를 채서 외면하며 키득거릴 겁니다. 바로 엑스도 모르고 설쳐 대는 선무당이란 줄임말입니다. 물론 엑스는 영문 X로 은어화隱語化된 욕설이지요. 그런데 알 수 없는 까닭은 그런 상스러운 호칭을 듣고도 분기조차 솟구치지 않는 제 심적 반응입니다. 드디어 저도 도덕성 결핍증에 걸린 시대적 철면피 중증 증후군에 든 것일까요. 이미 구정물 같은 막말이 창궐하는 세태에 청각마저 더럽혀진 탓도 있지만, 땅 투기에 흡혈귀처럼 달려들었다가 비참하게 나가떨어진 처지에서는 그런 욕감태기가 몸 위로 짓밟고 지나가는 스파이크 타이어인 줄 왜 모르겠습니까. 판연히 알지만 귓등으로 스쳐 넘겨야 할 정황을 자초했으니 입 열 개를 가진들 변명할 여지마저 없습니다.

물론 뭐라 변명을 둘러 대기보다 새카맣게 타들어간 속을 꺼내 보이는 게 정황을 리얼하게 전달할 수 있지만, 또한 참아내는 일도 어느덧 제 몫이 되더군요. 땅에 관한 한 문외한이라기보다 무식했던 탓입니다. 땅은 정치처럼 아무렇게나 '구라'를 칠 만한 대상이 아님에도 투기꾼들은 단물을 빨아 대곤 아이스크림 비닐포장지처럼 내버리더군요. 그러면 또 다른 꾼들이 초여름 초파리처럼 꼬여듭니다. 그러나 힘을 가진 자가 떡고물을 계산에 넣고 부동산 정책을 흔들어 대면 다시 오욕을 뒤집어쓸 수밖에 없는 게 땅의 운명입니다. 그 결과 누더기처럼 덕지덕지 오염된 게 '아름다운 강토'에 박힌 수도 권역 땅입니다. 또한 수도 권역 땅은 곡물 씨앗을 묻을 수 없도록 메마른 박토인가, 물길을 쉬이 댈 수 있는 옥토인가, 그런 생산성이 아니라 산지나 평지는 물론 박토 옥토 따위의 땅 본질은 고사하고 주변 환경은 어떻고 평수가 얼마인가, 교통 요지가 될 만한가, 국토 개발 구획선이 지나는가, 되팔기는 용이한가, 그런 경제성에 따라 땅값이 널뛰듯 합니다. 어쩌다 저는 도시 땅을 좇는 무리에 일원으로 편입되었습니다. 그러나 떼돈을 벌 야심에 사로잡혀 심신이 처절하게 망가졌습니다. 땅[地]이란 예로부터 흙[土]의 마땅한[也] 바탕을 규정했음에도 쫄딱 망하기까지 그런 본질조차 깨닫지 못한 까막눈이로서 미치광이 짓만 했던 겁니다.

"휴우-."

그런 제가 이제 쉰다섯 희끗해진 머리카락으로 고향으로 돌아가는 참입니다. 아직 이십 킬로 쌀자루를 가볍게 휘휘 둘러칠 때였으나, 심신이 지친 데다 마음먹고 딱히 하고 싶은 일도 없습니다. 일손 끝이 풀려 사지에서 뼈가 녹아내린 듯 맥진했음에도 삶에 절박함마저 느끼지 못할 만큼 무력감에 빠진 거지요. 또한 살아가야 할 당위성마저 찾을 수 없으니 그냥 혼이 허공으로 부양된 산송장이나 다름없습니다.

고향 마을이 보이는 고갯마루까지 올랐습니다. 마소가 도살장으로 끌려가듯 죽고 싶을 만큼 걷기에 부담되는 길입니다. 그러니 발회목이 접질린 듯 발걸음조차 질질 끌립니다. 고갯마루엔 우람찬 신갈나무들이 모여 삽니다. 염치없이 그 그늘 아래서 잠깐 땀을 비워냅니다. 이제 거침없는 내리막길입니다. 그 길로 저는 온갖 수모를 참아가며 걸어가야 합니다. 그곳에서 바람결이 거슬러 오르며 머리카락을 갯바위에 붙은 해초처럼 휘젓습니다. 맑으면서도 시원한 곡향이 묻은 고향 바람입니다. 바람길인 고갯마루는 박토라서 햇볕을 많이 쐬는 습성인 신갈나무 습생엔 적지입니다. 이곳 신갈나무도 척박한 환경을 이기며 매년 조심스럽게 수고를 높이고 부피를 불려서 이십 년이 지난 지금 탄탄한 껍질로 뭇 비바람을 막아내며 생존합니다. 그러니 신갈나무를 안은 땅은 암암리에 제구실을 속임수 없이 수행했다고 평가해도 되겠지요.

저는 시름없이 아니 먹먹하게 나뭇가지 사이로 마을을 내려다봅니다. 옆에서 본다면 필시 넋을 잃어 희어멀뚱한 눈빛일 겁니다. 얼이 빠져나가 거푸집만 유지한 그런 모습으로 말입니다. 서산으로 내려앉는 석양이 마을 전경을 노을 속에다 부유시켜 놓았습니다. 북향은 메마른 산에서 급경사로 흘러내린지라 토질이 척박해서 메밀 등속을 뿌려야 거둘 게 있었고, 이리저리 굽어 흐르는 얕은 개울을 낀 남쪽은 그나마 엉덩이 붙일 만큼 평평해서 뿌리 곡식을 갈아먹을 만한 터전이지만, 옹색함을 면할 수 없는 마을입니다.

오직 씨앗을 품어 곡물을 맺는 기능만 했던 땅이, 마을이라는 무거운 무형체를 끌어안고 천년으로 흘러갈 듯 유구해 보입니다. 마을 사람들은 해거리로 거름을 내어 피로한 땅심을 돋워 땅에서 생명이 강건하게 후대로 이어지게 합니다. 농지 정리가 되지 않은 논밭 뙈기들이 제 나름 쪼가리 모양을 한 채 야트막한 산과 협곡을 남루하게 보이도록 짜기워 놓아서 어수선하게 보이긴 합니다. 늦가을 이맘이라 여러 푸새로 뒤섞여 얼룩덜룩 조화를 이루니 입체감이 선명합니다. 탈향으로 버린 빈집들이 여기저기 눈에 띕니다. 젊은이들이 자라기 무섭게 떠난 한촌이라 인적의 그림자가 쉬이 눈에 띄잖아 마을 분위기가 마치 저묾에 든 수렁과 같습니다.

　제가 한때 되돌아보지 않을 요량으로 매몰차게 버렸던 고향땅입니다. 제 태를 묻은 그 땅에서 생산되는 곡물을 먹고 볕을 쬐면서 뼈마디를 굵게 기른 곳임에도 모진 마음으로 냉정하게 배반했던 땅이란 뜻입니다. 염치없이 돌아온 지금 변명할 구실조차 제겐 없네요. 그늘에 반쯤 묻힌 거울 조각처럼 이제 곧 비웃음 가득 찬 눈총들이 제게로 몰려들 겁니다. 서른다섯 청청한 나이에 딸아이 손을 움켜쥔 젊은 아내와 함께 떠난 제게, 그리고 이십 년 만에 외톨이로 구차해진 목숨만 목 밑에다 건사한 채 쥐벼룩에 뜯긴 늙은 쥐처럼 돌아온 제게 마땅히 돌아올 비웃음이기에 받아들일 각오는 되어 있습니다. 그 각오를 과오라 받아들여 달게 받겠다는 뜻입니다. 그들도 이웃의 불행한 일이니 입에 담기가 얼마나 부담되겠습니까. 그럼에도 기어이 제게 모질게 입을 열겠지요.

　"쫄딱 말아 먹고 쪽박을 찼다면서?"

　"떠날 때 중뿔나게 잘살아 보겠다고 쳐낸 흰소리 메아

리가 아직 산천에서 오락가락하는데 이제 무슨 낯짝으로, 아 어떻게 대답할 거여."

"그러게, 조조 군사처럼 진군나팔소리도 요란하게 울리며 왁자하게 떠났는데, 뭐야 패잔병처럼 기어들어 왔다고? 이제 앞으로 아무 소리 못하고 죽어지낼 일만 남았네."

사리에 맞고 멍든 곳만 골라가며 콕콕 찔러 댈 소리니 아파도 들어야 할 비아냥거림입니다. 누구보다 저를 잘 아는 이웃이니 야속함에서 우러나온 충고로 새겨들어야 하겠지요. 그러니 성공한 자와 같은 환대를 받긴 이미 글렀습니다.

본디 마을은 농지로선 몹쓸 땅이 아니었습니다. 나라를 세우려는 군주는 도읍지를 정할 때 먼저 땅을 본다는 말을 들었습니다. 국가 안위 문제로 우선 지형지세를 살핀 다음, 땅의 기름짐을 본다는 겁니다. 과연 역사 기록대로 권력을 탐횡貪橫하는 사대부들이 이권을 행사해서 백성의 금품을 갈취할 만한 땅인가, 아니면 내 어린 백성이 헐벗고 굶주리지 않도록 곡식을 넉넉히 생산해 줄 만한 땅인가. 그런 조건에서라면 마을은 사람이 삶터로 우리를 틀 만한 조건, 이를테면 물 흔하여 땀내 나는 옷가지를 깨끗하게 빨아 입을 수 있고 조붓한 논밭들이나마 기름져서 폐농이 없었으

며, 그 땅에서 태어난 사람들이 순근하고 잡스럽지 않을뿐
더러 인구가 조밀하잖아 기쁜 일에는 작더라도 웃음을 나
누고, 슬픈 일에는 울음을 서로서로 보태 아픔을 씻어내던
땅입니다. 또한 저마다 살림 형세가 고만고만하니 이웃을
도둑질한들 물욕을 채울 수 없다는 걸 알 테고, 서로 끓이
는 속사정마저 소상히 이해하니 쌈질 거리도 없던 땅입니
다. 그런 마을의 화평한 분위기를 휘저어 놓은 자가 바로
이웃 청태골 청참이었습니다. 흰칠하게 키꼴깨나 했다면
모를까 한 손아귀로 꽉 쥐어짜놓은 듯 쥐방울만한 사내입
니다. 청참에 상응하는 마을 사람들 상대적 평가는 박하다
못해 야박하기까지 했습니다.

"아이고 짐승새끼를 겨우 면했네. 저게 언제 자라 사람
꼴을 할꼬."

마을에서 입심이 걸쭉하다고 낙인이 찍힌 여인들 소리
라지만 고약하잖습니까. 그런데 모임 자리에서 반드시 앞
서 나가려고 더욱 악랄하게 악담을 보태는 치들은 어떤 자
리에든 있기 마련입니다.

"저것도 자식이라 열 달 동안 뱃속에다 넣고 다니다 털
썩 내질러 놓고 아랫목에 떡하니 누워 미역국을 훌훌 불면
서 먹었남."

입아귀가 아프도록 중구난방으로 무식하게나마 떠들어야 관심을 끈다고 착각하는 치들이 득세하는 세상이긴 하지요. 하기야 밑천도 들지 않을 터, 하등 뒤질 까닭이 없는 치졸하고 천박한 영웅심이기도 하지만 독이 되어 끝내 자신을 망가뜨린다는 건 모르겠지요. 그렇다고 모임 자리에 죄다 그런 악랄한 무리만 모여드는 건 아닙니다. 적어도 셋 가운데 반드시 가르친 자 하나는 있다고 공자가 일찍 말씀했기 때문입니다.

"조금 덜떨어졌다고 그렇게 험하게 내리깎는가? 남에게 험담한 죄는 반드시 되돌림 받네. 입빠른 자가 등침을 맞는다는 건 모르나. 딱 하루 살고 말 작정이라면 모를까."

청참은 행위 보따리 때문인지 이웃 마을까지 알려질 만큼 숫제 꼭지가 덜떨어진 사내로 취급받았지요. 까닭인즉 본 마을과 떨어진 곳이라 촌 때가 수십 년 냇가에다 돌로 눌러 우려내도 씻기지 않을 듯싶게 촌스러웠고, 집안 형세마저 넉넉지 못하니 숫제 눈알 깔림 대접을 받았던 거지요. 어려운 살림을 꾸리느라 그 어미는 늘 남의 허드렛일로 땀 목욕하면서 자식을 키울 수밖에 없었던 겁니다. 가까스로 중학교 학업을 마치고 어미처럼 농촌 허드렛일로 청년기를 힘들게 보내며 성장했습니다. 청참은 또래들 모임에서 허구한 날 지진아처럼 박대를 받다가 서울로 가는 무리에 '원 플러스 원'처럼 끼여 고향에서 떠났습니다. 소문에 따르면 개발 이전 강남의 화훼농가 비닐하우스에서 일하다가 주인집 외동딸과 눈이 맞아 결혼해 산다는 겁니다. 이를테면 바보 온달이 평강공주를 맞은 셈입니다.

  그렇게 찌질 맞던 청참이 추석 명절을 맞아 고향 땅을 밟았지요. 때마침 도시산업화로 이농 바람이 불자 너도 나도 떠나자는 분위기가 마을을 휩쓸던 무렵입니다. 청참이 서울로 떠난 지 얼추 십 년이 흐른 때이기도 해서 화려한 귀향이었던 셈입니다. 마을에 변변한 일가붙이도 없는 처지, 연년이 인터넷으로 조상 무덤을 벌초해 왔는데 그해는 무슨 바람이 불었던지 몇 사람까지 데리고 우르르 성묘하러 왔습니다. 환절기마다 계절 바람이 한차례 불어 가는 마을에 한나절 머물다 간 청참 일행인데, 남기고 간 뒤바람이 마을 분위기를 온통 들쑤셔 놓았던 겁니다. 바람머리에 휘둘리는 보리밭 옆길을 걸어본 적이 있으시죠. 예, 바로 그렇게 쏠린 형상이었습니다. 그들 무리가 떠난 뒤, 마을 사람들은 농약 약해를 입은 듯 어리뻥뻥한 모습이었지요. 촌구석에서 죽자사자 농사를 짓다 보니 세상 물정에 어두워 속았을 뿐만 아니라 왕창 손해까지 봤다는 데에 계산이 미치자 분기가 솟구쳤던 겁니다. 저수지 수면에 떨어진 주먹만 한 돌멩이가 아니라 바위산이 무너져 내린 만큼 충격파가 명치끝을 때렸을 테지요. 금세 음식 찌꺼기에 모여들었던 쇠파리 떼가 인기척에 놀라 푸르르 날아오르며 정적을 깨고 잉잉거리는 모양새가 되었습니다.

"청태골에 살던 문태 첫째 청참이, 그 찌질이 이제 보니 본시 비실비실했던 아가 아니더라니까."

"하모, 지금 모은 재산이면, 이 동네 땅을 몽땅 사고도 남는다고 하데."

"허참, 허풍 그만 떠시오. 들은 소문을 곧이곧대로 다 믿다니. 아무리 땅값이 싸다 해도 마을 산천이 얼마나 너른데⋯⋯."

"꽤나 벌긴 번 모양이더군."

"그 대통같이 좁은 청태골에서 만석꾼이 태어나다니."

"웬 놈 만석꾼. 뼈 빠지게 농사를 지어 일군 재산도 아닌데⋯⋯. 만석꾼이라 부르면 비 퍼붓던 하늘이 실소할 노릇이지."

청참 일행은 훈풍처럼 지나간 듯했지만 뒤끝이 고약했습니다. 그들은 떠나기에 앞서 마을 사람들을 빠짐없이 마을회관으로 모이게 해서 먹을 자리를 베풀었지요. 콧구멍만 한 마을 슈퍼, 먼지 쌓인 품목까지 몽땅 털어내 봤자 간식거리도 안 되는지라 읍내 식당 여기저기에다 전활 하더니 음식들이 쪽쪽 도착하는데 마을 사람들은 그저 입만 떠억 벌린 채 멍하니 바라보는 모양새였습니다. 마을에서 처음일 만큼 푸짐한 음식 자리였기 때문입니다. 공짜 음식에 배를 불린 마을 사람들은 다리가 꼬일 만큼 소주에 취해서 눈앞 모든 게 넉넉해 보였던지 청참에게 덕담을 늘어놓기 시작하더군요. 그러면서 마을 사람들은 옛날 그 찌질맞던 청참이 아니란 결론을 내는 듯했습니다. 찌질 맞던 그에게서 음식 접대를 받으리라곤 무덤 속 귀신도 상상 못했던 터, 음식을 취하면서도 믿기지 않는다는 표정이었습니다. 그렇게 궁금증이 확확 달아오른 판에 청참이 불길을 당겨 놓더군요. 재산이 풍족해지면 그 사람 말도 청산유수로 그렇게 유들유들 늘어나고, 덩달아 외양은 물속에서 갓 빠져나온 원앙 수컷 목덜미처럼 귀티가 나는가 봅니다. 이젠 예전 모임 자리에서 어눌한 말투에 주눅까지 들어 마땅히 말할 차례임에도 얼굴을 붉힌 채 뒤꽁무니를 빼곤 했던 그 청참이 아니었습니다. 그러나 이제 재물을 일군 자만이 가질 수 있는 거드름뿐만 아니라 오만에 넘쳐 나는 당당한 목소리 또한 거침없더군요.

"자자 자아. 한 잔들 쭉 드십시오. 음식을 바삐 준비하다 보니 이것뿐이라 정말 죄송하네요. 시간 있다면 읍내 좋은 음식점으로 모셔서 더욱 푸짐하게 대접할 것인데, 참말로 시간이 야속하네요. 다음번에는 제가 넉넉하게 준비해 오던가, 아예 크고 너른 음식점으로 버슬 대절해 모실 테니 이번엔 너그럽게 용서해 주세요."

청참 목소리는 당원들에게서 공천을 받은 대통령 후보의 언사처럼 분위기에 따라 점점 드높아졌습니다. 마치 예전 궁했던 제 처지를 보상받으려는 듯 돈으로 해낼 수 있는 모든 일을 거침없이 해내려는 눈빛을 마을 사람들 얼굴 하나하나에다 박았습니다. 그런 청참의 거드름에 마을 웃어른인 관수노인이 먼저 나서서 궁금증을 풀어내려고 하더군요. 관수노인은 오래도록 마을에서 훈장을 했던 터, 옛 풍습과 사리에 밝았고 하룻밤 내내 오른발을 왼쪽 넓적다리 위에 놓은 다음 왼발을 오른쪽 넓적다리 위에 놓는 이른바 가부좌 자세로 유지할 만큼 성정마저 꼿꼿했습니다. 아닌 게 아니라 그의 몸에선 참대 밭에서 느끼는, 그렇게 서느런 대쪽 같은 서기가 흐르기도 했으니까요.

"자넨 어떻게 해서 그리 돈을 많이 벌었는가? 유리알처

럼 맑고 맑은 세상에 나쁜 짓 한번 안 저지르고 그랬다니
내가 당최 믿기잖아 이리 되묻지 않을 수 없네."

마을에 일이 벌어지면 그 파급이 어디로 어떻게 번져 갈
지 예측하면서 들뜬 마을 분위기를 가라앉히며 늘 차분한
모양새로 원만하게 마을 질서를 이끌던 사람이라 염려가
앞섰던 모양입니다. 그는 진작부터 청참이 마을 젊은이들
에게 들바람을 불어 넣어 이농을 부추기는 까닭을 제공한
다고 못마땅하게 여겨 내심 패씸한 생각으로 속을 끓이는
참이었다고 청참이 떠난 다음에야 밝히더군요.

"저 같은 시골 놈이 뭘 알아요. 어려서부터 워낙 땅에 하
도 포한이 져서 어떠하든 땅을 소유하려고 독한 마음을 품
고 부동산 쪽으로 눈을 돌리게 됐지요."

청참은 자신에 찬 목소리로 관수노인 물음에 서둘러 대
답하더군요. 제 눈엔 뻐기는 태도만 아니라 거만하게 보이
기까지 했습니다.

"아무리 부동산 쪽으로 눈을 돌린다고 해도 그렇지. 모
두 그렇게 돈을 긁어모을 수 있겠는가?"

"연때가 맞았는지 돈이 제 눈에 보였어요. 아, 오 년 일
찍 이곳에서 떠났어도 더 큰 걸 움켜쥘 수 있었는데 그런
후회도 많이 했다니까요. 이곳에서 남의 토지를 경작해 주

고 곡식을 거둬 살자고 했던 게 얼마나 어리석은 일입니까. 여러 어르신도 잘 아시다시피 이곳에서 살아보면 알잖아요. 산 높고 골 깊으니 바깥세상 돌아가는 일엔 아예 까막눈이라 감옥이나 다름없어요."

"허어-. 그건 그럴 수도 있겠네. 우리에겐 그곳이 딴 세상인 건만 분명하긴 하네. 하지만 이제 이곳도 아침저녁으로 뉴스와 연속극을 볼 만큼 텔레비전으로 알만한 것은 죄다 알면서 살아간다네. 자네가 생각하듯이 그렇게 세상 물정에 까막눈이가 아니니 이리저리 넘겨짚진 말게."

모멸감 탓인지 관수노인 얼굴빛이 서서히 붉어지더군요. 그러나 허리춤에 힘을 지그시 주면서 성정을 참아내는 모습이었습니다. 그런데 청참은 위아래 없다는 표정으로 뒷말을 내처 이어 가더군요.

"물론 그렇게 생각하시겠지요. 서울에도 똑똑한 사람들이 많은 만큼 아직도 어리석은 사람들도 많으니까요. 땅으로 돈을 못 버는 사람들은 언제나 제가 밟고 있는 코앞 땅에만 연연하지 남의 땅엔 아예 관심이 없어요. 그러니 맨날 허둥지둥 살지요. 중요한 건 지금도 남의 땅을 내 땅으로 만드는데 늦지 않아요."

"그곳에서 촌티를 벗고 약아빠지는 데도 몇 년 수월찮

이 걸릴 게 아닌가? 그런데 그곳 남의 땅을 제 땅으로 만들 수가 있다니 당최 믿기지 않네. 그게 가당한 일이긴 한가?"

"보십시오. 이곳 땅은 곡식만 얻지만 서울 땅은 돈을 넣어 돈을 거둬들이는 땅이지요. 웃대가리들이 모였다 헤어지면 마치 부동산 값 짬짜미를 한 듯 그들이 집에 돌아와 신발을 벗기도 전에 집값이나 땅값이 앞다퉈 뛰는데 어찌 정보를 가진 자가 돈을 벌지 않을 수 있어요. 이런 시골과는 애당초 게임이 안돼요. 그래서 너도나도 서울 가자고 하는 게 아니오. 시골 땅은 흙냄새만 나는 땅이고 서울 땅은 오만 원짜리를 왈칵왈칵 쏟아내는 땅이란 걸 모르니. 자자 자아, 잔들을 어서어서 비우시면서 많이 많이들 드세요."

마을 공기를 깊이 휘저을 만큼 청참 목소리가 분명 마을 사람들 고막을 들쑤셔 놓았을 겁니다.

"허 그것참, 어찌 이 술은 마실수록 소태맛처럼 쓰네그려. 이거 서울 흔한 돈으로 마시는 술이라서 그런가. 영 맛이 그러하네. 쩝-."

술에 거나해지면 질수록 마을 사람들은 청참 말에 충격을 받고 상대적 박탈감으로 분노를 느끼더군요. 한구석에 쭈그려 앉아 그런 소리를 듣는 저는 앞만 보고 부지런히

걷다가 뾰쪽한 돌멩이로 뒤통수를 안정 없이 얻어맞은 듯
두 눈이 휘딱 뒤집히지 않을 수 없더군요. 사실이 그렇다
면 잠결에서도 소스라치게 놀라 이불 속에서 벌떡 일어날
일이지 않습니까. 제 딴에는 이곳에서 제때에 나는 물산에
풍족함을 누리면서 부족함 없이 살아간다고 마을 사람들
앞에서 어깨를 펴며 떳떳하게 살아왔다는 자부심 하나로
사는데 말입니다.

그런데 청참 얘기를 곱씹어 새길수록 저는 농촌 생활에
손발이 묶인 채 살아남기에만 버둥거린 꼬락서니밖에 되
지 않았다는 결론이 나더군요. 그런 판세로 따져 보면 청
참이 은행 입출금기 앞에서 통장을 넣었다 뺐다 하면서 그
저 무지막지하게 돈을 긁어모을 때, 저는 흙 묻은 손톱을
모가 닳아빠진 칫솔 끝으로 파내면서, 그것이 행복 끝자락
인 줄 알고 밤이면 아내와 희희낙락 몸을 섞으면서 젊은
시절을 보냈다는 계산이 나오는 겁니다. 바로 지금 청참은
재력가로 우뚝 올라섰지만, 제 처지는 그의 안중에서 벗어
나 맨바닥에 패대기쳐진 채 꼬라박힌 모양새로 내려앉은
판세입니다.

저로선 분하고 억울한 일이지요. 어느 저울에 달아 봐도 추가 한쪽으로 기울기 때문입니다. 아니 외려 불이익 당했다는 억울함을 머릿속에서 쉬이 지우지 못한 채 속이 쓰리더군요. 이제는 청참이 가진 부유함이 쉬이 넘볼 수 없는, 저쪽 멀찍이 있는 동경 덩어리가 되고 말았음을 시인하지 않을 수밖에 없으니 더욱 비참하게 느껴집니다. 청참보다 게을러서 차하가 진 게 아니지요. 나름대로 정신없이 밭고랑을 갈아엎고, 또 갈아엎으면서 샛별 보고 대문을 나섰다가, 저녁별을 보며 흙 묻은 손발을 씻었을 뿐만 아닙니다. 일반작물보다 수익성이 낮다는 특용작물 재배법을 배우려고, 인터넷을 손가락에 쥐가 날 만큼 뒤졌고, 판로를 찾아 카페까지 개설한 뒤 무 한 뿌리, 배추 한 포기라도 일일이 포장하여 택배로 부치느라 밤 시간을 소비했던 거지요. 주문자야 컴퓨터 화면 앞에 앉아 볼펜 끝 튀김으로 목적을 이루지만, 택배는 오백 리, 칠백 리 길을 가야 하므로 포장에 정성을 들일 수밖에 없습니다. 그런 애성을 되뇌어 비교하면 참으로 분하고 서러워 눈물까지 핑 돕니다. 그 지경에 빠지자 고액 연봉을 받으며 제도를 만들어 이득을 취하려는 사람들이 날강도로 보였습니다. 알아야 도둑질이라도 한다는 말이 왜 새삼 새롭게 귀에 닿을까요. 그런 정황을 강요한 제도가 잘못이라면 군청 앞마당에다 멍석자리를 펴고 몇 며칠을 누운 채, 법을 만드는 국회의원이 찾아와 무릎을 꿇고 싹싹 빌 때까지 목청껏 악을 써대도 분김이 사라지지 않을 만큼 불만스러웠다니까요.

청참을 떠올릴 때마다 일손이 잡히잖아 한동안 하늘만 멀거니 쳐다보기만 했습니다. 드디어 한밤중에 끙끙 앓는 소릴 듣고 아내가 흔들어 깨우는 사태로 번지더군요. 맨손 바닥으로 고향에서 떠나간 청참이 오만 원 권이 꽉 찬 큰 가방을 들고 저만치 달아나는 걸음을 그냥 뒤짐 진 채 수수방관 바라보고만 있는 꿈을 꾸기도 할 만큼 충격에서 헤어날 수 없었습니다. 한 발이라도 더 늦기에 앞서 마을에서 떠남이 저를 구제할 듯싶었지요. 그래야 청참을 추월하진 못해도 그 근처나마 근접하지 않겠는가, 그런 위안으로 용기를 돋웠습니다. 아무런 밑천조차 없던 청참이 짧은 세월에 그만큼 재산을 일궈 놓았다면, 그래도 논밭을 깔고 앉은 처지에선 짧은 시간 안에 그의 재산을 능가할 여지는 충분하다는 자신감마저 생기더군요. 사리로 봐선 하루라도 빨리 상경하는 게 상책일 성싶었습니다. 어떤 일에든 찌질이 청참보다 낫다고 자부했던 터, 그 원리 그대로 적응돼야 세상이 공평하지 않겠습니까.

이미 기울기 시작한 마음은 무엇으로든 괼 수 없다는 걸 알았습니다. 마음이 외곬으로 기울자 저는 더는 마을에 머물러 살 까닭이 없다는 결론에 닿았지요. 지금 이 순간에도 오만 원 권 돈다발이 현금 출입기로 통해 큰 가방으로 옮겨지는 환상에 숨이 막힐 듯했습니다. 지금껏 삶의 터전으로 삼아오던 땅이 맹지盲地보다 못한 굴욕의 땅으로 여겨지기도 이때부터입니다. 청참도 말했습니다. 땅은 곡식이 아니라 돈을 내뱉어야 한다고. 또한 기회는 아직도 충분해서 하루라도 일찍 서두르는 게 현명하다고 거듭 밝히며, 마을을 떠나는 일이 대책 가운데 상책이라 귀띔까지 했으니까요. 저는 말리는 이웃들 말에 귀를 틀어막고 이를 악물어 가며 가산을 정리하기로 결심했지요. 다급한 상황이라 가옥과 그 터전에 달린 전답만 남기고 가산을 환금했습니다. 그리고 마음이 변하기에 앞서 서울로 도망치듯 아내와 딸아이를 데리고 일확천금을 긁어모으려고 서둘러 떠났습니다.

저는 서울에 도착하자마자 열 일을 제치고 유명 부동산

개발 업소부터 찾았습니다. 부동산에 '빠꼼이'라고 소문난 강 사장을 만나 그의 사무실에서 살다시피 했지요. 그의 지론대로 소유권이 복잡하게 얽힌 주택이나 아파트에 눈길을 돌리지 않으면서 단박 더 많은 걸 가지려고 개발을 눈앞에 두었다는 땅에다 야심만만하게 돈 묻을 작정했지요. 강 사장이 그만한 자금이면 땅에다 묻는 게 현명하다는 귀띔도 있었지만, 청참이 경매로 나오는 주택과 아파트 매물은 복잡한 이권 관계가 얽혀 있기 십상이니 주의하라고 신신당부했던 탓입니다. 그리고 주택 건축 예정지 땅에다 돈을 묻는 방법이 재산 형성에 빠르다고 권유도 했으므로 망설일 까닭이 없었지요. 그래서 서울 생활 권역에서 개발 마지막 땅이라고 신문들도 부추겨 빵처럼 부풀려 놓은 땅에다 시골에서 가져온 돈을 몽땅 묻게 되었지요.

자고새면 불어난다는 소문으로 땅에 묻은 돈도 배수로 뛰어오른다면서 부동산을 소개한 강 사장이 칸막이 고급 술집에서 양주에 질척하게 젖은 목소리로 사기를 돋아주는 바람에 저는 앰프가 펑크 나도록 마이크에다 '짠~ 짠~ 어둠을 뚫고 야간열차야 가자아아♬' 노랫가락을 우렁우렁 집어넣기까지 했던 겁니다. 이제 청참처럼 은행 입출

금기 앞에서 통장을 집어넣었다 뺐다 하면서 불어나는 수치를 눈으로 확인하는 일만 남은 듯했습니다. 이를테면 뻥튀기 기계가 열 압력을 최고로 높이는 과정이랄 수 있겠지요. 그러나 부동산 개발업자 사이에 설왕설래하던 땅에 따른 화제가 찬물을 끼얹듯 잠잠해지기 시작했습니다. 공교롭게도 강 사장 입에서도 그 땅을 언급하는 횟수가 부쩍 줄어듦도 같은 시기로 겹치더군요.

며칠 지나서야 낌새를 알아챘습니다. 그 땅에다 화장장을 건설하기로 계획했다는 소문이 제 귀에까지 전해졌던 겁니다. 그러자 해당 지역 주변 사람들이 혐오시설이라 지적하며 플래카드를 앞세워 벌떼처럼 들고일어나더군요. 그들이 뭐라 한지나 아세요. 민선 구청장이 하는 짓이 항상 주민들의 의사와 무관하게 표를 관리하는 짓만 한다고 쑤군거리는 소리까지 제 귀에도 들렸습니다. 그런데 구청에서도 반란군을 진압하듯이 맞섰으나 반대하는 사람들이 이판사판 달려들고 무슨, 무슨 시민단체까지 세 불림으로 한탕 하자고 덤비니 돈을 꿀꺽 삼킨 땅이 그것을 부풀려 내뱉지 못한 채 침묵했습니다. 정책 변화로 하루아침에 땅은 그렇게 오염된 채 죽어버리더군요. 다시 투자 금액에서 내린 가격에 되팔아서 이번에는 서울 위성도시 땅을 샀습니다. 그러나 부동산 정책은 일기 예보를 피하는 소나기와 같아서 전문 투자자 움직임과 달리 저는 늘 헛스윙만 해댔습니다. 헛스윙 할 때마다 거머리처럼 달려들어 핏물을 빤 투기꾼이 뱉어낸 땅은 뒤미처 좇는 저와 같은 사람들의 주머니를 탈탈 털어가더군요. 오판으로 조변석개하는 정책이 전국을 대두리판으로 만들고 분노한 민심이 그곳에서 그물망에 걸린 멸치 떼처럼 파닥파닥 뛰었습니다. 현명하지 못한 머슴 탓에 주인만 등골이 빠진다는 옛말이 실감 나더군요. 주인이라면서 늘 구박만 받는 신세니 누굴 탓하겠습니까.

"야, 강 사장! 이거 정말 미치고 팔짝 뛰겠다. 일부 공무원 개들이 세금으로 녹봉 받고 국민에게 봉사하는 집단이 맞긴 맞아? 제 일이라면 그렇게 했겠어."

"그뿐만 아니야. 어제 장관이 소유했던 아파트 두 채 가운데 가장 많이 오른 곳 것을 내놓았다는데 이쯤이면 국격이고 뭐고 갈 데까지 간 나라가 아니야."

"공직자로서 품위보다 차액을 챙기려고 머릴 통째로 굴렸으니."

"그 바람에 엄청난 시세 차액을 남겼을 거고, 또 실정으로 목이 잘려도 연금 타는덴 지장 없고……. 좋은 생각하는 뇌보다 오직 나쁜 짓만 골라가며 작동하는 뇌는 무슨 음식을 먹어서 그렇게 진화했을까. 그럼에도 국민 앞에서 말하는 얼굴을 보면 포철에서 생산하는 압연 강판보다 더 두껍고 탄탄해."

"그런데 나 같은 서민은 뭐야. 젠장 하루에도 이자로 오만 원짜리가 눈앞에서 휙휙 사라지는 판인데, 이거 언제까지 이리저리 차이며 살아야 하는 거야?"

"하 참, 조급하긴. 그래서 무슨 부동산 한다고 설쳐. 투자한 돈을 땅에 묻는다는 의미가 뭔지 알기나 알고서 부동산에 덤빈 거야? 농사짓는 땅은 일 년에 단판 나지만 부동산 투자에선 느긋하게 몇 년을 기다려야 해. 그러니 잊어버린다는 감으로 기다리는 게 정석이란 말이야. 정석."

"아이고 그놈의 정석. 법을 공부한 자들이 말아먹는 법. 무법천지 나라에 아직까지 법이 있었어? 이래서 언제 돈벼락 맞아 죽노. 아휴 이제 터질 창자조차 모자라네!"

나는 조급증을 참지 못해 부동산 중개업자 강 사장을 만날 때마다 숨 멎는 시늉하며 불쾌하게 여길 만큼 들볶아댔습니다. 사나흘이 멀다지 않고 매달린 끝에 투자한 값보다 훨씬 내려간 시세로 땅을 팔고 또 다른 곳으로 눈길을 돌리게 되더군요. 그러다 신개발 지역이란 정보를 믿고 다른 중개업자 소개로 땅을 사들이고 아파트도 사들였다가 부동산 브로커 말재간에 속아 소송에 휘말린 땅과 아파트임을 알았을 때는, 시기를 놓쳐도 한참이나 놓친 뒤였습니다. 떠난 버스 뒤꽁무니를 멍하니 바라보는 시골 노인의 망연한 표정, 그런 얼굴이었을 겁니다.

"야, 이거 정말 미치고 팔짝 뛰겠네!"

어느덧 제 입에 그런 말이 익어지더군요. 언제나 그랬습니다. 돈벼락을 안기는 땅은 손을 벌리고 있는 제 앞을 피해 갔습니다. 그저 수챗구멍에 허섭스레기가 걸리듯 언제나 말썽이 붙은 땅이 저를 향해 방긋방긋 손짓하며 다가들면서 재산을 갉아먹었습니다. 그럴 때마다 제 이름이 박힌 은행 통장 금액이 숫자 자리를 바뀌면서 거침없이 줄어들기 시작하더군요. 줄어드는 숫자에서 절박감이 엄습했습니다. 은행 통장 잔고를 확인하는 일마저 가슴이 터져나가고 두려워서 한동안 통장을 서랍에 처박아둔 채 은행 앞엔 얼찐거리지도 않았습니다.

"야, 이거 정말 미치고 팔짝 뛰겠네!"

투자의 빈번한 실패는 제 욕망을 철 수세미처럼 뒤헝클

어 놓더군요. 툭하면 입에서 미치고 팔짝 뛰겠다는 소리가 버릇처럼 새어 나왔습니다. 그러니 자신이 끊임없이 수렁에 미끄러지고 있다는 느낌을 떨쳐 버릴 수가 없더군요. 어느 날부터 가진 자들이 제 앞으로 다가오는 행운을 가로챈다는 생각이 문득문득 들기도 했습니다. 그러면서 저는 소리 소문도 내지 않고 눈앞에 보이지 않는 손이 제 돈을 야금야금 낚아채어 간다는 상상에 빠지기도 했으며, 눈앞에 보이는 두툼하게 기름진 사람들조차 간 큰 도둑으로 보였습니다.

정보에 밝지 못한 이유만으로도 재산이 강탈당한다고 여길 때, 솟구쳐 오르는 분함에 정신을 잃을 만큼 술을 마시게 되더군요. 사람이 사람을 믿지 못해 술에 의탁하다니 기가 막히는 노릇이 아닙니까. 세상살이가 정당한 게임으로 여겨지지 않았습니다. 그러면서 돈을 쉽게 벌어들이는 사람들이 제게로 돌아올 돈을 중간에서 부당한 수단으로 낚아챈다는 망상에 사로잡히기도 했으니까요.

저는 그것을 마치 고스톱 판에서 속임수를 써 가며 판돈을 끌어오는 행위와 다를 바 없다고 여겼습니다. 하기야 세상살이를 곧잘 고스톱 판으로 비유해 온 저는 믿지 않던

대박이란 말이 부쩍 귀가로 익숙하게 파고들더군요. 마치 노름판에서 돈을 딴 사람에게서 개평을 떼어 얻듯, 그들의 재산 일부를 부당하게 취해도 도덕적인 측면에서 무방하다는 섣부른 충동마저 느낄 때도 있었다니까요. 그런 까닭에는 강 사장 지론이 엄연히 존재하고 있었습니다. 어느날 고스톱 치는 자리에서 제가 강 사장에게 물었습니다.

"화투를 정정당당하게 치면 되는데, 왜 속임수를 쓰는지 모르겠단 말이야."

"화투 속임수는 게임의 양념이지. 게임은 속이면 재밌잖아."

"남 속여 가며 돈을 빼앗는 게 그게 재미있다고?"

"어차피 화투는 노동으로 돈을 취하는 게 아니고, 재미로 쳐 돈을 따니까. 재미로 치는 게 육체적으로 편하잖아. 또 재미로 치는 마당이니 속이는 재미가 으뜸 아니겠어?"

"돈 잃은 사람에게도 으뜸 재미라면 뺨따귀가 남아나지 않을 거야."

"돈 따먹기 경쟁에서 밀린 사람은 딱 하나 방법을 선택하지. 목숨을 내놓고 떼를 써대는 거야. 쥔 과자를 빼앗자면 어린애가 할 수 있는 게 뭐가 있겠어? 떼밖에 더 있어? 마찬가지야. 그도 무리를 지어서 억지로 써대는 막떼라야 먹혀들지."

"막떼는 또 뭐야?"

"경우고 염치도 없이 배 째라 하는 게 막떼가 아니겠어? 상대적인 빈곤을 느끼는 사람들이 곁에서 심정적으로 기웃거리다 떼를 쓰는 무리로 스스로 들어가 같이 떼를 쓰는 흐름이지. 아마도 앞으로 더 크게 벌어지는 빈부 격차 때문에 일꾼이 아닌 떼꾼들이 광화문 광장을 덮을걸. 떼꾼들이 득세하는 선진국, 자라는 애들이 얼마나 쪽팔리겠어."

하루 생계를 걱정할 만큼 모든 게 탈탈 털렸습니다.

돌아가는 화투패 질서를 예리하게 좇듯 부동산 투자에 매달려도 노상 피박만 잔뜩 뒤집어쓴 채 패대기쳐진 개구리처럼 널브러져 있는데, 뒤미처 예전 소유했던 땅에서 '대박'이 터졌다고 신문에 대문짝만 하게 보도된 날, 제 속은 구석구석 갈피갈피 새카맣게 타들어 가더군요. 쥐었던 손바닥 안에서 물이 새듯 목돈이 순식간에 흔적 없이 빠져나간 셈입니다. 재물을 손아귀에 움켜쥐려는 찰나, 바로 코앞에서 약삭빠른 손이 채어갔다는 억울함이 마음에서 다시 들끓어 오르더군요. 그때 저는 허전해진 빈손으로 무엇인가 움켜쥐고 싶은 강한 욕구를 느꼈습니다. 부피가 작으나마 악력을 느낄 수 있는 제 것을 손바닥 핏줄이 터질 만큼 움켜잡고 싶더군요. 저만 타인에게 재물을 빼앗기고 빈손으로 세상살이하는 멍청이 대열에 끼어 활개 걸음을 걸었던 겁니다.

술에 취해 정신을 잃고 널브러져 있을 때. 딸아이 교통사고 전화를 받았습니다. 학교에서 돌아오는 길, 고층 아파트 공사장으로 드나드는 레미콘 트럭이 후진하는 바람에 생명을 잃었다는 겁니다. 백미러에 아이 모습이 비치지 않았다고 운전기사는 진술했답니다. 딸랑 하나뿐인 자식입니다. 가슴이 터질 듯 아파지면서 걷잡을 없을 만큼 무너지더군요. 도시로 나와 수없이 단물을 빨다 버린 땅에다 재산을 쏟아 넣고 이제 딸아이마저 잃었던 겁니다. 그런데 딸아이를 잃고 슬픔을 견디다 못한 아내가 우울증 증세를 보이며 여섯 달을 침울하게 지내다가 가출해 서울 바닥에서 종적을 감췄습니다. 이제 모두 잃고 털린 셈이지요. 이른 새벽 바다에서 터진 그물을 건져 올린 어부 심경과 같았습니다. 그게 삼 년 앞선 일인데도 아직도 스트레스 장애 증상에서 헤어나지 못하고 있습니다.

아내는 가출하기에 앞서 부동산 투기에 거듭 실패하는 제 손발을 잡고 늘어져 하소연하다 악다구니 쓰다 종래 실신까지 하더군요. 저는 아내로 향하던 야속함을 거둬 내고 별짓 다해 백방으로 종적을 감춘 그녀를 찾아 서울 바닥을 훑었습니다. 찾다 스스로 지친 몸으로 한강 강변에 앉아 아내를 찾는 짓이 흐르는 수면을 바라보는 일처럼 막막하고 허망하다는 걸 깨달았습니다. 분명 누구한테 까닭 없이 속고 버림받는다는 느낌을 받았으나 마땅히 잡고 흔들어 댈 멱살조차 없었습니다. 저는 가끔 아무 일도 해낼 수 없는 빈손을 기능 테스트나 하듯 부들부들 떨기까지 합니다.

상황을 제대로 알려 드리자면 제 아내의 서울 생활을 조금 언급해야겠네요. 아내는 젊은 나이로 서울에 왔으나 천성적인 성격 탓으로 이웃들을 사귀지 못한 채 전전긍긍했습니다. 제일 힘들어했던 건 마을 사람들과 다르게 표현하는 이곳 여자들 말투 때문에 어렵게 말을 건넬 땐 몹시 주저하면서 상대방 눈치부터 살폈습니다. 시골말을 감추려다가 끝내는 말수가 줄어들고 그녀들과 만나는 일을 기피하기까지 했으니까요. 도시 여자들이 일상 하는 일에도 서툴러서 쩔쩔매기 일쑤였고, 가까운 슈퍼마켓을 피해 먼 거리 재래시장을 꾸준히 드나드는 낌새였습니다. 또한 교통

수단도 몸에 익지 않아 나들이에 앞서 바짝 긴장하여 진땀을 뺐는데, 집 안으로 들어설 땐 숨죽여 놓은 풋나물처럼 맥진해 있었습니다. 더러 혼자서 근처 야트막한 산에 갔다 오거나 집 안에서 보낼 때가 가장 편안해 보이더군요. 근처 목욕탕에 드나들지 않고 좁은 화장실에서 몸을 씻었으며, 제 손으로 거울 앞에서 머리카락을 쳤습니다. 여름철 옷 입힌 개를 안고 다니는 여자들을 피해 다녔고, 오가는 차들의 소음에 창문을 꼭꼭 닫고 한증막에서 사는 듯했습니다. 지금 생각하면 계곡으로 떨어진 껍질 탄탄한 도토리처럼 십칠 년이 지나도 시골티를 벗어던지지 못한 채 스트레스를 받다가 떠난 여잡니다. 아내는 투기에 정신이 팔려 집 안에 잠깐잠깐 머무는 제게 수시로 간절한 눈빛으로 조르더군요.

"어지간하면 땅에서 곡식을 거두는 고향으로 돌아가요."

"가긴 어딜 가. 이곳에다 지금까지 묻은 돈이 얼마인데……."

"그게 우리 땅이라 느낀 적 있나요? 소유권 이전 등기로 만신창 난 그런 땅에서 우리가 거둘 건 아무도 없네요. 우리가 밟아 보지도 못한 땅이 그게 어디 우리 땅인가요?"

"이제 두고 봐. 땅이 돈 먹은 만큼 왈칵왈칵 토해낼 테니……."

"그런 땅은 내게 소용없네요."

아내는 재래시장에서 사 오는 중국산 농산물보다 발 디디고 선 땅에서 나는 농산물을 먹고 싶어 했습니다. 푸성귀를 다듬을 때마다 혼잣소리를 던지곤 합니다.

"아이고 이맘때면 도랑둑에 머위 잎이 퍼랬는데……."

땅 내력을 제대로 알자면 그곳에 머물러 흙냄새를 맡으면서 제 땅 농산물을 먹어야 한다는 소리를 그렇게 둘러 했던 겁니다. 외지 생활을 십칠 년 했는데도 엊그제쯤 이사 온 듯 서울 생활에 물 위 기름처럼 끊임없이 부유하다 곁을 떠난 아내입니다. 딴은 서울 생활 적응력이 이민자 여인들보다 뒤떨어졌으니 얼마나 마음고생이 심했겠습니까. 감나무 밭에 심어 백 년을 기른들 고욤나무는 고욤나무일 뿐이라는 말이 아내를 생각할 때마다 떠오르더군요. 그렇게 마음고생하는 아내의 고통도 부동산 투자로 돈을 긁어모은다면 일시에 해결되지 않겠느냐는 자신감에 사로잡힌 저는 은행 통장에 길게 숫자가 찍히는 그 순간 희열에 아내의 일은 소소하게 느껴졌습니다. 그런 터에 거듭된 투자 실패로 저는 밤낮없이 술판으로 떠돌았고, 딸아이마저 세상을 떠나자 아내는 낯설기만 한 서울에서 메모 한 장 남기지 않고 온다 간다 소리도 없이 홀연히 사라졌던 겁니다. 투자에 미쳐 주위의 어떤 말도 귀로 들이지 않은 남편에 아내는 실망을 감추지 못한 채 힘든 생활환경에서 뛰쳐나간 듯했습니다. 그러나 저는 아내 가출의 근원을 딸아이 죽음과 연관 지으려는 생각에서 벗어나지 못했습니다. 둘러쳐 말하면 남편의 사업 실패보다 딸아이조차 없는 집을 지켜야 할 처지가 기막혀 가출했으려니 그렇게만 치부했으니까요.

아내와 딸을 잃은 저는 손끝 하나 까딱하지 않은 채 자고 일어나는 데도 힘이 부치더군요. 거울을 보노라면 쇠눈알 같은 큰 눈이 멍청하게 보이도록 텅텅 비어 있었습니다. 몸이 혼겁하고도 정신을 못 차리고 뒤집힌 장수풍뎅이처럼 빙빙 도는 듯했습니다. 늘 갈증이 나서 소주를 마셨고, 속이 타도록 끽연을 했으며 사람이 할 수 있는 별짓을 다하면서도 입 끝에서 욕지기가 남들이 봐도 더럽게 붙기 시작했던 거지요. 또한 소주로도 모자라 할시온정을 입에다 털어 넣고서야 잠에 빠질 수 있는 그런 나날이 이어졌던 겁니다. 견디다 못해 정신 병원을 찾았습니다. 안경을 단정하게 귀에다 건 정신과 전문의가 이리저리 묻더니 조현증세를 보인다고 말하더군요. 그리고 진행 속도가 빠르다면서 매달리는 일에서 잠깐 집착을 놓고 안정적인 생활을 취하라고 처방했습니다.

"신경을 쓰는 일에서 좀 쉬셔야 합니다. 그러지 않으면 큰일을 당할 수도 있어요."

그러나 제 의지로 분명히 할 수 있는 짓은 맨 마음에다 술을 부어 만사를 잊으려는 짓뿐이었습니다. 그러나 때로는 결심과 달리 먹은 마음대로 실행할 수 없는 일이 있음을 알았습니다. 제 앞으로 스쳐간 땅에 남아 있는 미련입니다. 수몰 이주민이 고향을 떠났어도 한동안 고향 땅이 묻힌 댐을 찾아가듯 저는 가망 없음을 판연히 알면서도 강사장 부동산 사무실을 떠날 수 없었습니다.

개발 예정지 부동산 중개소 인근 포장마차. 땅으로 돈 번 사람들이 아니라 저처럼 땅에 돈을 빼앗긴 자들의 천국입니다. 저와 같은 몰골 ─하나같이 어깨선이 내려앉고 눈알이 돈독에 시뻘겋게 충혈된 자들이지요. 감정이 비온 뒷자리 모래처럼 솟긴 자들이라 트집 잡히면 주먹질과 욕설을 덤터기로 받아들여야 합니다. 그곳에 들어서면 무리에서 낙오한 자들의 가학적인 모진 말을 듣지 않으려 해도 들립니다.

　그날따라 구질구질하게 비가 내리고 있었습니다.

　혼자서 마시는 술에 느려도 취기가 오르더군요. 걷힌 황색 방수포 사이로 비에 쏠리는 거리를 바라보는데 잡생각이 빼꼭히 머릿속으로 들어찼습니다. 뼈 없는 닭발구이 매운맛을 입가에 가득 칠해도 그 맛이 혀끝에 잡히지 않을 만큼 서글픈 생각만 들더군요. 차량 타이어로 찌든 도로에 땟국물이 줄줄 흐르는 정황에 고향 밭고랑에서 쏟아지던 흙탕물이 눈앞으로 보이더군요. 그 흙탕물을 더럽다고 여긴 적은 여태 한번도 없었습니다. 이제 가뭄이 해결되니 생명을 가진 것들에 생기가 돋겠거니 그런 기대만 했으니까요.

　그러나 아스팔트 위로 빗물을 그냥 흘러 보내는 서울 땅이 생명을 어떻게 품고 길러내겠습니까. 생명을 길러낼 본능을 잃은 땅은 죽은 땅이라고 감히 말할 수 있겠지요. 시골 푸른 뜰 논가에서 비를 맞고 들어와 추녀 밑에 앉아 어슬한 한기 속에 호박전을 안주로 마시는 막걸리 맛이 불현듯 입가에 감기더군요. 이제 귓가에다 시끄러운 소리를 집어넣으며 세찬 비가 쏟아져 마음속을 논바닥처럼 질척여

놓습니다. 소나기로 불어난 마을 앞개울이 눈앞에 어른거렸습니다. 술잔을 비우고 내리는 손등으로 눈물이 떨어집니다. 그런 제 귀에 땅 투기에서 낙오한 자들의 술에 취해서 내뱉는 거침없는 악담이 고스란히 들립니다.

"가난한 사람들을 쫓아내고 더럽게 해 처먹은 개새끼들!"

"더러운 땅에서 나온 돈으로 배를 채웠으니 뱃속은 온통 똥통이라 말할 때마다 구린내가 진동하네."

저는 고갯마루 내리막길을 걸어 내려와 마을 동구로 들어섰습니다. 누렇게 영글어 고개를 꺾은 나락들이 논둑을 타고 넘었는데, 그 사이로 뱃바닥이 노랗게 익은 메뚜기들이 풀풀 날아오릅니다. 만추인 이곳 땅은 아이들의 그림처럼 가을 풍요를 온전히 그도 색색이 담아내고 있습니다. 곡식이 영근 뜰은 만삭 여인네 몸처럼 푸만하더군요. 저쪽에서 마을 사람이 다가오는데, 햇볕을 등에 졌어도 얼굴은 금세 알아볼 수 있었습니다. 서리 맞은 늦가을 고욤처럼 얼굴 갈피마다 주름을 안은 관수노인입니다. 이미 앞서 언급한 대로 관수노인은 오래도록 마을에서 훈장을 했기에 옛일과 풍속에 밝았고, 하룻밤 내내 오른발을 왼쪽 넓적다리

위에 놓은 다음 왼발을 오른쪽 넓적다리 위에 놓는 이른바 가부좌 자세로 유지할 만큼 성정마저 꼿꼿한 사람입니다. 마을 웃어른인 만큼 제가 먼저 알은체해야 했습니다.

"어르신! 어디로 그리 바삐 가십니까? 저 현재입니다."

옆으로 스쳐 지나갈 듯하던 발걸음을 멈춘 관수노인이 고개 숙여 인사하는 저를 자세 자세히 바라봅니다.

"옳아. 자네 현재가 아닌가? 어쩐지 걸어 들어오는 걸음새가 눈에 많이 익다 했더니. 내 자네 소식 얼추 듣고 있다네. 그런데 왜 이제야 오는가? 혼자 남아 뒷일을 해결한 뒤 온다더니 그래 서울 일은 마무린 잘했는가? 암튼 잘 돌아왔네."

"아, 예, 그렇게 됐습니다. 그런데 건강은 여전하시지요?"

저는 제 얘기를 더 소상히 물을 듯싶은 관수노인 눈썰미에 불안을 느끼면서 어정쩡하게 대답했습니다. 한편 경위 밝은 사람 말이라 지레 조심하자는 경계심도 깔려 있었습니다. 워낙 눈치 빠르고 타인의 속을 예리하게 짚는 웅성깊은 사람이라 맞대하기가 여간 불편하지 않습니다.

"자네가 보게. 내 팔다리가 아직도 이리 멀쩡하게 제자리 붙어 있잖은가? 세끼 밥 잘 먹고, 하루도 빠짐없이 뒷간에 가고, 또 잡스러운 욕심을 버리고 여태 살아왔는데, 뭣에 조바심 내서 빨리 늙어가려고 그리 부성하겠는가. 그런데 귀향한다니 여러 가지로 생각을 많이 했을 텐데…….

결론부터 애길 해서 암튼 돌아오길 잘했네. 아니 서서 이럴 게 아니라 잠깐 저기 가서 좀 앉게나."

오랜만에 귀향한 사람에게 무슨 말을 전하려는 속셈인지 관수노인은 마을 앞 느티나무 밑으로 저를 달고 갔습니다. 뒤따라 간 제가 평상에 내려앉으며 서둘러 까닭을 물었습니다.

"어르신 제게 할 말씀이라도?"

"암 많지. 자네가 마을을 떠난 지 이십 년, 그동안 쌓인 얘기가 왜 없겠나. 더군다나 이곳 땅을 버리고 서울 인근 땅에 귀신에 씐 듯 떠났다가 이리 돌아온 자네에게 어찌할 말이 없겠는가."

"아, 예."

저는 관수노인의 눈치를 살피며 죄인처럼 신음하듯 가느다랗게 내뱉습니다. 제가 가장 두려워하는 땅 얘기가 대나무처럼 꼿꼿한 관수노인 입으로 나올 낌새를 감지한 탓입니다. 이미 작심한 일이지만 시시비비 가림에 거침없는 그의 성격을 알기에 두렵고 불안하기만 합니다.

"자네도 이젠 알겠지? 땅도 산 땅이 있고, 죽은 땅도 있는 거. 돈을 먹고 개발에 묶인 땅은 말할 것도 없이 죽은 땅이고, 해마다 가을이면 한 줌의 곡식이라도 꼬박꼬박 맺어 주는 땅이 살아 있는 땅이라네. 그게 사람에게 진정한 땅이네. 안 그런가? 이 사람."

"예, 어르신 일리가 있으신 말씀입니다."

"자네가 두고 간 그 땅 있잖은가?"

"예, 지금 그 땅을 찾아가는 길입니다."

"내가 이제야 말하네만 이 마을뿐 아니라 요 가근방에서는 그만한 땅도 없을 거야. 땅이 기름질뿐더러 가뭄을 모르는 땅이 아닌가? 아무리 가물어도 가뭄을 타지 않고, 또 씨곡을 열 개 넣으면 스물을 얻는 게 아니라 백 아니 이백도 얻을 수 있는 땅이 바로 그런 땅이지. 그러고 주인을 쉬이 바꾸지 않는 땅이니 복토라네. 땅도 소유한 사람의 태도에 따라 박토가 되기도 하고 옥토가 되기도 한다네. 그런 땅을 자네는 죗값을 받을 만큼 냉정하게 버렸네. 그러니 이제 내 말을 명심하게. 땅을 배반하지 않고 앞으로 꽉 붙들고 있겠다고……. 땅으로 서러움을 당한 자네도 옥토를 알아야 하네. 그리고 땅이란 게 흙뿐이 아니란 걸 자네도 알지 않는가?"

"제가 마을에서 처음 떠날 때 왜 진작 제게 말씀을 해주지 않았습니까?"

"말리지 않았다고? 지난 일이니 이제야 내가 한소리 하겠네. 그땐 발정 냄새를 맡고 앞뒤 가리지 않고 내닫는 수캐 같은 기세였는데, 누가 뭔 수로 그 앞을 가로막아 선단 말인가. 안 그런가? 이 사람."

"아예, 하하하. 어르신도 참……."

"이 사람아. 땅이란 인간에게 그리 만만한 게 아니야. 천지간에 존재하는 모든 사물들이 바탕을 두는 곳인데 인간의 야망으로 그것을 함부로 더럽혀서야 되겠는가? 땅을 경영하는 일이 얼마나 성스러운지 자네가 알기는 아는가? 사대부들이 백성의 땅을 갈취할 때면 어김없이 그 왕조가 망하는 징조라는 게 역사 행간에 남아 있네. 자네 혹 나경裸耕이란 소릴 들어본 적 있는가?"

관수노인 말은 그의 낡은 고택 기둥에 나붙은 주련의 해서체처럼 고문자 냄새가 풀풀 났습니다. 마을 사람들 의견이 분분해서 결론을 내리지 못할 때 그는 언제나 옛일을 들춰내 설득하곤 했는데, 기억이 쇠퇴할 나이임에도 지금도 몸에 밴 습벽은 여전합니다.

"나경이라니요? 제겐 첨 듣는 소리입니다."

"아주 옛일이니 귀에도 낯선 말일 테지. 함경도나 강원
도 북쪽의 옛 풍습으로 전해지는 얘기일세. 매년 땅이 씨
앗을 품고자 붉게 빛나는 입춘 이른 아침에 지방 관아에
백성들을 모아놓고 목우木牛를 몰아 씨를 뿌리고 거두는
풍년을 기원하는 나경이라는 풍습이 있었다네. 문제는 이
때 따비는 자나 씨 뿌리는 자는 혈기왕성한 숫총각이어야
했고, 그들은 실오라기 하나 걸치지 않고 땅을 붉게 갈아
엎어 가며 씨앗을 뿌렸다네. 이를테면 생산을 상징하는 음
의 땅에 상응하는 예의인데, 땅에다 왕성한 양기를 불어넣
어 지신에게 다산과 풍요를 갈원渴願 했던 의식이네. 이 의
식의 엄숙함은 물론 몹시 신성시했다네. 이 얼마나 인간의
경계를 뛰어넘어 땅에 대응하는 성스러운 풍습인가? 땅은
바로 그렇게 풀포기나 나무뿐 아니라 오행의 영성도 담긴
것이라네. 그럴 듯 땅은 인간에게 그리 만만한 게 아니야.
그러니 사욕을 채우려고 함부로 땅의 바탕 본질을 더럽히
거나 훼손해선 안 된다는 말일세."

케케묵어 글자 획조차 희미해진 고문서를 넘기듯 한 소
리가 관수노인 입에서 고담처럼 튀어나왔습니다. 그러나
저는 그의 진지한 눈빛 앞에서 고개를 직수그릴 수밖에 없
었습니다. 마치 머리끄덩이를 움켜잡고 제가 버린 땅에

다 이마빡을 찧어 대는 느낌이 들더군요. 그래 이렇게 찧어 박혀도 네가 버린 땅에다 저지른 죗값에는 어림도 없다. 그렇게 성화 돋긴 관수노인의 매서운 질책이 귓속으로 파고들 듯했습니다. 수박 즙액 같은 눈물, 그리 질겁하도록 붉지 않고 희묽지도 않으면서 그저 불그무레할 성싶은 눈물이 가슴 앞섶을 적시며 흘러내립니다. 물론 저도 모르는 울음이기에 제 눈에는 보이지 않습니다. 땅 투기하느라 버림받은 자들의 눈물이 제 몸을 빌려 흐르는 듯했습니다.

"어르신 면목이 없습니다. 말씀 깊이 새겨듣겠습니다."

저는 진심으로 고개를 숙였습니다. 이곳에다 버리고 떠난 땅으로 서둘러 가고 싶었습니다. 관수노인은 고개를 직수그린 채 눈물을 흘리는 제게 미안했던지 철모르는 아이를 타이르듯 다정하게 일렀습니다.

"암튼 잘 왔네. 너무 낙담하지 말고 어서 가보시게 그곳 땅이 자네를 기쁘게 맞을 걸세."

"아예, 또 뵙겠습니다."

저는 일어서 예를 표한 다음 느티나무 그늘에서 벗어났습니다. 관수노인 얘기가 길었던 탓인지 집집이 불을 켤 만큼 어둠이 깔리는 마을길을 헤쳐 제가 버렸던 땅에 뿌리박힌 집으로 찾아 들었습니다. 대지로 들어서자 썩은 잡초

냄새가 발걸음을 옮겨 디딜 때마다 묻어났습니다. 그러나 이제 씨앗을 묻어야 할 땅인 만큼 죽은 땅에 미련을 버린 뒤, 몸을 풀고 마음도 내려놓아야 할 곳입니다. 앞으로 작심하고 웃통을 벗어젖힌 다음, 형체만 간신히 유지한 곳간에서 흙과 녹으로 뒤덮인 삽과 호미를 찾아들고 살아 있는 땅을 파게 될 겁니다.

대지를 돌아들자 버리고 간 집이 보였습니다. 그런데 뜻하지 않게 불이 환하게 밝혀져 있었습니다. 아닌 게 아니라 자세히 살피니 집은 짐작보다 관리가 잘된 듯 정갈하다 못해 윤택하기까지 합니다. 마치 낯선 집을 찾아든 듯했기에 큰기침으로 안으로 향해 기척을 알렸습니다. 사람이 있음이 분명한데 반응은 없습니다. 저는 참을성 없어 또 내뱉습니다.

"누, 누가 있소?"

그런 물음에도 대꾸가 없다가 한참 만에 문을 열고 나온 사람이 제 앞으로 조용히 걸어왔습니다. 불빛을 등졌기에 자세하지는 않으나 여인 모습만은 틀림없습니다.

"나지 누군 누구예요."

아내였습니다. 삼 년 앞서 서울에서 사라진 아내가 그

땅을 지키면서 땅 투기에 바람난 저를 무영탑처럼 기다리
고 있었습니다.

사위를 찾아서

"엄마! 난, 어떻게 해. 호진아빠가 병원 영안실에 있나
봐."

전화로 전해온 딸애의 목소리는 울먹거린다기보다 두려
움에 떨고 있었다. 그녀는 딸애의 목소리가 들리는 전화기
를 단단히 움켜쥔 채 아무런 응답을 못하고 벽면만 망연히
바라다봤다. 순간 현기증을 느낄 만큼 눈앞으로 어두운 빛
이 휙 스쳐 지나갔다. 상상의 끝자락에다 미루어두었던 가
장 최악의 볼썽사나운 사태, 그런 절박한 상황으로까지 내
달지는 않겠지 했던 바람조차 일순에 무너져 내렸다.

드디어 눈앞에 다가온 현실 앞에 아무런 대비책도 마련
못한 채 주저앉는 딸애 모습이 다가들었다. 따져 보면 오
히려 극단적인 상황까지 예견해온 자신의 상상에 섬뜩함
마저 느꼈다. 그녀는 덤비지 말고 이미 벌어진 상황에 차
근하게 대응하려고 먼저 마음부터 내려 앉히려 했다. 그런

데 먹은 마음과 달리 떨리는 목소리로 더듬듯 딸애에게 되묻지 않을 수가 없었다.

"분명하다냐. 그, 그게 강 서방인 게?"

"네에 엄마, 가출 신고했던 경찰 지구대에서 신분이 확실한 것 같다면서 조금 전에 연락이 왔어. 급히 가서 신분을 확인하라고까지 했어."

"영안실이라 했지. 분명 영안실이라 들었어?"

그녀는 딸애의 말을 부정하려는 투로 거듭 되물어가면서도 곧이들으려 하지 않았다.

"네 엄마, 영안실이라 분명 들었어. 엄마 알지? 엄마가 난관 수술을 했던 구로에 있는 그 대학병원……."

"그래 알았다. 넌 어떠한 일이 있더라도 마음을 다잡아야 한다. 무너져선 안 돼, 알았지? 내 곧 병원으로 가마. 너도 곧장 그리로 오너라."

말을 이르면서도 자신이 더 먼저 혼을 놓아서는 안 된다고 다짐을 해댔다. 이런 일은 흔치 않은 일이기에 어떻게 매듭을 풀어나가야 하는지 마땅한 대책이 냉큼 머릿속에 떠오르지 않았다. 오히려 대책보다는 딸애의 처지가 더욱 염려스러웠다.

"염려 마세요, 엄마. 난 경찰 지구대에 들렀다가 갈게,

엄만 바로 그 병원으로 와. 그럼 영안실 입구에서 만나요."

오히려 딸애는 그런 경황 중임에도 애써 침착하려 했다. 아마도 어미에게서 걱정을 덜게 하려고 짐짓 그렇게 꾸며 대고 있는 듯했다. 딸애도 집에 들어왔다가 다시 가출한 사위로 향했던 기대는 이미 오래전에 접은 듯했다. 그보다 그동안 집 나간 남편의 행적을 추적하면서 앞으로 자신에게 닥쳐들 여러 사태를 예견하고 있었던 듯 예상 밖으로 냉정하게 현실과 맞서고 있었다.

그녀는 힘이 빠져나간 손아귀에서 전화기를 놓았다. 딸애 목소리가 빠져나간 전화기였다. 내친 김에 서둘러 옷을 갈아입고 집에서 나서야 했다. 그런데 갑자기 전신에 힘이 빠져 달아났는지 몸을 추슬러낼 수가 없을 만큼 기운이 없었다. 어떤 상황에서도 독하게 버텨 내야 한다고 마음을 다졌던 조금 전과 달리 여유가 빠져나간 자리에 조급함이 들어찼다. 새삼 살아간다는 게 긴장의 연속이고, 그 긴장의 끈이 끊어지는 때가 삶을 마무리하는 순간이란 생각이 치밀어 올랐다. 그래서 산다는 게 한시라도 편할 날이 없다고 했던가. 아닌 게 아니라 지금껏 살아나온 그녀 삶의 궤적은 그런 틀에서 크게 벗어나지 않았다.

그녀의 눈앞에는 말과 시선을 잃은 채 야속하게 병원 영안실에 누워 있을 사위의 모습이 머릿속을 흔들었다. 머리를 흔들어 그런 환상을 털어내려 해도 접착제처럼 진득하니 뇌리에서 들붙어 찐득찐득 묻어나기만 했다. 막막한 상황을 눈앞에 두고 숨이 턱턱 막혀오는 자신의 몰골을 연상하면서 끝내 참아내지 못하고 입 끝에다 모진 말을 걸었다.

"몹쓸 인간! 끝내는 그런 꼴로……."

그러나저러나 막상 벌어진 사태에 어떤 일부터 먼저 해야 할는지 냉큼 판단이 서지 않았다. 막막해서 한동안 맥을 놓고 어정쩡하니 앉아 있기만 했다. 나이를 먹을 만큼 먹어왔다고 자신했고, 세상에 험하다는 일에도 부딪칠 만큼 어지간히 부딪쳐왔다고 아이들 앞에 툭하면 내세워 왔으나 막상 현실에서 맞닥뜨리고 보니 그런 말이 무색하게 지금은 그저 가슴이 먹먹하게 조여 올 뿐이다.

아직 사위는 쉰 줄에 들어서긴 한참이나 더 살아야 할 나이였다. 좋은 세월을 만나 뜻한 대로 생활했다면 한창 하는 일에 보람을 느껴가면서 삶에 윤기를 더하며 산다는 맛을 알만한 연대인데, 이른 나이에 맞은 죽음이라니 전혀 현실로 다가서지 않았다. 운수 사나운 사위의 팔자소관으로 돌린다 해도 너무 억울하고 안타까운 죽음이다.

더군다나 스스로 불러온 죽음이라면 그건 분명 생명에 죄짓는 짓이다. 공연하게 태어나 주변에 인연을 얼키설키 엮어놓은 채 책무를 감당해 내지도 못하고 저세상으로 갔으니 남아 있는 사람에게 얼마나 무책임한 처사인가. 그동안 아닌 게 아니라 사위의 가출은 그녀의 일상사를 팽팽한 긴장 속으로 몰아넣었다. 터무니없게도 문 여는 소리에도, 울리는 전화벨 소리에도 편히 마음을 놓을 수 없었다. 언제 어디서 또 어떤 일이 닥쳐들지 모를 사태에 대비하느라 긴장의 끈을 놓지 못했다. 하루를 지우고 내일 하루를 기다리는 일이 마냥 두렵기까지 했다. 그런 처지니 뉴스 끝자리나, 신문 사회면을 듣고 보기조차 지레 겁부터 났다.

달포 앞선 일이다.

그녀는 바깥에 누가 온 듯싶은 예감에 바로 현관문을 열었다. 그러자 멈칫 물러섰던 딸애가 퉁겨졌던 고무줄처럼 성큼 안기듯 현관 안으로 들어섰다. 한 번 덴가슴이 또다시 덜컥 내려앉았다. 맨 처음 눈에 들어온 건 딸애 등 뒤에 바랑처럼 매달린 아이였다. 눈을 감은 얼굴이 납색으로 보였다. 이미 사단이 붙어도 단단히 붙었는가 싶었다. 갑자기

막혔던 말문이 겨우 터졌다.

"아니?! 이것아."

앞으로 단단히 곱쳐 매어진 포대기 끈을 잡아당기는 대신 다급한 겨를에 등에서 아이를 통째 뽑아 안았다. 정작 지난번처럼 그렇게 황당한 짓을 하고 싶지 않았다. 그때는 그랬다. 속상하고 성급한 채 곱쳐 매어진 포대기 끈을 와락 잡아당겼는데, 아이가 간단없이 현관 바닥에 쏟아져 내렸다.

아이를 통째로 뽑아 손발을 만져보니 여태 얼음판에 세워둔 듯 소름이 돋을 만큼 손안으로 차가움이 가득 밀려들었다. 급체했구나, 그런 느낌이 퍼뜩 들어 딸애의 시선을 낚아챘더니 딸애는 미리 눈치를 채고 겁먹은 소리로 변명부터 하려 들었다.

"그게 아니라, 오다가 배고프다고 칭얼대기에 편의점에 들러서 달걀 하날 사 먹였어. 그게 안 좋았던가 봐."

기온이 곤두박질친 차가운 날씨에 입술마저 얼얼할 날인데 마른입에 달걀이라니 나무람에 앞서 눈물이 마음 깊은 곳에서부터 치달아 올랐다. 그녀는 아이를 받아 요에 눕힌 다음 서둘러 반짇고리를 찾아 바늘 쌈지에서 잔바늘을 집어 들었다. 이마 머리카락에다 몇 번 문지른 잔바늘

끝을 아이의 새우깡 같은 가운뎃손가락에다 서둘러 찔렀다. 팥 빛보다 더 검붉은 피가 손가락 끝에서 기다렸다는 듯 빠르게 솟구쳐 올랐다. 짱알거리지도 못할 정도로 급히 체한 듯했다.

아이는 목숨을 한번 확인시켜주려는 듯 꿈틀 움직이며 잠깐 눈을 떴다가 이내 도로 감았다. 여느때 같았으면 답삭 안길 아이였다. 가뜩이나 늦둥이에 지진아로 태어난 아이는 또래들보다 한 일이 년이 뒤쳐져 있었다. 튼실하지 못한 아이를 바라볼 때마다 회사 일을 꾸려가느라고 임신과 수유기에 제대로 챙겨 먹지 않은 딸애가 야속하다기 보다 미련하다는 생각을 했다.

그나마 그것조차 낳지 않으려고 버티다가 친정 부모의 등쌀에 낳은 애증 덩어리인데 발육마저 부진하니 볼 때마다 안쓰럽기 짝이 없었다. 어미로서 낳으려 하지 않은 아이를 그래도 낳아야 하지 않겠느냐고 어르고 달래던 일이 사뭇 미안할 뿐이다.

그녀는 이불을 내려 축 늘어진 아이에게 덮어주고 이불 깃을 여미며 딸애에게 한마디 일렀다.

"우선 너도 그 옆에 누워 한잠 자라. 내가 먹을 것 좀 만들어 줄 테니."

　마음이 넉넉지 못함인가, 당장 할 말이라곤 그것밖에 없었다. '난 괜찮아.' 했던 딸애도 이불 귀퉁이를 슬며시 끌어덮더니 혼절하듯 잠 속으로 금시 빨려 들어갔다. 화장품으로 가려져 있어야 할 나이 때의 얼굴이 민낯인데, 구차스러운 살림의 때로 찌들어 부스스하니 피부 비듬이 일어 뿌옇게 보였다.

　이제 서른여덟, 서른셋에 결혼했으니 결혼생활 오 년 차로 접어든 참이다. 아직은 꽃다운 나이에 걸맞게 꽃다운 얼굴이어야 했다. 그러나 그런 모습은 딸애의 몸 어디에서나 찾아낼 수가 없었다. 살림 형세가 어려워서 그런가, 바라보는 느낌에 몸집이 반으로 줄어든 것 같고 살집이 내려앉은 만큼 뼈대들이 밖으로 앙상하니 드러나 우박에 잎이 상한 푸성귀처럼 보였다. 아니 뼈대만이 그렇게 보이는 게 아니라 체신 자체가 모든 게 앙상하니 밖으로 드러난 몰골이다. 나뭇결 안으로 송충이가 파고들 듯 오 년째 결혼생활이 딸애의 몸속으로 파고들어 속속들이 본성을 파먹으면서 딴 사람으로 바꿔놓았다. 이미 꽃다움은 제격을 드러내지 못한 채 세월에서 훌쩍 건너뛴 듯 저만큼 지나가 버렸다는 느낌을 딸애에게서 지울 수가 없었다.

그녀는 어이아들이 잠든 머리맡에 앉아 한참이나 내려다보다 소리 없이 조용히 방 밖으로 나왔다. 오래도록 몰골을 살피기에는 터져오는 감정을 거둬내기가 힘에 부쳤다. 이제 쓰라려 오던 가슴이 오늘은 더 깊이 아프기까지 했다. 출산의 진통을 겪은 뒤 자라며 커가는 과정의 걱정을 들고나면 이제 자식 때문에 쌓일 시름과 조바심들이 줄어들 줄, 그리 성급한 판단을 한때도 있었다. 달랑 딸애만 하나였기에 시집을 보내고 나면 자식의 그늘에서 벗어나 제 삶만 좇을 줄 알았다. 그러나 그 애증의 고리는 쉬이 끊어지지 않고 현실이라는 삶 위에 질질 끌려가고 있었다. 어디 그뿐인가. 이제는 딸애의 주변에 일어나는 일에 추슬러내지 못할 만큼 마음마저 끝자락이 어디일지 모르게 무너져 가고만 있을 뿐이다.

냉장고를 열고 딸애가 좋아하는 반찬을 만들려는데 먹을거리들이 모두 뿌옇게 보여 그게 그것처럼 보였다. 눈물이 하염없이 앞을 가린다더니 이게 그런 경우인가 싶었다. 정확하게 보이지 않는 그것들은 하나같이 손끝에다 차가움을 전해주고 있는데, 그 싸늘함이 그대로 마음속까지 파고들었다.

　그녀는 마음 다짐을 하긴 했었다. 딸애에게 어떤 시련이 닥치더라도 어미로서 눈물을 보여서는 안 된다고 작심했다. 그런데 이제 그것마저 지켜가지 못할 만큼 딸애의 살림 사정은 오늘을 살아내면 내일을 어찌할지 모를 만큼 나날이 나빠지고 있었다.

　파산한 뒤 집을 나가 거리로 떠돌던 사위가 다행히 이태 만에 맏이 시숙에게 영등포에서 잡혀 돌아왔는데 며칠 전에 또 가출했다고 꺼이꺼이 울며 전화를 하더니, 이렇게 친정으로 새벽같이 찾아온 거다. 사위는 하는 일없이 석 달을 용하게 버텼던 셈이다.

　"엄마, 호진아빠가 무척 힘들었나 봐요."

　딸애는 다시 뛰쳐나간 남편이 안쓰러웠던 모양이다. 제 발로 걸어 들어온 귀가는 아니지만 집으로 돌아온 사위에게 석 달 동안 신용불량자로서 할 일은 없었다. 젊어서부터 일에만 매달려온 사람이니 만날 수 있는 사람들은 사업 관계로 인연을 얽혔던 사람들뿐이었다. 그런데 그런 사람들과는 채무 관계로 얽혀 있어 만나서 소주 한 잔을 제대로 나눠 마실 처지가 아니었다. 사회를 살아가야 하는 남자로서, 가정을 이끌어갈 남편으로서 설자리를 잃어버린 신세였다.

그녀는 사위나 딸애에게 뭐라 건네야 할 위안의 말이 선뜻 떠오르지 않았고, 나무랄 말도 냉큼 혀끝에 걸리지 않았다. 그런데 대리석 모서리에 머리를 부딪친 듯 갑자기 머리가 빠개질 듯 아파지며 부르르 울화가 북받쳐 올랐다. 몸 어느 한구석도 편안하지 않았고, 손끝에서 씻어내는 그릇들이 겉돌아 쨍그랑쨍그랑 부딪치기만 했다. 창문을 열어도 속에서 내뿜어지는 열기가 밖으로 달아나지 않고 외기에 부딪혀 얼굴 위로 쏟아져 들어왔다. 속에서 천불이 인다더니 이런 경우가 그런 거구나, 그러한 느낌마저 들었다. 울화병의 근원이 이러니 여겼다.

"몹쓸! 정말 몹쓸 인간이구나."

외환위기로, 경제정책 실패로 숱한 중소기업이 파산하여 거리로 내몰린 판국이야 시대를 탓하고, 또 정권을 잘못 선택한 인과응보로 친다 하고, 숱한 사람들이 중산층에서 최하 빈민층으로 주저앉는 판국이 새삼 분통이 터질 일만 아니었다. 그런데 참으로 안타까운 일은 이 나라에서 삶을 영위한다는 게 왠지 마냥 분하고 억울하긴 한데, 마땅히 대응해서 분풀이할 대상이 없다는 데에 까닭이 있었다. 그런 세태의 물결 한복판에 개미처럼 맥없이 허우적대며 휩쓸려가는 사위가 그저 안쓰러울 뿐이다. 인간 개체의 보잘것없음이 세태에 얼마나 취약한가를 극명하게 보여주기 때문이다.

처음 그녀는 사위가 돌아왔다는 소식을 듣고 하던 일을 미루어두고 딸애가 사는 사글셋방으로 단걸음에 달려갔다. 즐풍목우櫛風沐雨. 사위는 그런 말이 실감 나듯 머리는 바람에 빗질이 되고 몸은 비바람에 씻긴 채 지쳐 잠들어 있었다. 아니 세태에 혼절해 있었다는 말이 맞았다.

사람들의 시선을 피해 그것에서 외면하면서 산다는 게 얼마나 괴로운 일인가. 같이 생활했던 사람이 옆에 지켜 앉았고, 이불을 덮고 있어 목숨이 붙은 산사람이라 여겨지지, 거리에서 그렇게 거칠어진 모습을 보면 생명 끈을 놓아버린 행려병자의 사후나 다를 바 없게 보였다. 그녀는 사위의 모습이 너무나 참혹해 차마 오래도록 시선을 던져 둘 수 없었다.

딸애가 울음을 토막토막 끊어가며 그랬다. 가슴으로 달려오는 가족들을 얼싸안을 듯싶었는데, 그런 자세를 취하기도 전에 그냥 방바닥으로 내려앉았다고 했다. 아니 그냥 썩은 짚단처럼 허물어져 내렸다고 했다. 나무도 밑뿌리가 썩으면 쓰러지듯이 생활고로 가정의 바탕이 무너지자 가장은 가족의 품으로 돌아와 그렇게 맥없이 무너져 내렸던 거다. 그저 구복이 원수라 했는데, 생명을 이어갈 음식물마저 섭취하는 일도 힘에 겨웠던 모양이다.

그녀가 볼 때도 크게 다르지 않았다. 들판에 서 있는 묵은 갈대의 대궁이. 육신만 그런 느낌을 주는 게 아니라 정신마저 그렇게 살살이 황폐해져 보였다. 사람이 저 스스로 일신을 추슬러내지 못하면 얼마나 빨리 폐인으로 전락하는지 본보기처럼 사실적으로 보여주었다. 이태 만에 집으로 돌아온 사위의 첫인상이 그랬으니 야속함도 원망스러움도 풀어낼 염치가 없었다. 그녀는 설움이 북받치는 감정을 참아내면서 하고많은 말을 걸기 전에 딸애에게 사위를 푹 자도록 내버려 두라 일렀을 뿐이다.

얽히고설킨 모든 관계에서 헤어나 자유롭게 오직 깊은 잠만 자게 두고 싶었다. 깊은 잠을 자면서 지금껏 살아온 신산한 삶을 꿈인 듯 잠 속에서 깡그리 털어내고 새로이 태어나듯 현실로 표표히 돌아오길 빌어주라고 시켰다. 또 깊은 우물을 땟물 씻김 때처럼 바닥이 드러나도록 퍼낸 우물 안에 새물이 들어차길 기다려야 하는 게 아내의 도리라고 일찍 귀띔도 해주었다.

지금 사위는 딸애의 시선을, 말을, 마음을, 몸을 받아들일 여지가 없어 보였다. 더구나 하염없이 쏟아내고 싶은 아내의 눈물 자락을 담아낼 마음의 깊이도 준비되어 있지 않은 남편일 터였다. 그녀는 각박한 시대에서 죽음의 행렬에 묻혀가던 사람을 솎아낸 일만도 다행으로 여기라고 딸애의 마음을 대신 달랬다.

깊은 잠 속으로 이내 빨려 들어간 사위를 보면 딸애도 한없이 자신의 가슴을 쥐뜯고 싶었을 거다. 그녀는 사위의 얼굴을 물끄러미 내려다볼수록 눈물이 끊임없이 솟구쳤다. 이불 밖으로 나온 손 부피도 거친 채 두꺼워져 보였다. 너무 얇고 가냘프기만 해서 손아귀에 넘쳐나는 물건을 쉬이 잡을 성싶지 않게 보였던 손이었는데, 발처럼 사용해서인지 갈퀴처럼 거칠어진 채 굳은살이 박여 있었다. 그 손이 이태 동안 행적을 여지없이 보여주었다. 정작 살아가기 필요한 것들을 세상에서 갈퀴같이 끌어 쥐려 허우적댔을 거다. 그러나 가족을 위해서, 아니 자신을 위해서 아무것도 할 수 없는 거친 손으로 돌아온 사위는 이미 옛사람으로 돌아갈 수 없을 처지로 딴사람으로 변모되어 있었다.

"엄마, 호진 아빠가 예전으로 돌아갈 수 있을까요?"

눈 가장자리 눈물 자국을 지워내며 측은한 시선으로 남편 얼굴을 훑고 나서 그녀에게 건넨 말이다. 아마도 아내의 처지에서는 남편이 예전 자리로 빨리 돌아오는 게 가장 시급한 바람일 터였다. 예전의 남편이 아주 만족할 만한 사내는 아닌지는 몰라도 지금의 형편에서는 그만한 사람으로 돌아길 수민 있다면 딸애에게 더 바랄 게 무엇이 있겠는가.

"그렇게 돼야 하겠지. 사내나 여자나 가족이 울이라는데, 이제 가족이 있는 가정으로 돌아왔으니 분명 그렇게 돼야지……."

그녀는 딸애의 말을 받으면서 시선을 빗겨 베란다를 바라다보았다. 수분 탓인지, 진딧물 탓인지 분에 올린 꼬마 장미꽃이 활짝 피어나지 못한 채 시들어져 있다. 살던 아파트가 경매로 나가자 친정에서 집 담보로 빌린 은행융자로 이곳에 사글세로 간신히 옮겨올 때 이삿짐 더미에 묻어와 그렇게 애물단지로 전락한 화분이다. 꽃의 크기로 치면 아이들의 머리에 꽂히는 꽃핀 만 한 것인데 진홍의 꽃빛이 반들반들 빛나는 짙은 녹색 잎사귀에 어울려 아담하니 곱기만 했던 장미꽃이다.

아파트가 경매로 날아가는 판국에, 또 이삿짐을 줄여야 할 처지에 포개 쌓을 수조차 없는 그까짓 장미꽃 화분이 대수냐고 그녀가 말했는데, 다른 화분은 다 버리고 가더라도 그것만은 가져가야 한다던 딸애의 말이 떠오른다.

"엄마, 이건 가져가야 해요. 결혼 이 주년 기념으로 사 온 거래요. 창문 앞이면 방안에서도 키워 꽃을 피울 수 있었어, 저처럼 조그맣지만 꽃이 예쁘거든요?"

"하기야 네가 자랄 때는, 너희 아빠가 너 이름 대신 장미야, 장미야 그렇게 부르긴 했었지."

"그래요. 아빠는 꽃을 좋아하셔서 집 안팎에는 사계절 온통 꽃으로 뒤덮이곤 했던 게 생생하니 떠올라요. 저를 안고 뭐니 해도 우리 꽃이 제일 예쁘지, 그랬어요."

"그래 그랬다. 너희 아버지는 그러셨다. 꽃은 모두 아름답지만 내가 기르는 꽃 가운데 제일 예쁜 꽃은 우리 딸이라 늘 그러시며 웃으셨단다. 지금도 하늘에서 그리 생각하고 계실 거다."

딸애는 핑 돌아드는 눈 가장자리의 눈물을 감추려는 듯

외면하며 한마디 했다.

"이런 날 아빠가 계셨으면 싶어요."

"이런 날? 아빠가 계셨더라면 통곡을 했을 거다. 임종하실 때 그러셨지. 우리 장미가 고생 없이 행복하게 잘 살아야 할 텐데, 그리 염원했는데 이 꼴을 보았다면 얼마나 가슴이 아파했을 것이냐."

그랬다. 딸애는 어버이에게는 언제나 꽃이어야 했다. 태어날 때 꽃으로 태어났으므로 자라면서도 꽃이어야 했고, 출가해 시아비와 실면서도, 아이를 낳고 그 아이를 기르면서도, 중년의 나이를 먹고 자식을 출가시켰어도 어버이에게 꽃이어야 하고 꽃다워야 했다. 꽃이어도 시들거나 떨어지는 꽃이 아니라 언제나 어버이 가슴에다 사랑을 안길 수 있는 꽃이어야 하고, 세상살이에 상처를 입어서 걱정을 끼치지 않는 강한 꽃이어야 했다. 마치 화려한 장미나 목련꽃이 아니어도 눈 속에서도 피어남을 멈추지 않는 매화나, 복수초와 같은 꽃이어야 했다. 그리고 더욱 분명한 것은 꺾이어 시들어버리지 않아야 하며, 바람이 일어도 쉽게 낙화하지 않아야 한다. 그런 것이 어버이의 마음에 피어있는 딸이란 꽃이다.

사위는 일찍 부모를 여의고 대구의 외가에서 자라다가 혼자 몸으로 상경했다. 끼니를 해결하려다 인연이 닿아 동대문 평화시장 부근에서 피발개서부터 봉제기술을 익혔다. 워낙 일머리에 눈썰미가 있었고 손재주마저 타고난 터라 한 번 손으로 거쳐간 기술은 손끝에서 잊히지 않았다. 숙련 속도도 빨라 남들이 열흘이나 걸려 익히는 기술을 일주일이면 거뜬히 익혀내서 주위의 사람들을 놀래주곤 했다. 마치 일하려고 세상에 태어난 사람처럼 부지런한 천성을 지녔다.

"그 사람, 일손 하나는 그만이야."

"암, 저 사람은 맨땅에 버려져도 끄떡없이 살아남을 사람이지."

"그러니 사장이 마음에 쏙 들어 하지."

"아마 사장이 다른 데로 놓아주지 않을 거야."

그렇게 주위 사람들은 성공할 사람으로 추켜세우기에 인색하지 않았다. 그 무렵 같은 회사에서 경리를 맡아보던 딸애와 짝을 이뤘다. 책임자급에 올라 결혼한 사위는 불안감을 감내하면서 회사를 차려 독립했다. 물론 종업원 두엇 데리고 하는 일이라 처음에는 둘 다 몸으로 때우다시피 회사를 꾸려 나갔다. 그런 처지를 걱정하는 어미에게 딸애는 야무진 다짐 의사를 밝혔다.

"엄마, 신혼의 꿈은 뒤로 미루어둘래요. 그이 혼자 살자고 발버둥치는 데, 제가 돕지 않으면 누가 도와요? 너무 걱정하지 마세요. 우린 반드시 성공할 거예요."

그 말을 실천으로 옮기듯 딸애는 아예 살림집을 회사 사무실 옆의 빈방에다 꾸렸다. 들고나는 시간을 아끼고 밤에도 밀린 일을 처리할 참이었다. 또한 회사 일에만 매달리려 아이를 낳아 길러내는 일까지 뒤로 미루었다.

"자식이란 때가 있는 거다. 애는 나이 젊어서 낳아 길러야 한단다. 그러니 애를 낳도록 해라."

"엄마 애도 그러하지만, 돈도 젊어서 벌어야 해요."

그녀가 틈틈이 임신을 종용했지만 딸애는 귓등으로 넘겼다. 그러면서 아이도 그렇지만 젊어 일할 수 있을 때에 돈을 벌어야 한다고 그 자리에서 받아치기까지 했다.

딸애가 공장 일을 꾸려가는 시간에, 사위는 그동안 맺은 인맥을 찾아 밤늦도록 영업활동에 나섰다. 주문받은 제품의 바느질에는 품질을 보증 받도록 꼼꼼하게 정성을 쏟았고 납기를 당겨주었다. 입소문을 타고 일거리를 주겠다는 업체가 나날이 늘어나는가 하면 한 번 주문을 낸 회사에서는 주문량을 늘렸다.

  부지런히 일한 덕분인지 방바닥에 등을 붙일 사이도
없이 일거리가 밀려들었다. 실밥을 톺아내다 보면 동녘이
훤히 밝았는데도 앓아누울 만큼 피곤하지 않아 건강도 따
랐다.

  하지만 아파도 누워 앓을 팔자가 아니라 여겼다. 숱한
날을 밤샘했다. 부지런함과 정성 탓인지 뽑아내는 옷들이
미국을 거쳐 남미 시장에서 제값으로도 잘 팔려나갔다. 미
처 만들지 못해서 팔지 못한다는 말이 실감이 났다. 절로
신바람이 나지 않을 수 없었다.

  회사의 덩치는 거짓말처럼 금시 불어나 임대공장에서
자그마한 용지를 마련해 자가 공장을 지어 나앉았다. 필요
한 일손을 하나하나 늘이다 보니 회사의 모든 부피가 눈에
띄도록 금방 불어났다. 그래서 건물의 빈터를 알뜰히 찾아
내어 활용해 기계를 늘리고, 종업원을 틈틈이 늘렸다. 활황
이 피부에 닿음을 체감할 수 있었다.

  인건비가 상승하자 봉재 산업이 동남아로 서서히 옮겨
가는 바람이 불었다. 하루가 다르게 치솟는 임금을 도저히

따라갈 수 없어 활로를 찾고 있었다. 가발산업과 함께 나라의 수출산업으로 주목을 받던 봉재 산업도 이른바 국내에서 사양산업으로 퇴로를 걷기 시작했다.

그 빈자리에 일본에서 들어오는 전자산업이 자리를 잡아갔다. 같은 인력집약산업이지만 다소 임금이 낮은 봉재산업에 종사하던 인력이 조금 더 근무환경이 나은 전자산업으로 우르르 몰려들었다. 임금수준과 근무환경에 따라 산업인력의 쏠림은 당연한 결과였다. 전자산업과 건설업의 활황으로 산업인력 구하기가 하늘의 별 따기만큼이나 어려워졌다.

임금은 하루가 멀다 않고 자고새면 끝이 어딜 지 모르리만큼 치솟기만 했고. 소기업을 하는 사위의 입에서 하루를 버티어내기도 쉽지 않다는 하소연이 터져 나왔다. 소기업이 몰려 있는 공단의 건물 벽에는 견디다 못해 문을 닫는 회사의 임대 매물 광고가 덕지덕지 붙어 패전 깃발처럼 펄럭였다. 하루 벌어서 하루를 살아가야 하는 사람이 느끼는 경기의 체감온도는 계절에 상관없이 차기만 했다.

외환위기를 맞아 쓰러졌거나, 비척거리다 기사회생한 회사들은 고임금에서 버텨내려고 중국으로 공장을 옮기는가 하면, 임금이 더욱 싼 동남아로 주문자 상표 제작 방식으로 바뀌었다. 국내 산업은 저임금 국가에 일자리를 빼앗기고 하나둘 무너지며 황폐화로 이어졌다. 아니 공장 터에 쌓여야 할 제품 대신 바람을 타고 날아온 개망초가 무리를 이뤄 꽃을 하얗게 피워냈다. 경제의 몰락상은 성장세보다 내려앉는 속도가 가팔랐다.

엎친 데 덮친 격으로 더 어려운 상황은 여의도 국회 앞 도로에는 나라의 경제사정에는 아랑곳없이 집단의 이익을 극대화하려는 시위 물결이 끊일 사이가 없이 전개되었다. 극한 상황으로 내몰린 노동자가 최소한의 먹을 것을 확보하기 위한 하소연이 아니었다. 평균임금에서 한참 많은 급여를 받는 고급 노동계층에서, 심지어 정년까지 직장을 보장받고 정년 후 연금을 받으며, 자녀들의 학비 지원은 물론 각종 복지시설에서 혜택을 받는 공무원까지 해야 할 일을 팽개치고 거리로 나서 하늘로 향하여 주먹질해댔다. 그렇게 구호를 외치는 동안 그들은 생산품을 만들지 않았고, 공무도 집행하지 않았다.

노조를 가진 정규직 노동자가 기득권을 방어하는 사이, 세력을 갖추지 못한 일용직 노동자들은 최하 빈민층으로 무력하게 내려앉았는가 하면 일거리를 잃고 거리의 노숙자로 떠돌았다. 더러 퇴직금을 찾은 이들은 자영업으로 목숨줄을 이어가려 했다. 그들이 찾은 직업 가운데 가장 많은 직종이 음식점이거나, 택시 운전이었다.

그러나 한 집 건너 한 집이 음식점으로 들어서니 하루 이틀이 멀다지 않고 주인이 바뀌면서 간판 집의 일손만 바빠졌다. 택시도 거리에 넘쳐나 타려는 사람보다 태우려는 사람이 많았다. 승객을 기다리느라 공항 인근에 택시를 세워둔 채 잠을 자는 운전자를 '택숙자'라는 신조어가 탄생하는 시대가 경제 고속성장 국가라고 부러움을 쌓던 이 나라의 거리 풍경이 되었다.

그래도 거리의 시위는 가히 시위 천국이라 할 만큼 끊임없이 이어져 원숙한 대화로 발전해 나가야 할 터전에 폭력을 불러들이는 악순환이 거듭하기만 했다. 외국 투자 기업들이 불안한 노동인력에 두 손을 들고 더욱 값싸고 안정된 동남아로 서둘러 빠져나갔다. 심지어 공단에 입주한 외국 기업을 쫓아내기 위하여 극한투쟁도 마다치 않았다. 지하자원이 빈약한 나라에서 먹고 살아갈 도구는 머리와 두 손뿐인데, 그것을 시위에 사용하니 나라 형세가 어려워질 수밖에 없었다. 국민들의 먹을거리를 해결해야 할 정부의 수장과 각료들이 있었음에도 함함頷頷에 빠진 사람들에게 수

산授産도 못하고 쩔쩔매고 있었다.

시위 문화는 장년층에서 아이들까지 번져갔다. 어른들이 뚝 하면 거리로 뛰쳐나와 주먹질로 하늘을 찔러대는 풍조여서 어린애들마저 부모가 사준 장난감이 마음에 들지 않는다고 가출하는가 하면, 초등학생들이 담임선생의 얼굴이 못생겼다고 교장실 앞에 책가방을 쌓아놓고 드러누워 농성하는 판세가 되었다. 이제 세상은 예의도, 경우도, 염치도 없는 판국으로 변했다. 경우야 어찌 됐든 졸라대야 얻을 수 있다는 떼거리 논리가 팽배했다.

사위의 회사도 그러한 불황에서 비껴갈 수가 없었다. 눈에 띄게 수주물량이 줄어들었다. 외국에서 들어오던 일감이 임금이 싼 나라로 옮겨갔다. 일감의 감소에 따라 종업원을 줄였으나, 치솟는 임금을 감당해낼 재간이 없었다. 나날의 생활이 전쟁을 치러내는 전선이듯 끔찍하기만 했다. 웅덩이 물이 뙤약볕으로 마르듯 돈줄이 차차 조여들었고, 은행을 찾아가면 은행 대출 담당자마다 외근으로 바쁘다며 자리를 피하며 하소연에 두 귀를 막았다.

드디어 주요 거래처 세 곳에서 받은 물품 대금의 어음

이 부도를 맞았다. 추심을 받아야 할 물품 가격의 어음이 하루아침에 휴지로 변했다. 불황기의 어음은 개도 물어가지 않는다는 자조 섞인 말이 업계에 떠돌 판이었다. 빚을 준 사람들이 몰려드는가 하면, 숨겨진 재산을 찾아낸다면서 일가친척들의 인적 사항까지 샅샅이 뒤지고 다녔다. 집만 뒤집힌 것이 아니라 집안마저 뒤집힌 셈이다.

빚쟁이의 등쌀에 견디지 못하고 가산을 판셈하고 사글셋방으로 나앉았지만, 신용정보회사 소속 해결사들이 시도 때도 없이 들이닥치는가 하면, 세무서에서 밀린 세금을 완납하라고 뻘건 사선이 그어진 압류통지서를 툭하면 보냈다. 그런 판국에 퇴직금을 받지 못한 종업원들이 노동청에 고발하여 근로감독관이 보낸 출두 통지가 두서너 번 날아들기도 했다. 출두를 미루자 협박성이 짙은 전화를 뻔질나게 해댔다.

경제 운용의 잘못으로 부익부 빈익빈으로 더욱 뚜렷하게 갈라서 중산층이 함몰하는 물결에 휩싸여 사위는 설마 했던 최하 빈민층으로 바닥까지 내려앉았다. 유동인구의 증가는 경제의 활성화를 재는 잣대로 인지되지만, 부동 인구의 증가는 경제의 파탄을 상징한다는 말이 만판 거짓말은 아니었다. 사위도 부도난 어음과 밀린 세금 때문에 신용불량자로 하루아침에 전락했다. 손발이 멀쩡한 장년의 사내가 경제 활동을 못 하도록 사형이 내려진 거나 진배없었다. 빚장이 등쌀도 등쌀이지만, 재기해서 돌아오겠다면서 사위는 무작정 집에서 나갔다.

그러나 신용불량자로 낙인이 찍힌 처지에서 다시 일어선다는 일은 애당초 꿈일지도 몰랐다. 정작 사위는 가장의 자리에서 가정을 사수하지 못한 채 거리로 부유하는 막살이로 내려앉았다. 가출소식이 주변에 알려지자 돈을 받아야 할 사람들이 사위를 찾기에 혈안이 되어 있었다. 때를 가리지 않고 집으로 전화하는가 하면, 덩치가 육중하고 머리를 짧게 깎은 해결사들이 패거리를 모아 무턱대고 들이닥치기도 했다. 딸애는 사위가 집에서 나가 행방불명이 됐다고 처음에는 맞서지 않을 수 없었다.

그러면서 딸애는 걸려오는 전화에는 틀에 박힌 대답만 해야 했다.

"그런 사람 없는데요. 예에 없어요."

그러다 한 달이 넘어서자, 차분히 내려앉는 목소리로 대답을 달리했다.

"전활 잘못 걸었습니다."

"저희가 전화를 바꾼 지 일주일 됐거든요."

그렇게 우기고 둘러대면서 맞닥뜨린 현실을 애써 피해 가려고 하루하루 안간힘을 썼다. 사위를 찾는 일에 매달리니 이제 그의 이름마저 없어졌다. 집에서 이름까지 지우고 떠났는데, 그 이름을 불러줄 수 없는 거리에서 몸뚱이만 떠돌아다닐 수밖에 없기에 이름은 그렇게 소멸했다. 이름의 소멸은 죽음을 의미했다.

사위가 가질 수 있는 이름이 있다면 오직 〈신용불량자〉 일뿐이다. 신용불량자로 이름을 얻는 대신 이 나라에서 인간의 코드 번호인 주민등록번호까지 없어졌다. 주민등록번호로 시작하는 사회생활에서, 그것의 상실은 최소한 받아들여야 할 인간적인 대접마저도 외면을 당하는 현실과 마주 서게 된다. 신용불량자는 태어난 나라에서조차 이웃과 소통할 수 없는 외계인일 뿐이다. 사위는 사회로부터 그렇게 거세를 당했다.

그러나 딸애는 사위가 가장이기보다 남편이기에 백방으로 찾아 헤맸다. 바짓가랑이를 잡아당기는 행패와 따귀를 맞는 수모를 겪으면서도, 지하철 역사에서 남편과 체형이

비슷한 노숙자의 얼굴을 확인하려 들었고, 한강 투신과 자살 소식이 전해지면 그들의 인적 사항을 확인하려고 경찰서로 달려가기도 했다. 딸애는 그러면서 서울에 너무 많은 사람이 살아가고 있음을 처음으로 깨달았다고 했다. 그 많은 사람은 제집으로 날고 들고 하는 데, 유독 제 남편만이 그곳에서 거세되었다는 게 더욱 설움을 부추겼다.

딸애는 지하철 역사와 경찰서로 찾아다니는 자신의 그러한 노력이 사회에서 버려진 남편을 찾아내는 유일한 끈이라 여겼다. 찾지 못해 지쳐서 멈추는 날, 남편은 영원히 멀어지는 사람이 될 터이므로 행방을 쫓는 끈을 놓지 않으려 안간힘을 썼다.

그렇게 거리로 떠돌던 걸음이 종래는 경찰 지구대 앞에 멈춰 서게 했다. 가출신고 사항을 적어나가던 경찰관이 세상의 일을 모두 겪은 듯 입을 열었다.

"이거 언제쯤 경기가 회복되려나? 일깨나 할 사람들이 줄줄이 거리로 나서 떠돌아다니고 있으니. 나 참!"

그러자 옆에 앉은 경찰관이 딸애의 얼굴을 힐끔힐끔 쳐다보며 맞장구를 쳤다.

"그러게 말이야. 지하철 휴게실이 비좁을 지경이니 난리가 따로 없다니깐."

"갈수록 더한데 대책은 없으니……."

신고를 마친 딸애는 걸음을 옮겨 놓지 못할 만큼 흐느적거렸다. 신고하면서 받아들인 느낌은 이쪽 정보망으로 가출한 사람을 찾는 희망을 버려야 한다는 절망감이다. 범인을 잡아내기도, 시위를 막아내기에도 손이 부족한 마당에 파산하고 거리로 뛰쳐나간 신용불량자를 찾아내기는 힘들지 않겠느냐는, 그런 느낌을 받았기 때문이다. 공권력이 풀어나가야 할 곳에 쓰이는 게 아니라, 소용없는 곳에서 낭비되고 있다는 느낌을 지울 수 없었다.

파출소 직원은 살 수 없는 사유로 집을 나가서 떠도는 사람이 한둘이 아니어서, 어디서부터 어떻게 손을 써야 할지 대책이 안 선다고 오히려 하소연하는 표정이었다. 가장 의지하려 했던 일선 창구에서 겨우 얻어낸 답이 '희망 없음'이었다. 가려던 길이 어귀에서부터 막막하게 막혀버린 형국이어서 스스로 손발을 놓아야 했다.

그렇다고 딸애는 집 안에 가만히 앉아 있을 수가 없었다. 신고한 뒤 간혹, 혹시나 해서 찾아가길 반복했는데, 경찰관은 가출 신고서철을 되짚어 넘기던 손가락에다 볼펜을 뱅글뱅글 돌리며 말문을 열었다.

"아 참, 강동호 씨라 했지요? 아직 단서가 될 만한 정보가 없어요. 그렇게 나간 사람이 신분을 철저히 숨기고 있는지라 본인이 자발적으로 집으로 돌아오지 않는 한 찾아내기가 여간 어렵지 않아요. 그리고 그런 사람이 어디 한둘이라야지."

상황이 정 그러하다면 가출신고를 한 일도 부질없는 짓이라 여겼다. 그다지 자랑스럽지 않는 일을 세상에 드러낼 일이 아니지 않은가. 딸애는 또 다른 후회가 일었다. 막연하게 기다리자니 그저 막막하기만 했다. 참아낼 수 없도록 힘이 들 때, 사람이 할 수 있는 일들을 모조리 떠 올려 보기도 했다. 그럴 때마다 딸애는 그녀에게서 마음을 단단히 먹으라는 전화의 목소리를 떠올렸다. 딸애는 밤중에 전화벨 소리만 들어도 숨이 막히게 가슴이 뛰었다고 했다. 소중하다 해서 모두 품어 안고 세상을 살아갈 수 없는 일, 한 끈은 놓고, 한 끈만 쥐고 살아야 한다고 다짐을 하면서도 현실에서는 그걸 쉬이 포기할 수 없었다.

딸애와 시체 안장 실로 들어선 그녀에게 역한 포르말린

냄새가 먼저 덮쳤다. 멎을 성싶은 호흡이 더욱 빠르게 목
아래에서 치밀어 올랐다. 그녀들이 주저하며 다가서자. 임
석 경찰관이 시체를 가렸던 흰 가운을 걷어냈다. 그러자
행려의 차림, 아니 요즘 시대의 표현대로 노숙자 차림 그
대로인 남루한 시신이 드러났다. 어머니의 몸에서 세상 밖
으로 나온 이후 삶을 살아오면서 이미 씻어냈어야 했던 모
든 때가 그의 몸 구석과 옷가지 곳곳에 알뜰히, 그도 겹겹
이 묻어있는 듯했다.

병원에서 나름대로 소독약을 뿌렸을 텐데 새카맣게 더
러워진 시체에서 고약하다 못해 역한 냄새가 풍겼다. 그것
은 시체에서 나는 냄새가 아니라 몸을 지키지 못해서 풍겨
나오는 악취였다. 지금껏 세상의 한 끈에 매달려 생명을
부지해온 사람의 종말이 어떻게 이럴까 싶게 참혹해 보이
기만 했다.

"여보오!"

눈시울에 눈물을 그득 달고 있던 딸애는 눈물에 가려서
인지 시체 쪽으로 내닫던 걸음을 휘청거렸다. 임석 경찰관
이 쓰러질 듯 비틀거리는 딸애를 부축하며 나직한 목소리
로 일렀다.

"차분히 정신을 차리시고 자세히 시신을 확인해 보세요.

겉모습으로 판단하기 어려우시면 신체의 특징이 있는 곳을 살펴보세요."

임석 경찰관은 딸애를 시신 앞에다 조심스럽게 세우고 나서 한 발작 뒤로 물러섰다. 그녀와 딸애는 앞을 가리는 눈물을 손가락 끝으로 지워내며 죽은 사람이나마 자세히 보려고 했다.

"이게, 아닌데. 그이가?"

딸애가 혼잣소리로 뱉어내며 그녀를 쳐다보았다. 딸애의 눈에는 상의와 바지는 분명 가출할 때 입고 나간 옷인데, 사람은 달랐기 때문이다. 분명 남편보다 십 년이나 더 나이가 들어 보였다. 그녀의 눈에도 사위가 아닌 게 분명해 보였다. 그러나 경찰이 내민 주민등록증은 분명 사위 이름인 강동호로 되어 있었다. 다만 사진이 조잡한 인쇄기술 탓으로 얼굴 윤곽이 희뿌옇게 닳아빠져 중심 윤곽만 겨우 알만할 뿐이다.

"이 사람이 댁의 남편이 맞습니까?"

직업의식 탓인가. 뭔가 주저하고 있다는 낌새를 재빨리 알아차린 임석 경찰관이 딸애를 향하여 물었다. 그러나 딸애는 바로 대답하지 못한 채, 고개를 모로 갸우뚱해 보였다. 그러자 그녀가 망설이고 있을 수 없다는 듯 분명한 어투로 대답을 대신했다.

"주민등록증은 맞는데 저 시신은 사위가 아닙니다. 분명 제 사위인 강동호는 아닌 게 틀림없습니다."

"따님도 그렇게 생각합니까? 남편이 아니라고."

임석 경찰관이 이번에는 딸애를 향하여 곤혹스러운 표정으로 거듭 물었다.

"예, 분명 우리 그이는 아니에요."

"분명합니까? 아니 분명 강동호는 아니지요? 그럼 이건 또 누구야. 도대체 어찌된 일이야. 이것 참! 사람 환장하겠네. 저승길을 가면서도 남의 옷을 입다니⋯⋯. 내가 뭐라 했어. 지문 감식부터 하자고 그만큼 얘기했는데, 차 암, 미치겠네."

주민등록증까지 들어 있는 옷마저 타인에게 입힌 사위의 죽음은 현재로는 확인할 수 없는 정황만 틀림없었다. 그녀들은 병원을 나섰다. 사위가 아직 살아 있을 가능성은 있었다. 다시 또 사람을 기다려야 한다는 일이, 아니 사위를 찾아내야 할 일이 그녀와 딸애 앞에 걸어가야 할 길처럼 놓여 있었다.

아버지 유류품

1

소식마저 뜸했던 유창현이 불쑥 전화하긴 그해 초복 하루 앞서다.

대뜸 내일 당장 만나자고 했다. 까닭을 묻자 대충 귀띔하곤 내일 자세히 들으란 궁금증만 남겼다. 뭔 바람이 불었던지 삼십오 년이나 살던 서울을 떠나 영흥도로 갈 작정이라 귀띔한 게 고작이었다. 그는 제 말마따나 삼십 년 동안 눈칫밥 먹던 직장에서 해방되듯 정년퇴직한 처지였고, 노년 삶을 풍 껍데기처럼 싸구려로 대충대충 허비하지 않겠다면서 마땅한 소일거리를 찾으러 분주하게 가을 청설모처럼 나대던 참이다.

그러기에 앞서, 류창현은 그동안 직장 생활에 얽매어 포기하다시피 했던 시를 쓰려고 관할 문화원에서 진행하는 시 창작 강의를 수강한 다음, 이름을 대면 알만한 스승을 만나 시인으로 문단에 이름을 올린 뒤였다. 늦깎이 문단 등단에 벌충이라도 하듯 그는 부지런히 작품을 써서 발표했다. 나와 인연 닿기는 월간 문예지 출판사가 주관하는 행사장에서 우연히 만나 수인사를 건넨 다음, 금세 서로 각별한 관계로 진전해 단박 '형님 아우'라 호칭까지 건넬 사이로 발전했다.

그가 전화로 일러준 식당으로 들어섰을 때야 비로소 비싼 삼계탕 전문집임을 확인했고 다시 그날이 초복이라는 사실까지 북적이는 인파를 보고서야 알아챘다. 나이 들면 모든 사물 인지 감각이 그렇게 피동적으로 변했다. 노년에 이르러 어깨에 짊어진 짐들을 많이 내려놓아 관심사가 줄어들기도 했으며 또 하찮은 일에는 시시비비를 피하려고 시빗거리에서 외면하기도 했던 탓으로 이제 세태 흐름에 감각이 무뎌짐을 자인하면서 체념하는 자세를 취하곤 했다. 딴은 나이를 먹을수록 눈을 가늘게 뜨고 귀로 들어오는 말도 대충대충 듣고 넘겨야 심기가 편안했다. 또한 예전과 달리 크게 입맛 당기는 음식이 없으니 한 끼 식사마저 그냥 마지못해 때워 넘긴다는 의무 행위로 여겨졌다.

그러니 점심 한 끼를 놓고 질량에 연연하지 않은 지도 이미 오래되었으며 식탐에 집착해서 음식점마다 주린 들개처럼 기웃거리는 사람들을 보면, 포성 들리는 눈길을 걷는 전장 피난민처럼 애처롭게 보여 연민까지 느껴 외면해 왔다.

상호로 내건 〈착한 삼계탕〉, 그리고 그런 집의 음식 맛. 평소 체열 높은 체질이라 인삼 제품과 꿀 든 음식을 선호하지 않았는데, 이 집 음식 맛은 '여기 음식이 그런대로 먹을 만해요.' 그런 토까지 다는 류장현 쟁반 이상으로, 아니 마치 반생 내 입맛에 간을 맞춰 온 아내 손맛처럼 묘하게 들어맞았다. 나트륨 함량에 신경 쓰는 요즘 식습관에도 부합했다.

행복하고 즐거운 일. 마음에 맞는 사람과 입맛에 맞는 음식을 먹으면서 서로 공동 관심사에 얘기가 오간다면 분명 정복 가운데 정복이지 않겠는가. 정년퇴직으로 사회생활을 마감한 사람들이 만나서 하는 얘기는 나라를 뒤엎을 역모를 꾸미지 않는 한, 사전에 조율하잖아도 거의 엇비슷하기 마련이다. 우선 IT 기기에 모래밭 반지 찾듯 한참 더듬어 헤매니 손전화기 카톡이나 인터넷상으로 떠도는 이슈보다,

신문지상이나 티브이 모니터를 어지르는 사건은 보고 들은 소문에다 자기 주관을 이리저리 보태 가며 서로 얘기를 나누는 게 통례. 고위직에 오른 사람 비리 전력이 찬란할 땐 창자가 뒤틀리는 통증을 느끼며 시궁창을 뒤지는 잡종견보다 못한 ×××로 가혹하게 깎아내리면서 낄낄대야 엔도르핀이 팍팍 솟아나고, 체내에 쌓였던 스트레스가 비닐호스 물줄기 내쏘듯 좍좍 풀리는데, 그게 노년 대화 정석이며 젊을 때 이바지했던 국가관이 속절없이 무너지는 현상을 바라보는 자의 깊은 아픔이지 않느냐고 항변한다.

그러나 우리는 언제부터인가 그런 화제를 입에 올리기를 삼가기 시작했다. 정치 흐름이나 세속 흐름이 반드시 심산유곡 청산녹수처럼 항상 맑기를 바랄 수야 없지만, 오가는 말이나 행위가 하수구로 흐르는 폐수처럼 하도 잡되고 속되다 보니, 그것을 입에 올려보면 지레 혀가 썩고, 구취마저 날까 두려우므로 경계코자 묵계했다. 모든 돌탑이 쌓인 형세를 살펴보면, 반듯한 것과 모난 것으로 두루 섞여 이루어져 있다. 그렇듯 사회인 구성요소도 모두 반듯하기를 바랄 수는 없으나, 그렇다고 온통 모난 것들이면 바람직한 방향의 사회 발전을 이룰 수 없다는 데에 우리는 말 없는 가운데 서로 동의했다.

　우리는 화제로 올리고 싶지 않은 게 또 있었다. 자식들 이야기가 바로 그거였다. 예전에는 코앞에서 팔불출이란 소리로 손가락질을 받더라도 자식들 얘기를 입가에 거품이 허옇게 묻도록 뱉어내면서까지 골몰해왔던 게 사실이다. 그런데 언제부터인가, 자식들 얘기가 노인들 사이에서 서서히 사라지기 시작했다. 제 자식에게 외눈박이 사랑밖에 모를수록 노인들은 제 곁을 떠난 자식에서 시선을 거둬들일 수밖에 없는 정황을 맞았다. 세상 복판으로 흐르는 풍속을 보면 노후를 떠맡을 의지에 가망도 기대하기 어렵거니와 신문지상으로 오르내리듯 골방에 처박힌 채, 이리저리 구박받는 얘기를 전해 들으면서 자신 노후 끝을 자식에게 의지하는 게 긍정적으로 예단만 할 수 없다는 불안감도 원인에 한몫했음이 분명했다.
　그런 화제들을 이제 입에 올릴 수 없으니 당연히 건강에 관한 것, 소일거리에 관한 것, 먹성에 관한 것으로 대화 범위가 한정될 수밖에 없긴 했다. 그날도 그는 이런저런 얘기를 하다가 일어설 무렵 마지막으로 묵직한 화두, 하나를 나에게 툭 던졌다.

"탁 형, 저는 이제 서울 생활을 정리하고, 영흥도로 이주할까 합니다."

나로선 깜짝 놀랄 만한 일이었다. 반사적으로 쥐었던 머그잔을 내려놓고 그의 얼굴에서 장난기를 찾으려 눈길을 들었다. 나를 놀리려는 농담처럼 들렸던 탓에 진언을 요구했다.

"영흥도라니요? 인천 옹진군에 있다는, 그 영흥도를 말하는 게 아닙니까?"

"예, 맞습니다. 정확히 말하자면 영흥도 선재리입니다."

그는 이미 이리저리 따져보고 결심을 굳힌 듯 목소리가 담담하면서도 분명했다.

"무슨 특별한 사연이라도 있었습니까?"

"뭐, 특별난 일은 없고, 그곳에 선대로부터 물려받은 땅이 조금 있습니다. 제가 그곳에서 태어나 자라다가 스물다섯에 뭍으로 아예 나왔잖습니까? 그 주변에 못이라기엔 좀 뭣하고, 조금 너르다 싶은 늪지 하나가 있지요. 그런데 얼마 전 강화를 지나는 길에 음식점을 찾아 점심을 먹었는데, 그때 그곳에서 연밥을 먹을 기회가 있었습니다."

"저도 강화도에서 그것을 맛보았는데, 풍미가 있더군요."

"아, 그걸 느꼈군요. 저는 그 연밥을 먹으면서 영흥도 늪지를 떠올렸습니다. 어릴 때도 그곳에다 연을 상업 목적은 아니지만 기르긴 했지요. 문득 그곳으로 돌아가 연을 기르겠다고 작심하자, 이제야 나에게 알맞은 소일거리를 찾았다는 확신까지 들었습니다."

"갑자기 서울 생활을 접고 떠나면, 그곳 고생이야 각오하시고 가실 테지만, 갑자기 바뀐 생활에 불편한 게 한두 가지 아닐 텐데……. 자신은 있으시지요?"

"그동안 내색은 안 했지만, 시를 쓸 때마다 느꼈지요. 직장생활하면서 시를 쓰기엔 현실 때가 너무 많이 묻었다는 느낌에 늘 부담스러웠습니다. 그 부담감은 좋은 시를 쓰자면 우선 뭐보다 사물을 보는 마음과 시선을 더 정화해야겠다는 결심으로 귀결되곤 했습니다. 시인은 언행이 일치되어야 그의 마음으로 쓴 시가 사람들 영혼에 감동을 줄 거라 믿기 때문이지요. 마침 안사람도 저세상으로 가고 혼자기에……."

"연꽃이 진흙탕에서 정화로 길러지는 상징적인 식물 꽃이니, 심신을 정화하겠다는 의지에 공감이 가긴 합니다. 그것으로 심신이 정화된다면 가장 부합되는 소일거리라고 언뜻 감이 잡히긴 합니다만."

"딴은 그런 생각을 많이 했습니다. 이제 직장에서 퇴직했으니 우선 싫어도 마주쳐야 하는 잇속 관계 구속에서 벗어날 수가 있지 않겠습니까? 또 조금 부당하더라도 회사일 때문에 양심을 저버리는 짓을 하잖아도 이제 되니까, 더욱 좋지요. 그리고 무엇보다 제 취향에 딱 들어맞을 것 같아서, 작심한 김에 당장 옮기기로 했지요. 그래서 오늘 뵙자고 한 겁니다. 식사 한 끼라도 나누고 떠나야 흉은 면할 게 아닙니까?"

"하 이런, 그리 빨리……. 연을 기르면서 좋은 수양을 하신다는데, 제가 달리 말리겠습니까? 그나저나 잘된 일일 것 같습니다."

그의 자유로운 선택이 현실에 단단히 옭아 묶인 내 처지에선 내심 부럽기까지 했다.

"아이고, 고맙습니다. 올해야 당장은 어렵겠지만, 연이 어지간히 퍼져 자라면 연락을 드릴 테니 영흥도로 꼭 한번 오시기 바랍니다. 연밭 오두막에 앉아 먹는 연밥도 좋지만, 연잎 차도 나름대로 좋을 겁니다."

"아, 그러니 생각납니다. 언젠가, 중국 청나라 화가 심복 자전적 수필 '부생육기浮生六記'를 우연히 읽은 적이 있었습니다. 여름에 연꽃이 처음 필 때는, 꽃들이 저녁이면 오

므라들고, 아침이면 활짝 피어난다고 해요. 운이陣云라는 그의 처는 작은 비단 주머니에 엽차를 조금 싸서, 저녁에 화심에 놔두었다가, 다음 날 아침에 그것을 꺼내서 샘물을 끓여 차 만들기를 좋아했다는데, 그 차 향내가 일품이었다고 적고 있었습니다."

"탁 형이 그런 연잎 차를 원하시면 제가 만들어 드려야 하겠네요."

"그리되면 한 번만 가겠습니까? 툭하면 영흥도로 가는 배를 탈 겁니다."

"하하하. 예, 언제든 부담 없이 오십시오."

그렇게 영흥도로 떠난 지 이태가 지날 때까지 류창현은 나에게 수시로, 그곳 생활의 소회를 적은 짧은 메일과 사진들을 보내왔다. 대체로 사진들이 많았는데, 그것은 사진 촬영에 나름대로 수준에 올랐다고 자신하는, 그걸 자랑하려는 냄새마저 풍겼다. 사진은 그가 늪을 정비하는 모습을 담은 것, 연자육을 묻는 사진, 둑에서 제초하는 모습과 조망대에 앉아 점심을 먹는 장면들이 간혹 있을 뿐, 대부분 연꽃이 피고 지는 사진들이었다. 나는 그렇게 보내온 연꽃에 관한 것들은, 그의 우애처럼 소중하게 컴퓨터에다 지정

파일을 만들고, 그곳에다 엔실리지처럼 저장하는 일에 시간을 조금 할애하기도 했다.

2

"저어, 소설을 쓰시는 탁경호 선생님이세요?"

내가 그런 전화를 받은 때는, 류창현이 세상을 떠난 지 반년도 훨씬 지난 뒤였다. 내게 전화를 건 여성 목소리는 귀에 생소했는데 상대방 감정을 흩트리지 않으려는 듯 조심성이 묻어났다. 나 역시 처음 듣는 여성의 생소한 목소리를 경계하면서 선뜻 대꾸도 못한 채 잠깐 지체했다. 요즘 보이스피싱이다, 뭐다 하는 세상에 며느리조차 '아버님, 낯선 전화는 늘 조심하셔야 해요. 전화하는 사람들 가운데 나쁜 사람이 점점 늘어난다고 해요.' 하는 판국인데, 선뜻 응대하긴 내키지 않아서 조심스럽기만 했다. 자신 의사와 무관하게 어떤 술수에 휘말려 들지 않기를 늘 경계하면서 참새 간덩이로 살아가는 세상이 그저 야속할 따름이다.

"그런데요. 누구신데, 저를 찾습니까? 또 무슨 일로……."

"저는 류인희라고 부르는데, 혹 류창현 씨를 아세요?"

"아예, 영홍도에 사시다 돌아가신 분 아닙니까? 제가 알고말고요."

"네, 맞아요. 안녕하세요, 인사드려요. 제가 바로 그 류창현 막내딸입니다. 아버지로부터 말씀 많이 들었습니다. 오늘 제가 전화 드리게 된 건 다름 아니라 선생님께 전해 드릴 아버지 유류품이 있어서입니다."

"저에게 말입니까? 그럴 리가 없을 텐데요?"

"아니에요. 아버지가 돌아가시기 전부터 당신이 돌아가시고 난 뒤를 분명 제게 일렀습니다. 선생님께 전하라고 말씀 남겼는데 제가 깜박 잊고 있다가 며칠 전에야 비로소 생각났어요. 그래서 어제 영홍도에 들어가서 가져와 전해 드리려고 지금 전화 드리고 있습니다."

"그동안 영홍도에서 같이 지내지는 않았습니까?"

"아닙니다. 아버지는 그곳에 혼자 사셨어요. 전 직장 때문에 인천에 있었고요. 전해 받을 장소와 약속 시각을 주시면, 제가 그리로 가지고 가겠습니다."

"난 기억에 없는데, 무슨 물건이던가요?"

"무슨 문서와 같은 건데 아버님이 직접 봉한 거라서. 선생님께 전해드리기 전에 제가 함부로 열어보는 게 옳지 않다는 생각이 들어 그냥 그대로 전해드리기로 했어요."

그런 과정을 지나 종로 인사동 부근에서 밀봉된 봉투를 그의 막내딸에게서 넘겨받았다. 집으로 돌아와 밀봉된 봉투를 수류탄 안전핀을 뽑듯 조심스럽게 열자, 채련곡採蓮曲을 A4용지에다 프린트로 인쇄된 열네 장 종이와 연꽃에 관련된 자료 몇 장, 그리고 일기인지, 수기인지, 또는 작품을 습작한 듯 분간하기 어려울 정도의 글을 적은 노트 한 권이 나왔다. 그것이 류창현의 처지에서는 유류품이라면 유류품인데 굳이 나에게 전한 그 깊은 속내는 모른 채, 그것을 무턱대고 살펴봐야 할 책무까지 떠맡는 처지가 되었다.

3

류인희에게 받은 류창현 유류품을 일별한 뒤, 나는 우리나라 최초 전당홍錢塘紅이라는 품종 재배지로 알려진 경기도 시흥시 하중동 219번지 관곡지 연꽃 테마공원을 찾았다. 그가 남긴 것들을 이리저리 살펴보면서 불현듯 연 재배지에 가보고 싶은 충동이 일었던 탓이다. 하늘에 걸리는 태양을 몇 며칠 보지 못한 채 줄곧 우기에 갇혀 주소를 구글 지도로 검색한 뒤 벼르다 못해 무턱대고 떠나고 봤다.

그날도 날씨는 귀가할 때까지도 소나기구름들이 바삐 하늘로 헤엄쳐 다니면서 우르릉우르릉 얼러대고 소나기를 퍼부을 궁리를 하고 있었다.

전당홍 품종의 연을 처음 길러낸 관곡지 연못은 강희맹 재실 마당귀에 백삼십 평 남짓 자그마한 모양새로 조성되어 있었는데, 그곳은 이미 연꽃이 져서 고요한 채 소나무 몇 그루가 푸른 연잎에 둘러싸여 있었다. 강희맹 사위인 권만형에게 넘겨진 재실은 시금 안동 권씨 문중에서 관리를 맡았는데, 개인 사유지로 출입이 엄격히 통제되고 있었다. 나는 그곳에서 벗어나 연꽃 테마공원으로 발길을 돌렸다. 가뜩이나 연 재배지가 질척거리는 곳인데, 못 둑으로 옮겨놓는 발이 푹푹 진펄에 파묻혀 걸음을 더디게 했다. 그러나 연복은 있어 연꽃을 구경하는 철이 조금 지났지만, 아침 일찍 부지런을 피운 덕에 개화한 연꽃들과 조우할 수가 있었다. 나는 질척거리는 둑을 걸으며 류창현이 남긴 노트의 사연을 되새겼다.

그날 저녁, 연꽃을 본 기분 탓인지 내가 류창현이 영흥도로 가고 난 뒤 처음 찾아 읽은, 연에 관한 글은 황견의 고문진보에 실린 주무숙 수필 애련설이다. 그는 송나라 사람인데, '주돈이'라고 부르는 인물이기도 하다. 그것을 옮겨보면 그가 연을 얼마나 사랑했던가를 짐작하게 했다.

물과 뭍, 초목에서 피는 꽃들 가운데는 사랑할 만한 것은 심히 많다. 진나라 도연명은 유독 국화를 사랑했고 이씨의 당나라 이래, 세상 사람들은 모란을 몹시 사랑하게 되었다. 그러나 나만 홀로 연꽃을 사랑한다. 연꽃이 진흙에서 나왔으나 더러움에 물들지 않으며, 맑은 물결에 몸을 씻었으나 요염하지 않고, 줄기 가운데는 통해 있으면서도 밖으로는 곧아 덩굴이나 가지도 뻗어나지 않으며. 향기는 멀리 퍼지면서 더욱 맑은 채 꼿꼿하고 깨끗이 서 있어 멀리서만 바라볼 수 있을 뿐, 함부로 완상할 수 없는 점을 사랑한다. 그래서 나대로 말하라면 국화는 꽃 가운데 은일자이며, 모란은 꽃 가운데 부귀자고, 연꽃은 꽃 가운데 군자이다. 아! 국화를 사랑함은 도연명 이래, 그 소문마저 드문한 데, 앞으로 연꽃을 사랑하는 이, 나만 한 사람이 얼마나될까? 모란만을 사랑하는 이런 세태에서.

일명 연시 대명사로 알려진 채련곡도 몇 수 읽어 보았다. 본디 '연 캐는 노래'의 뜻을 가진 채련곡은 노동요로 불렸는데, 연밭에서 남녀 감정이 얽히다 보니 그것이 곧 연시로 상징되었던 모양이다. 그런 까닭으로 시인 묵객들은, 아니 시를 나타내는 글재주가 있는 사람들은 너도나도 한 번쯤 채련곡을 지어 남녀 정회를 더 깊게 나타내고자 애썼을 테다. 내가 읽었던 것은 국내 작가 것에는 허난설헌 채련곡이, 중국 시인 것에선 당연 이백 시가 마음에다 깊은 서정을 얹었다.

4

류창현이 영흥도로 내려왔을 때, 거처할 가옥은 번뜻하게 개수하진 않았으나 텃밭을 가꾸거나 연밭을 일궈가는 일에는 불편을 느끼지 않을 만큼 정돈되어 있었다. 처음 옮겨 살겠다는 작정하고 왔을 땐 폐지를 겨우 면한 곳에 낡은 집이 삼십오 년 동안 비바람에도 용케 버텨내고 있었다. 일찍부터 옆집에 살던 노인에게 일 년에 한 번 수고비라고 조금씩 관리비를 보내주면서 관리를 부탁한 결과였다. 노인이 감당할 만큼 그럭저럭 집을 간추려 오다가 근년에 들어와 사망하자 그의 아들이 관리했다. 아들 손으로 관리가 넘어가자 그저 마지못해서 처삼촌 묘지 벌초나

하듯 마당에 잡초가 우거질 만큼 소홀해지기 시작했다. 일
년에 두어 번 시간을 내서 섬으로 들어가 보면, 잡초들이
한 사람이 겨우 다닐 만한 길을 비워두고 마당 가득 길길
이 자랐다가 마른 채 산 것 사이로 허리를 꺾어 황잡하
게 퇴락해 갔다. 정작 호랑이가 새끼를 쳐도 모를 만큼 대
충대충 돌보고 있었다.

　류창현은 섬으로 옮기기에 앞서 품을 사서 기둥을 보강
하고 벽을 새로이 쳤다. 마당가 잡초를 거둬내는 김에 바
깥채 곳간에 있던 것들을 정리하기 시작했다. 바깥채는 소
작인 생활을 했던 박재수 가족이 살았던 가옥인데, 왼쪽에
농기구와 잡다한 물품을 넣어두는 곳간이 붙어 있었다. 류
창현은 바깥채는 그냥 둔 채 안채는 펌프를 박고 물탱크를
설치해 입식 수도시설을 하고, 수세식 양변기로 교체해서
생활의 불편함을 줄이려고 곳곳을 수리했다.

5

　강화댁. 바깥채에서 소작인으로 살았던 박은실의 어미
택호였다. 물론 강화도 길상면에서 시집왔다. 어릴 때부터

아버지 유류품　299

거친 농사일을 했던 몸이라 가꾸지 않아서 그렇지 찬찬히 살펴보면 볕에 그을려 검버섯이 살짝 피었는데도 몸 곳곳에 미태가 숨겨져 있었다. 그나저나 성품이 답답하도록 순덕해서 언뜻 봐서는 조금 모자라는 여자로도 보일 만큼 남과 싫은 소릴 못하는 성격이었다.

어느 날, 강화댁이 밭일하다 오후 참을 가지러 안채로 들어오자, 텅 빈 집에 남았던 안채 바깥주인인 류길재가 주위 이목을 한 번 삥 휘둘러 본 뒤 주변에 인기척이 없자 은근한 목소리로 불러 세웠다.

"어이! 강화댁. 나 좀 보세나."

그 소리에 역시 주위를 조심스럽게 살핀 강화댁이 곤욕스러운 표정으로 류길재 곁으로 쭈뼛쭈뼛 옆걸음으로 다가갔다. 잔뜩 겁을 먹은 채 경계하는 눈빛이었다.

"자, 이것 받으시게. 내 진즉에 챙겨준다 한 것이……. 그만 이리 늦었네."

류길재가 두툼한 봉투를 잽싸게 건넸다. 그러나 강화댁은 얼굴이 벌겋게 달아오르며, 또 주위를 재빠르게 살피며 손사래를 쳤다. 먼 눈길을 경계하려 함인데, 마침 보는 눈이 없음을 확인하자 비로소 그의 얼굴을 쳐다보며 기어드는 목소리를 간신히 입을 열었다.

"어르신, 이렇게 하지 않아도 돼요. 전 이것을 차마 받을 수가 없네요."

"하, 이 사람아. 누가 보겠네. 얼른 챙겨 넣으시게. 그래야 내 맘이 편하네."

"무슨 염치로 그걸 받습니까? 전 아주 싫구먼요."

"하 참, 이 사람, 왜 그러나. 내 체면을 봐서라도 받아야 하네. 내민 손이 이렇게 부끄럽잖은가? 꼭 그 일 때문만도 아닐세. 비록 많은 돈은 아니지만 자네 처지엔 도움이 될 걸세."

"그래도 제가 무슨 낯짝으로 그걸 받는데요. 전 받을 수 없구먼요."

"언제까지 나와 자네가 이렇게 버텨 서 있을 건가? 보는 이목도 있는데……. 자, 자, 자. 받고 어서 밭에 나가봐야지. 모두 자네가 가져올 참을 기다릴 게 아닌가?"

"이건 차마……."

"내가 자네 맘 잘 아네. 그날은 아주 미안했네. 정말 미안했다네."

순간 강화댁은 그에게 져주고 물러서야 한다고 판단했다. 애당초 우격다짐이라도 해서 이겨낼 상대가 아니었다.

한순간 일이 그렇게 되도록 정신줄을 놓은 게 탈이라면 탈이고, 불찰이라면 불찰이었다. 일이 그렇게 벌어진 원인이 모두 자신이 몸가짐을 조심하지 못해서고 모질게 거절하지 못해서 벌어진 일이었기 때문이다.

얼떨결에 남편 박재수를 제외한 외간 남자 품에 든 게 그게 처음이자 마지막이었다. 척추 수술로 인천 소재 병원에 입원한 안채 안주인 병문안 갔다가 그의 남편인 류길재와 귀갓길에 합류했고, 저녁상에 곁들인 한 잔 술과 그의 처지를 동정했던 말이 씨가 되어 멈추고 돌아서야 할 지점에서 멈추지 않고 선을 넘는 끝장까지 가고야 말았다.

강화댁은 그 일 이래, 남편에게 볼 면목이 없고 류길재를 보기도 민망해 뭍으로 달아나려고 여러 번 작심도 해보았지만 의지할 곳 없는 남편을 버리고 자기만이 면피하러 간다는 게 더 큰 죄를 그에게 짓고 살 것 같아서 모든 걸 가슴에다 꾹꾹 묻고 입 다물며 살아가자고 다짐하고 다짐했다.

그런데 남편과 빈번한 관계에서도 변화가 없던 몸에 변화가 오자 가장 먼저 반기는 사람이 남편 박재수였다. 고아로 자란 그에게 자식 임신은 미래 빛이었기 때문이다.

태어난 계집아이는 박 씨 성을 가지고 아버지인 박재수가
붙여준 '은실'이라는 이름을 얻어 자라긴 양순하고 야무지
게 자라 성숙했다.

6

물안개로 가득했던 늪 위로 아침 햇살이 빈틈없이 깔리
자 연잎들이 물방울을 인 채 무리로 드러나고, 홍련 백련
들은 앞다퉈 꽃잎을 열었다. 초록 누리에서 펼쳐지는 홍백
향연이 연밭을 화사하게 했다. 그것들을 자세히 바라보면
현기증으로 정신마저 아찔한데, 류창현의 눈길 어지럼 속
에서도 그곳에서 번지는 조그만 얼굴이 보였다. 까만 눈동
자가 빛나는 박은실의 솜털이 뽀송하게 일어선 어린 얼굴
이었다.

유독 얄따란 얼굴에 오독이 솟아오른 콧날에 비견하여
눈이 깊게 들어간 모습이, 사진으로 보여주듯 뚜렷하니 눈
앞으로 압박해 다가들었다. 계집아이 박은실은 쪼그려 앉
아 지붕 그림자가 반쯤 가린 마당귀에서 질경이가 다문다
문 돋아난 땅에다 사금파리로 금을 긋고 있었다. 네모도

그리고 세모와 동그라미도 그려대며, 말마디마다 웃음을 터뜨리듯 얼굴이 해맑았다. 자글자글하니 끓을 듯한 볕이 숫구멍 언저리에 매달려 있는데 머리카락 사이로 땀방울이 반짝였다.

펼쳐놓은 지 오래된 소꿉장난감은 저쯤 돌계단에다 늘어놓은 채였다. 솥도 걸려 있고 풀물이 든 돌멩이도 보이며 병뚜껑에 국도 담겼다. 당장 신랑을 맞아 마주 앉아야 할 밥상이다. 그 나이 때로선 짝패에게 베푼 최대한 공경이었고 알뜰한 성의였다.

"은실아."

"응?"

"누구랑 살 건데?"

"오빠랑."

묻자마자 뱉어낸 말이 단호할 만큼 군티마저 없었다.

"오빤 지금 공부해야 하는데."

"오빤 공부해. 오빠가 똑똑하면 새댁인 나야 더 좋지, 뭐."

바람에 머리를 내젓는 박꽃처럼 박은실은 하얗게 웃었다. 볼 솜털에 흙먼지가 묻어 뽀얗게 보이는 얼굴에서 유독 눈만 새카맣게 빛났다.

눈을 지그시 감고 졸던 류창현은 깜박 깨어났다. 식전에 연밭에서 일하고 조금 넘치다 싶게 먹었던 아침식사로 덮친 식곤증 때문에 졸다가 그렇게 은실의 환상과 만났다. 장갑을 찾아 끼면서 쟁기를 찾아내야지, 그리고 해거름에 앞서 일을 마쳐야지-그런 몽롱한 생각으로 흔들의자에 앉아 있었는데 졸음이 깜박 덮쳤던 모양이다. 내처 눈을 더욱 크게 떴다. 박은실이 사금파리로 금을 그어나가던 마당귀 자리라 여길 만한 곳으로 눈길이 갔다. 그곳엔 연잎들만 너른 모양새대로 햇볕을 넉넉히 받고 넘실거리는 환상만 있을 뿐, 박은실이 만들어낸 환영의 자취는 어디에고 흔적조차 찾을 수가 없었다.

7

선대부터 울타리로 노간주나무를 심었다.

해마다 우듬지를 쳐서 위는 바깥이 보이지 않을 만큼 밀밀히 우거졌으나 두 뼘 아래 밑동 주위는 닭들이나 고양이도 수월하게 드나들 만큼 틈새가 훤히 벌어져 있었다. 그 공간으로 울타리 바깥 길로 지나다니는 사람들의 아랫도리를 또렷하게 볼 수 있었다. 그 공간으로 아침과 오후, 정확히 얘기하면 박은실이 등하교할 때면, 교복 아랫단 밑으로 드러난 통통하고도 뽀얗게 빛나는 종아리를 볼 수 있었다. 등교 시각, 박은실의 종아리를 신호 삼아 류창현은 집 밖으로 나서곤 했다. 그런데 어느 날부턴가 류길재의 감시 눈길이 그곳에서 번쩍였다. 그리고 관통하는 류창현의 눈길 행방을 쫓고 있었다. 박은실 몸매가 되람직하니 드러나는 중학생이 되자마자, 류길재는 그녀의 안채 출입을 막았다. 오누이처럼 아무렇게나 뒤엉켜 놀던 둘에게는 시큰둥하고 답답한 일이지만, 엄명을 거스를 수가 없어 숙여 들 수밖에 없었다. 거스르기엔 너무 나이가 어렸다. 설혹 하굣길에 같이 걸어오다 가도 마을 입구에서부터 앞뒤로 멀찍이 찢어져 걸었다. 지금은 노간주나무를 베어내고 블록 담장을 쌓았지만, 류창현 눈앞에는 지금도 그곳에는 우거진 노간주나무 아래 트인 공간으로 박은실의 새하얀 종아리가 지나가는 게 보일 듯 그렇게 눈길에 밟혔다.

류창현이 군 복무를 마치고 귀향했어도 박은실은 여태 섬으로 돌아오지 않았다. 그가 입대하자마자 섬에서 떠났다 했고, 행방 또한 묘연하다는 연락만 받았다. 이러나저러

나 제대할 무렵에는 영흥도에 돌아와 기다리고 있어야 할
여자였다. 그런데 부모인 박재수 내외조차도 딸 행방을 모
르고 있는 낌새였다. 궁금증을 참을 수 없어 물어보면, 그
저 먼 산을 우두커니 바라보며,

"이곳에서 났으니 언젠가 반드시 어떤 모습으로든 이곳
으로 돌아올 테지……. 그러나 지금은 죽었는지 살았는지
알 수도 없으니 아비 꼴이 사람이 아니라 나무토막이지."

그런 투로 남들 자식처럼 기다림의 한 모서리만 슬며시
드러냈다. 더구나 요지부동으로 박은실을 내쳤던 아버지
도 아들에게 한 번쯤 언급할 줄 알았는데, 그녀 존재를 아
예 잊고 있는 듯 가타부타 말이 없었다.

류창현은 여섯 달 동안 기다린 끝에 아버지도 모르게 박
은실이 있을 만한 곳을 찾아 나섰다. 그러나 종래 소식 한
마디도 얻어들을 수 없었다. 그렇게 섬을 이 잡듯 뒤지고,
인천에 나가 있을 만한 곳을 두루 다니면서 입대하던 전
날 밤을 떠올렸다. 내일부터 몸이 묶인 처지에 아버지에게
서 내침을 당하는 그녀에게, 그동안 어떤 일에라도 참아내
면서 기다리라고 정표를 건네주고 싶었다. 그는 생각 끝에
금반지를 박은실 손가락에 끼워주며 다짐받았다.

"어떤 일이 있더라도 내가 제대할 때까지 참고 기다려야 해. 여기에 내 마음을 묻고 입대하니, 알았지?"

"기다릴 거야. 난, 난 끝까지 기다릴 거야……."

박은실은 가운데로 큰 별이 하나, 그 옆으로 양쪽에 새겨진 작은 별 음각 감각을 손끝으로 쓰다듬어가면서 참아내는 울음 속에다 그런 말을 또박또박 섞었다.

8

자식들 일로 류길재가 박재수를 안채로 불러들인 게 이번이 횟수로 세 번째였다. 초등학생 무렵 홍수 때문에 도랑물이 넘쳐 류창현이 박은실을 업고 왔다고 했을 때, 고등학교 졸업식을 마친 뒤 둘이 인천 바닷에서 같이 밤을 패며 놀았다고 알려졌을 때, 그리고 입대하는 류창현을 동인천역까지 나가 배웅하느라 귀가가 늦었다고 박은실이 밝혔을 때다. 가능한 좋은 소리로 말려도 벗어나가기만 하는 자식들 때문에 끙끙 속앓이하던 류길재는 최후 수단으로 마지막 카드를 뽑아 든 셈이다. 그로선 참자고 했던 결심도 이젠 한계에 왔다고 판단했다. 그동안 언성을 돋아 거친 말로 협박도 했다. 이제는 머리끝까지 치밀어 올라온 울화가 그냥 두어도 폭발할 듯싶었다.

"내가 그렇게 틈 있을 때마다 얘기해서 기회를 줬건만, 아직도 못 알아채고 있으니 어떻게 이리 사람을 얕잡아 볼 수 있는가? 정 내 말을 못 알아듣는다면 바깥채에 있는 짐들을 당장 싸서 이곳에서 떠나게."

그 한마디에 박재수 몸은 얼음장처럼 경직됐다. 떠돌다 총각 몸으로 쥔어른 류길재에게 의탁했던 처지, 주선 덕에 아내까지 얻은 터. 박재수에게 류길재는 약한 씨족 우두머리가 폭풍우를 피할 동굴 같은 곳이라 외경심으로 감히 눈도 맞출 수 없었다. 꿈쩍하지 않은 바위 돌덩어리였고 집채만 한 큰 짐승이었다. 그런 신목과 같은 쥔어른이 바깥채를 비우라니 못 들은 척하고 싶었다. 간신히 몸을 의지해 온 집 지붕을 걷어 버리겠다는 소리와 다를 바가 없었기 때문이다. 참으로 난감해서 무조건 빌어야 했다.

"어르신, 제가 한번 타일러 보겠으니 조금 말미를 주십시오."

"말미가 아니라. 당장이네! 이제 머리가 화통만큼 커졌는데, 타일러 될 일 아니야."

아무런 대거리도 못한 채 물러날 수밖에 없는 처지였다. 박재수가 쫓겨나다시피 안채에서 벗어나 바깥채로 들어섰을 때, 온몸 안에 있는 뼈라는 뼈는 모두 추려낸 듯 박은 실이는 맥을 놓고 주저앉아 있었다. 얼마나 울었던지 눈이 감기듯 부어오른 채 핏발까지 서 있었다. 그런 딸을 바라보는 박재수 마음에서는 살림이 어려워 남에게 의지하여 빈한하게 살아가는 현실에 천불이 일었다.

"잊어라. 우리 모두 사는 길은 오직 그 길뿐이다."

"아버지?"

"오냐, 안다. 내가 너 심정을 모두 안다."

"아버지 이제 전 어떻게 해요? 어떻게 해요?"

"정 참을 수 없다면 인천으로 옮겨 가자꾸나. 설마 어디 가서 굶어 죽기야 하겠느냐?"

9

가랑잎 밑에 숨어 있어도 찾을 수 있다는, 너르지 않은 섬 안에서 박은실 행방을 두고 온갖 헛소문과 억측만 난무했다. 좁아터진 섬에 머무는 게 아니라 이미 뭍으로 빠져나간 게 분명하긴 한데 아침 첫배를 탔느니, 저녁 마지막 배를 탔느니 사람마다 의견도 분분했다. 그나저나 누가 딱히 봤다고 소신 있게 나서는 사람조차 없었다. 그저 들은 풍월에도 그럴 거라는 추측으로 소문만 무성하게 키워서 마을 분위기를 흉흉하게 뒤흔들어 놓기만 했다.

　그나저나 스물한 살 난 처녀가 뭍으로 나간 일이 화근이 아니라, 그 일을 류길재가 뒷전에서 암암리에 뭍으로 빠져나가도록 일을 꾸몄다는 소문이 마을 안으로 돌고부터 마을 사람들 시선이 주인인 류길재와 소작인 박재수의 관계로 쏠렸기 때문이다. 물론 그런 소문은 류길재의 멀쩡한 귀를 피해 가지 못했다.

　"소문이 더 커질까 봐, 뭍으로 보냈다는 말도 나오고……."

　"분명 그럴 수도 있을 테지. 아들의 앞길을 막는다면서, 펄쩍펄쩍 뛰던 양반이었으니까. 그리고 보면 그 말이 일리가 있긴 해."

　"당연하겠지. 집안을 반듯하게 일으킬 자식이라고 얼마나 자랑질해 왔는데……. 머슴 딸과 어울리게 그냥 내버려두겠어? 어림도 반 푼어치도 없는 소리지."

　"섬 안에 있다면야 지금쯤 나타났겠지. 그러니 일단 뭍으로 나갔다고 봐야지 않겠어?"

　"하기야, 뭍에 나가 살면 어떻게 찾겠어? 그 긴 양식장 그물 바깥인데……."

"바른 소리지만 은실이 개가 소작인 딸이지만 얼마나
똑똑한가. 아비가 재산이 없어 머슴으로 사는 게 흠이라면
흠이지. 재주를 보거나 인물로 보거나, 어디 류창현에게 빠
지기나 하는가?"

"누가 아니래? 애야 아비 처지로선 과하게 참하지."

"그냥 눈 감고 둘을 맺어주지 그래."

"그 말도 되지 않은 소리, 작작해! 류길재가 듣는다면
까무러칠 거야."

"보기에 젊은 것들이 안쓰러워, 내가 그냥 한번 해본 소
리야."

"말조심하소. 류길재 양반이 들으면 펄쩍펄쩍 뛰겠구
면."

"그 수완이 좋은 류길재가 그냥 뭍으로 내쫓기만 했겠
어? 아마, 지낼 만한 돈을 넉넉히 주어서 빼돌렸겠지."

"그러잖아도 뭍에서 장정을 끌어들였다는 소문도 있
어."

"실어 보내려고?! 누가 봤다고 또, 그런 소릴 해?"

"말조심하소. 분란을 일으킬 말은 아예 하들 마소."

"다 근거 있는 소리니까, 소문으로 번지는 게 아니겠

소?"

류길재는 그런 소문을 듣자마자 짐작대로 발끈했다.

그러나 속으로는 '언놈이 고렇게 씨부렁거리는지, 내가 그놈의 주둥이를 찢어놓고 말 테다.' 하면서도 겉으로 그대로 드러내지 않았다. 그걸 못 들은 척하고 대범하게 넘기자니 속은 새카맣게 타들어 가기만 했다. 참아내다 못한 류길재는 안주를 먹음직하게 장만해놓고, 말썽을 일으킬 만한 패거리들을 모아 술대접을 하면서 없는 소문을 내지 말라고 입단속을 해댔다. 그나저나 온갖 추측과 갖은 소문이 난무해도 박은실 행적은 묘연하기만 했다.

10

류창현은 바깥채에 붙은 곳간을 정리하다가 눈에 많이 익어진 물건에 시선이 머물렀다. 정확히 얘기해서 류길재 재산이지만, 박재수 유류품이기도 했다. 박재수가 평생 운명처럼 어깨에 짊어지고, 그의 가속들을 먹여 살렸던 지게였다. 지금도 등에 맞닿았던 등받이가 그의 땀으로 번들거려 보일 듯 박재수의 몸때가 묻은 채 절어 있었다. 류창현은 그것을 유심히 살펴보면서 옛일을 되새겼다. 그 지게 머리에는 아직도 꼬임이 탄탄해 보이는 곱바가 8자 형으로 서려진 채 걸려 있었다. 류창현은 둘둘 서려 있는 곱바를 천천히 잡아 촉감을 느껴 봤다. 그 곱바에 연관된 그때 일을 류창현은 아직도 생생하게 기억했다.

아버지의 노기등등한 목소리가 지금도 우렁우렁 고막으로 찌르는 듯 울렸다.

"이 봐! 박 서방, 저기, 자네의 지게에서 곱바를 풀어 오게."

류길재는, 추녀 밑을 반쯤 걸쳐 서서 노드리듯 씨붓는 소나기를 흠뻑 맞고 선 박재수를 매섭게 몰아친 뒤 집 안의 온기가 달아나도록 냉혹하게 뱉어냈다. 격앙된 감정 탓으로 아버지 손이 소매 끝에서 후들후들 떨었다. 뭔가 끝장 보고야 말 기세였다.

"곱바를요? 어르신이 그것을 어디다 쓰시게요? 제게 시키세요."

박재수는 이해할 수 없다는 표정으로 큰 바윗덩어리처럼 냉엄한 류길재를 쳐다보며 의중을 정확히 파악하려 애썼다. 그러나 그는 그 말엔 대거리도 하지 않고, 한층 언성을 높여 달리 둘러쳤다.

"풀어 오면 내가 가르쳐 줌세. 그러니 자넨 어서 곱바를 풀어 오기나 하게."

박재수는 눈을 바로 뜨지 못할 만큼 머리로 흘러내리는
빗물을 오른 손바닥으로 훑어내 뿌리면서, 류길재의 명령
에 따라 곳간 벽에 기댄 지게 앞으로 저벅저벅 걸어갔다.
걸음을 옮길 때마다 몸에서 흐르는 빗물과 발걸음에 차이
는 마당 빗물들이 부딪치며 옆으로 튕겨 달아났다.

박재수는 곧바로 둘둘 사려진 곰바를 팔뚝에다 옮겨 걸
었다. 그리고 지게에 맺은 첫 매듭을 풀려고 물 묻은 손으
로 곰바 끝을 더듬어 찾았다. 그러나 비 오는 날, 꼴을 져
날랐던 뒤라 습기로 불어난 그것에서 매듭이 쉬이 풀리지
않았다. 또한 첫 매듭이라 오랜 세월 동안 힘에 당겨져 탄
탄하게 굳어 있었다. 멀리서 바라보던 류창현이 보다 못해
비속으로 가로질러가 거들자, 비로소 곰바는 지게에서 분
리되어 박재수 팔뚝으로 온전히 넘어왔다. 그는 시퍼런 표
정으로 서 있는 류길재 앞으로 다가가 거둬 온 곰바를 두
손으로 공손하게 내밀었다.

"어르신 곰바, 여기 있습니다만……."

"박 서방, 자네는 이제 내 말을 허투루 듣지 말고, 명심
해서 잘 듣게나."

"예, 어르신."

"그 곱바로 이곳에서 달아난 은실이를 묶어서 끌고 오든가, 그도 못하겠다면 자네 목을 묶어 걸든가, 둘 가운데 하나를 택하게. 내 말 알겠는가? 내가 말미로 열흘을 주겠네."

류길재는 비 맞은 탓으로 몸 윤곽이 확실하게 드러난 박재수에게 찬바람이 일만큼 냉정하게 내뱉었다. 그 울림은 쏟아지는 빗소리를 깔아뭉갤 만큼 마당 안으로 커다랗게 울려 퍼졌다.

11

빛이 짙붉고 모양이 둥글 대로 둥근 백중 달이 구름에 단단히 갇혔다. 바다로 나갔던 물은 기어이 되돌아오고 왔다. 한사리를 맞은 '들물'이 섬을 가득 에워쌌다. 섬이 술빵처럼 부풀어 오르듯 바다 위로 떠올라 보였다. 때를 기다린 듯 마침 폭우가 그 위로 물 못을 박듯 사정없이 쏟아져 내렸다. 컴컴한 어둠이 아니라 껌정 칠하다 만 희뿌연 빛들이, 내리는 빗줄기에 얼룩져 불규칙하게 흔들렸다. 덩달아 불어난 늪의 물이 연잎 모가지까지 가득 차올랐다. 암튼 연잎만 수면 위로 떠 있는, 그런 그득 찬 느낌까지 들었다.

야음을 틈타 뭍에서 바위게처럼 은밀하게 섬에 오른 두 사내가 박재수 살림집인 바깥채로 향했다. 흐른 시간도 잠깐, 사내들은 부대자루를 둘러업고 허둥지둥 밖으로 빠져나왔다. 그들은 쏟아지는 비속을 뚫고 빠른 걸음으로 늪가에 당도했다. 그리고 일주일 앞서 둘러보면서 보아 둔 곳에서 천막 쪼가리를 걷어내고 밧줄로 묶은 돌들을 찾아냈다. 사내들은 도상훈련을 마친 전투 특수부대원처럼 행동이 민첩했고, 그림자처럼 말이 없었다.

　사내들은 망설이지 않고 부대자루에 돌을 매달았다. 그리고 물속에서 한 뼘쯤 밖으로 드러난 장대 끝 지점까지 널빤지로 엮은 뗏목을 물소리마저 낮춰가며 저어 갔다. 간단히 부대자루를 물밑으로 내려 앉힌 사내들은 혼자서 움직이듯 일사불란하게 늪가로 되돌아와 임시로 엮어 만들었던 뗏목을 해체해서 늪 둑에다 버렸다. 진작부터 질척한 연밭에서 발받침으로 쓰였던 게 다시 제자리로 그렇게 멀쩡하게 되돌아왔다.

　"폭우로 위험하니 내일 첫 배로 나가시게. 수고했네. 어딜 간다고 묻진 않겠네."

　사내에게 검은 가방을 건넨 류길재는 목소리가 낮은 만

큼 차분한 어조로 사내들에게 작별을 일렀다. 사내들은 눈알을 빠르게 굴리면서도 목소리마저 남기지 않으려는 듯 침묵을 지키며 고개만 까닥까닥했다. 이내 류길재 눈앞에서 종적 없이 사라져 갔다. 길을 따라 흐르는 빗물이 사내들이 남겨놓은 발자취를 서둘러 지워냈다. 그들이 사라져 간 곳으로 따르던 눈길을 거둬들인 류길재는 만족한 표정을 지으며, 혼잣소리로 주절댔다.

"창현이, 그놈을 따라 뭍으로 나가면, 풀어놓은 망아지 꼴일 테지. 그러면 둘 사이를 막아설 방도가 나에겐 없지. 창현이 군에서 제대하기 전에 그래도 이렇게 해서라도 가장 확실하게 둘을 갈라놓을 수밖에……. 후유! 어쩌다 한번 저지른 실수가……."

류길재는 짐을 내린 하역부처럼 홀가분한 표정으로 돌아섰다. 그나저나 우울했다.

12

비록 연꽃이 진흙에서 피어났으나 더러움에 물들지 않는 정결함 때문에 옛 선비들도, 그 고결함을 닮고자 발길 닿는 여러 곳에다 으레 크고 작은 연못을 조성하고 옆에다 정자를 지었다. 서울 궁궐은 물론이고, 지방 곳곳에 선비가 거처한 곳에선 가리지 않았다. 창덕궁 애련정, 경복궁 향원정이나, 또 곳곳에 세워진 부용정, 익청정, 연정 등 정자 이름 붙은 곳이 그런 까닭으로 생겨났다. 글깨나 읽은 치들은 연꽃을 부용이라는 별칭을 부르고도 앎의 허기를 메우고자 다시 그걸 부거芙蕖니 함담菡萏이라고 불러야 직성이 풀렸다.

그러나 류창현에게는 그런 것에 크게 의미를 둔 적은 없었다. 다만 박은실도 연을 보고 자랐으니, 혹여 그런 곳에 나타나 옛일을 생각지 않을까 하는 그런 기대감이 있었다. 그런 곳에 갈 때마다 류창현은 우연에 기대를 걸다 못해 그런 곳까지 찾아 나설 작정하고 헤매고 다녔으나, 박은실 행방은 바람 자취처럼 묘연하기만 했다. 다시 만날 수 없는 여자라고 서서히 체념할 때, 먼 친척 형수뻘 되는 사람에게서 아내로 살다 간 이미옥을 소개받았다. 그리고 그것이 운명이듯 받아들이면서 결혼식을 치러 아이들까지 두었다.

그러면서도 어차피 아버지 성화를 견딜 수 없으니, 사람

을 고르기보다 결혼 의식을 택하는 일로 치부했다. 고약한
발상이었으나 자신으로선 쫓기고 쫓기다 결심한 최후의
선택이었다. 한 남자 품이 아무리 넓다 하더라도 두 여자
를 동시에 품어낼 수 없다는 걸 알면서도 결혼을 한 뒤, 아
이를 출산하고 살면서도 박은실에 대한 생각은 기억에서
말끔하게 지워내지 못했다. 행방조차 알 수 없다는 사실이
짐이 됐다.

  태생적으로 약하게 태어난, 아내는 첫째를 출산히고부
터 막내를 낳을 때까지 잔병치레를 끊임없이 했다. 조금
넘치게 표현한다면 서 있는 날보다 방바닥에 등을 붙이고
사는 날이 많을 만큼 잔병에 묻혀 살았다. 약효가 좋다는
연자육, 하엽, 우절, 연방, 연수, 연자심까지 먹여 봐도 아
무런 효과를 얻지 못하다가 끝내는 기신기신 펼쳐놓고 살
아가던 삶을 사주쟁이 돗자리 거두듯 싸안고, 죽음길로 저
혼자 먼저 갔다. 아내와 서로 만나 살았던 게 아니라 서로
스쳐 지나갔다는 말이 맞는, 그렇게 만남과 헤어짐의 사이
가 하루 햇볕처럼 짧았다.

13

류창현은 연근을 캐려고 처음으로 늪에 고였던 물을 뽑아내기 시작했다. 꽃이 지고 잎마저 누렇게 변한 지 오래였고, 장마를 끝낸 하늘이 갤 만큼 쾌청하게 개기를 달포나 되니 늪의 물빼기에도 적기였다. 아내가 살아 있다면 그런대로 도움을 받았을 테지만, 그도 잔병치레로 일찍 저승으로 떠나 이제 이승 사람이 아니니, 혼자서 열흘이 걸려서라도 해내야 할 일이었다.

류창현의 기대는 대단했다. 연근이 그로선 첫 수확이었다. 그는 물이 빠지자 서두르지 않고 한쪽에서 연근을 캐기 시작했다. 그러나 진펄이다 보니 작업 속도가 느렸다. 일을 시작한 지 닷새가 지나도 한쪽에서만 직신거렸다. 그래서 사람을 부를까 생각도 했으나, 특별나게 여느 일이 없으니 쉬며 쉬어 가며 하자고 아예 작정하면서 느긋하게 마음을 먹었다. 혼자서 일을, 그도 느긋하게 하니 온갖 잡생각이 떠올랐다. 가장 뚜렷하게 남았다면 연밭에서 놀다가 박은실과 연잎을 뒤집어쓰고 소나기를 피하려고 둑길로 뛰어 달아나던 일이었다. 비록 머리는 젖지 않았으나, 웃옷이 젖어 가냘픈 어깨부들기는 물론 양쪽 앞가슴에 도

토리만 한 돌기도 선명하게 보였다. 입술이 한기로 파랗게
변해 파들파들 떨면서도 던지는 말이 귀 밖으로 흐르기만
했다. 나중 집에 와서도 연잎으로 그곳을 가려주지 못한
일이 두고두고 미안했다.

 일을 시작한 지 열흘째, 오후 연밭에 들어선 그의 손끝
에 연근과 촉감이 전혀 다른 물체가 잡혔다. 연근이나 나
무뿌리는 둥글지만 부드러운 데, 이것은 아주 날카롭고 모
질다. 그는 조심스럽게 그것들을 퇴적된 흙 속에서 골라냈
다. 동물의 뼈라는 느낌과 동시에, 그것이 사람의 뼈임을
직감했다. 그것들은 그의 손길을 기다린 듯한 곳에 오롯이
모여 있었다. 불현듯 댐 붕괴를 막으려고 세웠던 받침목이
동강 나며, 몸으로 감당할 수 없는 흙더미가 눈앞으로 닥
쳐들 듯 불길한 예감이 덮쳤다.
 '설마, 설마…….'
 그 가설이 하나의 뚜렷한 진실로 형상화되는 두려움 때
문에 전신이 옥죄여 왔다. 그는 정신없이, 그러나 끈질기게
진펄 속에 파묻힌 걸 골라내기 시작했다. 두개골이 드러난
곳에서 머리카락이 손끝에 걸렸다. 여자 머리카락이었다.
그리고 이내 진펄을 세심하게 더듬던 손끝에 맞부딪치는

게 있었다. 아직 동그라미 형태를 간직하고 있는 반지였다. 흙으로 닦고 물로 씻어내도 광택을 잃어버린 금반지에는 큰 별을 가운데로 해서 작은 별이 두 개가 양쪽으로 파여 있었다.

"은실이?! 은실이가······."

류길재가 숨긴 유류품이 비로소 아들인 류창현 손에까지 닿았다. 자식으로선 물려받기는 너무 무거운 유류품이었다. 류창현은 괴성을 지르며 진펄에다 이마를 내리찍었다. 세상의 산 사람 숲에서 그토록 찾아 헤매던 사람이, 만나지 못하더라도 이승에 있어야 하는데, 지금 이곳 진펄 속에 오래도록 이렇게 갇혔다가 해후 자리에서 주검으로 마주쳤다.

14

류창현은 박은실 유골을 입관례도 치르지 않았다. 아버지 유류품인 그 뼈를 쓸어 묻고 싶지 않았다. 그저 머문 자리를 잊도록 진펄만 알뜰하게 닦아내서 혼자서 느릿느릿 또 쉬엄쉬엄 묻었다. 분명 아버지 유류품이지만 터져 나오는 감정과 끊임없이 솟구쳐 오르는 눈물도 같이 묻어 주고 싶었다. 반생을 마음속으로 그렇게 말없이 품어 왔듯 사람 눈에 띄지 않는 평장으로 꾸며서, 세월이 가면 뭇사람 눈길에서 잊히도록 배려했다. 사태를 지켜내지 못한 멍청한 파수꾼으로서 위로해 줄 말과 행동까지 모두 함께 묻었다고 여겼다. 그저 무슨 짓을 하던 한이 줄어들지 않았다.

그는 연밭이 바투 보이는 언덕에 앉아 흙 묻은 채 아귀가 풀어진 손으로 술을 마시며, 아버지와 박은실의 환영이 교차하는 안채와 바깥채를 멀뚱하게 바라보면서 그녀만 생각했다. 자살이든 타살이든 아버지와 연관되었다는 정황만은 분명해 보였다. 비록 그러하지만, 자신도 연관된 일이므로 그 죄에서 자유로 울 수가 없었다. 유전되어 몸속으로 흐르는 탁한 피는 끊임없이 사죄하고 또 가혹하게 자책한다 한들 늪의 침전물을 뚫고 올라와 꽃피우는 연꽃과 같이 정화된 사랑으로 개화할 수 없는 일로 여겨졌다.

류창현은 연밭에서 일손을 놓았다.

이곳에서 일어났던 모든 일에서 해방되려고 뭍으로 되돌아가기에는 이제 먹은 나이가 버거웠다. 한마디로 적절한 시기를 잃고 놓친 셈이다. 스스로 마지막 삶이 진펄에 빠졌다고 여겼다. 빠져나오려고 안간힘을 쓰면 쓸수록 박은실이 진펄 밑에 숨어서 자기를 잡아끌 듯 밤마다 진땀 꿈을 꾸었다. 류창현은 또 하나를 버렸다. 혼자 살아가는 일상에서 말이 필요 없기에 애써 지껄이지 않으니 스스로 잃었다. 혼잣소리도 필요치 않은 일상이 흘렀다. 종래는 부쩍 꿈이 많아지고 놀라 깨어났다가 다시 누우면, 그 터전에서 살아온 사람들이 온갖 모습으로 꿈속을 휘저어가곤 했다. 애틋한 감정이 깊어 박은실 얘기를 노트에 남겼다. 그것이 자신의 유일한 유류품이 될 거다.

　입맛이 없을뿐더러 적은 식사량도 소화를 시키지 못해서 곡기마저 끊은 지 열흘째 되는 날, 늦가을 태풍으로 퍼붓듯 빗줄기가 연이틀 쏟아져 내렸다. 연밭이 늪에서 못으로 보일 만큼 다시 물이 가득 차올라 넉넉해 보였다. 류창현은 널빤지 두 쪽으로 엮은 뗏목을 타고 수심 깊은 곳으로 나아갔다. 이곳에 와서 살펴 아는 게 있다면 늪 깊은 곳이 어디쯤이란 걸 예측할 수 있다는 능력이다. 하늘로 향하여 치켜든 얼굴 위로 빗줄기가 세수나 시키듯 연이어 지나갔다. 몸에서 씻어낼 만큼 씻어내도 때는 남았다. 눈물과 함께 얼굴을 타 내린 그것이 가슴께까지 넉넉히 적셨다.

여한 없이 눈물을 쏟아냈다는 생각이 들었다. 늘그막 길이 이런 것이 아니었다는 생각을 밀어내면서, 몸을 움직여서 뗏목을 기울게 한 다음, 짐짓 늪으로 미끄러져 들어갔다. 아버지 유류품이 있던 바로 그 자리였다.

눈물을 찾아서

이 선생님, 뵌 지도 오래되었습니다.

산만刪蔓하옵고, 저는 지금 동해바다가 품에 안기는 삼척에 와있습니다. 그러나 난바다로부터 끌아쳐 오는 창도漲濤를 구경하려고 그 먼길을 달려오지 않았습니다. 다만 눈물을 찾으려 서울에서 이곳까지 단걸음에 달려왔을 뿐입니다. 눈물을 찾다니, 무슨 생뚱맞은 소리냐고 어리둥절하시겠지만 제게는 상당한 의미가 있는 일입니다.

당숙이 사흘 앞서 벽항궁촌인 고향에서 세상을 하직했습니다. 귀향한 목적이야 집안의 애사이므로 당연하지만, 차제에 이 선생님이 하신 말씀을 확인하고 싶은 마음도 귀향의 발길을 채근하는데, 보탬이 되었음을 고백합니다. 단도직입으로 말하자면 젊은 육촌들의 눈물을 확인하러 이곳에 왔습니다. 눈물을 확인하려는 의도가 무엇인가를 이제 밝혀야 하겠습니다.

삼월 삼우회三愚會에서 이 선생님은 마치 일가붙이 가운데 누군가 그런 짓을 저지른 듯, 분연함에 말소리 끝을 가늘게 떨면서 분명 이렇게 말씀했습니다.

　"세상이 어떻게 되어가는 판세인지, 글쎄 부모가 죽었는데 자식들이 울지 않아요. 아들이 둘인데, 둘 다 그래요. 울기는커녕 슬프다는 표정마저 없어요."

　그날 참석자들은 이구동성으로 그럴 리가 있겠느냐며, 그 말을 곧이들으려 하지 않았습니다. 맞습니다. 세상에 어떻게 그런 패덕한 자식들이 있을 수 있느냐는 표정들이었습니다. 저도 그랬습니다. 그것이 사실이라면 응당 버력을 받아야 타당한 일이었기 때문입니다.

　"에이 설마요? 의붓자식이 아닌 다음에야……."

　"아니 의붓자식이라도 그렇지, 그럴 리가 있겠어요?"

　"그 뭐, 신체 이상으로 슬픔을 쏟아내야 할 계통에 병적 결함이 있는 게 아닐까?"

　"뭔가 고인 생시에 틀어질 일이라든가, 말 못 할 내력이 있었던 게 아닐까요?"

　"생시에 설혹 그런 일이 있었더라도 저승길인데, 자식 된 도리로 따지면, 그게 그런 게 아니지."

지금 되짚어보면 대략 그런 의견들이었던 듯 기억하고 있습니다. 세상이 그릇되어 풍속이 아주 어지러워졌다 하더라도 그럴 수 없다는 데에 동의하면서, 모임의 화두는 이내 그 일을 잊고 다른 얘기로 옮겨갔습니다. 사람마다 마음속에 각각 그 셈속과 분별력이 있어 설마 인륜에 벗어나는 짓이야 저질렀겠느냐는, 그런 믿음 때문이었든가 봅니다. 그런데 저는 그 말을 차마 뇌리에서 떨쳐버릴 수가 없었습니다. 사람으로서 못 들을 말을 들었다고 여겼기 때문입니다.

　중국 고대 허유는 왕위를 물려주려 한다는 요임금의 말에 영천에서 더럽혀진 귀를 씻었다고 전해옵니다. 동양화의 화제에서 냇가에서 귀를 씻고 있는 이가 바로 그 허유입니다. 시대 상황과 세태를 읽어내는 관점, 또 처한 입장을 달리해도 저 역시 그 말을 듣는 순간 귀를 씻어내고 싶었습니다.

　중복지각이란 말이 있습니다. 바늘로 사람의 몸을 찔렀을 때, 처음에 촉각을 느끼고 뒤에 통증을 바로 느끼는 통각 이상의 하나를 그렇게 지칭하는가 봅니다. 그 순간 제가 바로 그런 중복지각 현상에 빠졌습니다. 저는 그 말을 듣는 순간 가슴속이 불쾌해지면서 토할 듯한 기분과 함께 먼저 생목이 오름을 느꼈습니다. 그다음에야 비로소 분노를 느꼈습니다.

그날 저녁 내내, 저는 그 말에 갇힌 채 헤어나지 못하고 있었습니다. 바로 개미지옥에 빠져 허우적거리며 더 깊이 빠져들고야 마는 개미를 연상하면 됩니다. 사실 그날 저녁의 모임에서는 여느때와 달리 많은 얘기가 오갔습니다만, 그러한 대화들은 그냥 무의미하게 저의 귓등으로 스쳐 지나가기만 했습니다.

잘못된 일상사의 한 토막처럼 가볍게 스쳐 지나쳤어야 했는데, 저는 결코 그렇게 담대하지 못하고, 그 말에 몹시 연연하면서 죄장감에 빠졌습니다. 그러함을 왜냐고 물어선 안 됩니다. 그 사람들이 이 나라의 후대의 삶을 꾸려가야 할 다음 세대의 주체임을 인지하고부터 속이 편치 않았기 때문이었습니다.

그날 이후 저는 지금까지 그 일을 많이 생각하고 있었습니다. 부모의 죽음에 따른 자식들의 눈물. 그게 도대체 어떤 의미가 있는 것인가. 그렇습니다. 바로 세상을 하직하는 부모에게 자식이 마음으로 나타낼 수 있는 게 있다면 눈물뿐이 아니겠습니까. 그런데 고약하게도 어떻게 그리 감정이 메말라 이제 눈물마저 거덜 났다니, 차마 그 일이 믿을 수 없기 때문입니다. 우리가 그렇게 감정이 메마른 민족입니까. 결코, 그런 민족이 아니지 않습니까. 지금껏 우리 민족이 눈물이 흔한 민족이라는 데에는 이의를 제기할 사람은 아마 드물 겁니다.

이 선생님도 아직 기억하고 있을 겁니다. 연전에 벌어진 kbs의 이산가족 찾기 행사에서는 당사자들뿐만 아니라, 그것을 지켜보던 전 국민은 눈두덩이 부어오르도록 목 놓아 울었던 일 말입니다. 또 그뿐 아니었습니다. 2002년 월드컵 개최 기간에는 어떠했습니까. 우리는 시청 앞 광장에서, 또 운동장에서 아니 텔레비전 화면 앞에서도 남녀노소 구별 없이 목청이 터지도록 외쳐대며 눈물을 흘리지 않았습니까. 이처럼 우리 민족은 슬플 때나 기쁠 때, 그 상황의 희비를 가름하지 않고 눈물샘이 터진 듯 눈시울이 짓무를 만큼 펑펑 눈물을 쏟아내며 울었습니다. 그렇게 눈물이 흔한 민족이었는데, 어찌해서 그것이 말랐는지 도저히 이해가 가지 않았습니다.

사람에게 눈물이 그렇게 소중한 거냐고 물어볼 이유가 없습니다. 당연히 소중한 것이기에 그러합니다. 악어가 아닌 이상 사람은 악심을 내면에 품고 있으면 짜내려 해도 솟아나지 않는 게 눈물입니다. 눈물은 사람의 선한 바탕에서 솟아오르는 샘이기에 그러합니다. 그렇게 소중한 것이 삼도천을 건너가는 부모의 뒷모습을 바라보는 자식의 눈에서도 발견할 수 없다면, 그 근원을 찾는 일도 결코 헛된 일이 아닐 것입니다.

당숙의 상가는 삼척 시내에서 한참 거리에 나앉은 궁벽한 산촌에 자리 잡고 있습니다. 겨울의 해가 짧게 끊기는 산곡 마을인 데다가 실개천을 양쪽으로 가옥들이 퍼진 가촌입니다. 해서 아침이면 모두 실개천으로 나와 세수를 했기에, 집안에 온 손님을 숨겨놓을 수 없을 만큼 되바라져 보이는 마을이기도 합니다. 정작 어느 시인의 표현처럼 누군가 생을 끝내고 장례를 치를 때 켰던 알전구가 꺼지고 나면, 그 집은 그 날로 폐가가 되고 마는 마을이며, 그곳의 산과 뜰에서 나는 산물로는 재화를 만들기에 힘만 부치므로, 해가 떠서 질 때까지 마냥 바쁘기만 한 곳이기도 합니다.

탈농, 이농의 행렬이 사십 년 넘게 이어져서 그런지, 한 때 칠십 호로 넘나들던 마을이 두 집 건너 한 집은 폐지로 변했거나 아궁이에 온기를 지핀 지가 오래된 폐가였고, 그나마 인적이 있는 가옥도 노인의 신발만 문 앞 섬돌 위의 한 모서리를 차지하고 있었습니다.

부모를 따라온 어린 일가붙이들이 이웃집의 푸른 이끼가 낀 퇴락한 마당에서 뛰노는 게 고서화 위에 어린이의 그림을 오버랩 시킨 듯 낯설어 보이기만 합니다. 제가 봄이면 버들을 꺾어 피리를 만들어 불면서 유년기를 보냈던 마을이지만, 이제 아이들이 살아갈 수 없는 황촌으로 느껴지기까지 한 것은, 제가 도시생활을 하는 동안 도시환경에 너무 때가 묻어서, 아니 이미 몸이 그 때꼽재기에 동질화되었기에 그런지도 모릅니다.

제가 그곳에 도착했을 때는 시신을 거두어 발상하는 의식은 끝나 있었지만 염습과 입관의 의례는 지켜볼 수 있어, 모두 '제시간에 마침 잘 당도했다'고 했습니다. 저는 그 의례를 지켜보면서 그 마을에서 치러낸 할머니의 장례식을 떠올리지 않을 수가 없었습니다. 세월이 흘렀지만 그때는 임종한 지 이튿날에 몸을 닦고 수의를 입히는 소염小殮

334

을 했고, 사흗날 아침에야 입관을 하는 대염大殮의 상례를 치렀습니다.

그러나 지금은 가정의례준칙에 길들여진 세대의 부박함 탓인지, 또 그저 약식으로 치러내야 한다는 세태의 타산적인 손익계산 탓인지, 산사람과 달리 망자의 옷깃을 오른편으로 여며주고, 시신의 귀에 솜을 메우는 손끝이나, 관벽과 시신 사이의 공간을 마포로 메우는 정성이나, 관의 뚜껑을 덮고 나무못인 은정隱釘을 박는 망치질이 엄숙하기는커녕 장난질을 치듯 가볍게 보여 자칫 불경스러운 느낌까지 받았다는 고백을 숨길 수가 없습니다.

그러고 보니 장례식에 참석한 사람들이 먹고 마시는 데 필요한 물목을 조달하는 일도 예전과 판이했습니다. 할머니의 장례식을 치를 때는 솥을 걸어 돼지고기를 삶아내고, 마을 아낙들이 제 일처럼 나서 국을 끓이며 채소를 묻혀내고 밥을 쪄내느라 온 동네가 들썩였지만, 지금은 큰며느리가 휴대전화기의 문자판을 두들겨대면 읍내에서부터 오토바이가 득달같이 달려와 주문한 물목들을 전해주고 휙 돌아가곤 했습니다. 그러함이 지극정성으로 이웃이 함께 치러내는 의식이 아니라 마치 빗방울이 떨어지는 날, 남의 마당을 빌려 해치우는 콩 타작마당처럼 경박한 채 조급해 보였습니다.

다행히 육촌의 젊은 상제들은 경야經夜까지는 하지 않았지만 집상하는 데에는 몸과 마음이 조금도 흐트러짐이 없어 보였습니다. 다만 젊은 상제들이 관 옆에서 밤을 지새우려 하자 호상 격으로 의식을 주재하는 마을의 노장 어른이 괜한 짓을 한다고 막무가내로 그들의 의향을 꺾었습니다.

"지금이 어느 시댄데 경야를 하다니, 아 지금이 조선 시대인가? 상중에 거적자리와 흙 베개를 베고 잔다고 효심이 있는 것인가? 마음가짐이 당연히 중요하지. 그런 생각들을 하지 말고 눈을 조금이라도 붙이게. 눈을 조금이라도 붙여야 내일의 행사를 할 게 아닌가. 그냥 가만히 서 있는 것 같아도 상제 자리가 얼마나 힘이 드는데 밤샘을 하려 하다니. 그러잖아도 되네. 저리 가 눈 좀 붙이게나."

그래서 경야를 하지 않았지만, 젊은 상제들은 장례예식을 치러내는 고비 때마다 슬피 울었고, 선고로 향한 애틋한 마음, 또한 각별한 듯싶게 보이기도 했습니다. 이 선생님이 우려했던 그런 부류에서 벗어난 듯싶어 다행이라 여겼습니다.

저는 장례예식을 치러내는 동안 일정한 거리에서 그들을 보면서 저의 머릿속에 박혀있는, 이 선생님이 들려준 그 불효의 그림자를 씻어내야 했습니다. 만약에 육촌의 젊은 상제들이 부모와의 작별의 자리에 눈물을 보이지 않았다면 저는 진지하게 그 심경을 묻고 싶었던 것입니다.

자식들이 문상객들 앞에서 애고 대고 하는 일도 가히 바람직하지 않지만, 이 선생님이 전하신 대로 부모의 죽음 앞에서 일말의 슬픔도 면안에 드러내기는커녕 눈물 한 방울도 흘리지 않았다는 게 저에게 충격이었기 때문입니다. 제가 생주이멸의 통리에 관해서 알고 있는 것이 오직 귀로 들어서 알뿐, 더 나아가서 그 일을 궁구하지 않아 귀동냥으로 얻은 짧은 앎이 전부여서 모자람이 큰데, 그 모자라는 그릇에 담아보아도 어긋나는 일이 분명합니다.

눈물을 보이지 않는 그 자식이 부모와의 생전 관계에서 그 시원을 따져 어떠했는지 살펴보는 일도 부질없잖습니까. 바르지 못한 것이 바른 것을 감히 범하지 못한다고 했습니다. 천륜의 도리가 앞서기 때문이지요. 물론 예나 지금이나 부모를 섬기기가 수월하진 않습니다. 해서 자식이 늘 부드러운 얼굴빛으로 부모를 섬기기 어렵다고 해서 색난色

難이란 말이 생겨났는지 모릅니다. 부모의 얼굴빛을 읽고, 그 뜻에 맞게 봉양하기란 그리 쉽지만 않다는 뜻으로 이해해야 할 성싶습니다.

하긴 옛날 중국의 가난한 집안에서는 기른 후에 출가할 때, 돈이나 소용되고 생계에 아무런 보탬이 되지 않는다 해서 자기의 어린 딸을 대야의 물에 얼굴을 박아 죽이던 관습인 익녀溺女도 있어, 천륜에 어긋난 짓을 저지른 부모도 하늘 아래서 뻐젓이 얼굴을 치켜들고 살았든가 봅니다.

그러나 어머니가 늦은 저녁까지 마을 입구에 의지하여 자녀가 돌아오기를 마음을 졸여가며 기다리는, 그 의려倚閭의 안받음[반포反哺]으로 자식들은 밤에 잘 때 부모의 침소에 가서 밤새 안녕하시기를 여쭙는 혼정昏定을 하고, 이른 아침에 부모의 침소에 가서 밤새의 안후를 살피는 신성晨省을 행하는 게 마땅한 도리로 여겨오지 않았습니까?

까마귀도 커서 먹이를 입에 물어다 어미에게 주어 보은한다는, 들은 바 얘기가 있지만, 옛사람들의 부모 섬김은 또 달랐던 모양입니다. 자식들은 부모의 병환이 위중할 때 깨끗한 산 피를 드리려고 제 손가락을 째는 열지裂指를 하는가 하면, 위중한 부모의 병세를 살피려고 그 대변을 맛보는 상분嘗糞도 마다치 않았다고 옛글에서 읽은 적이 있었습니다.

그리고 제가 책을 읽고, 그 느낌을 오래 간직하고 싶은
데 도저히 기억함에 자신이 없어 이에 한 방편으로 적어놓
는 메모장인 차기箚記에 이런 기록도 묻어 있습니다.

제갈량의 벗인 서원직은 높은 관직에 있었으나, 어머니
가 초나라의 포로로 잡혀가자 사모의 정이 간절해서 적국
으로 저 스스로 찾아가 포로가 되었고, 중국 삼국시대 오
나라 맹종은 겨울에, 그의 어머니가 즐기는 죽순이 없음을
한탄하자, 홀연히 눈 속에서 죽순이 나왔다고 합니다. 중국
후한 시대의 이십사효 가운데 한 사람인 곽거는, 집이 가
난하여 노모가 식사량을 줄이는 것을 보고 자식을 묻고자
땅을 파다가 황금 솥을 얻었다는 고사도 적어놓았습니다.

물론 위의 두 이야기는 현실적인 관점에서 따져보면 논
거의 진실성이 취약해서 황당하기까지 합니다. 굳이 추론
하자면 후대의 훈육을 염두에 둔 글 쓰는 이들이 근본을
미화하려고 끝을 극적 상황으로 꾸민 이야기일 것입니다.
그러나 자식의 효심에 천심도 움직였다는 뜻으로 번안 새
김을 해야겠지요.

또 한 분 더 소개해야겠습니다. 역시 중국 춘추전국시대의 초나라 현인 노래자는 난을 피하여 몽산 남쪽에서 농사를 지으면서 살았는데, 칠순에 어린아이 옷을 입고 어린애의 장난을 해서 늙은 부모를 위안했다 합니다. 시쳇말로 재롱이 잔치로 일순이나마 부모의 얼굴의 주름을 걷어주었던 게지요. 그 주름 갈피에는 분명 자식이 저지른 죄와 그 죄 때문에 흘린 애정이 뒤범벅되어 절여있음을 눈앞에서 바로 바라보지 않아도 절로 상상할 수 있습니다.

새삼 무슨 고리타분하고 조박한 것을 들춰내느냐고, 면박할지도 모르겠습니다. 뒤웅박의 꼭지처럼 중심을 잃고 흔들리는 세태를 보고 우줅이는 성질이 있어 그런 것도 아닙니다. 이 세상에는 긁으면 아프고 그냥 두면 가려운, 그런 일이 많이 있습니다. 저도 제 분수를 지켜가려고 몸가짐을 조심하고 또 조심해서 살아가려고 헛되이 쌓인 나이를 허물고, 이제 막 강보에서 벗어나 걸음마를 익히듯 그리 마음을 새로이 하고 있습니다. 언제나 새 시대 새로운 흐름에 편승해서 삶을 더 새롭게 유지하려 버둥대지만, 눈높이를 조금 높은 데에 두고 보면 고금으로 관통해 순환되

340

는 통리의 한 축에서 크게 벗어나지 않은 듯합니다.

그러나 논어에 이르기를 썩은 나무에는 조각할 수 없고, 헌 담장에는 칠을 다시 할 수 없다고 분명 가름하고 있습니다. 그러니 후세들이 그토록 소생 불가능한 패륜아로 세상을 살아가게 내버려 둘 수야 없지 않겠습니까. 제가 후대에 남길 수 있는 것을 굳이 찾자면 글 쓴 미미한 자취뿐인데, 그런 일에 귀를 막고 시선을 거둬가긴 마냥 꼭뒤가 당깁니다. 그것은 한발 앞서 세상을 산 사람의 짐과 임이 되기 때문입니다. 저는 어리석게도 옛사람들의 이런 말을 믿어왔기에 더욱 마음이 무거웠던 것입니다.

'하늘의 그물은 굉장히 넓어서 눈이 성기지만 선한 자에게 선을 주고, 악한 자에게 악을 주는 일은 조금도 빠뜨리지 않는다.'는 말을 말입니다. 분명 이치가 합당해서 현금까지 전해오고, 또 새삼 여럿이 인용해서 때가 오른 말이지만, 제가 몸담아왔던 세월이 워낙 탁세였음이 분명하매 이제 그것을 다시 믿어야 할지 많이 망설여지는 말이 되고 말았습니다.

운구하고 산역하는 일도 할머니의 장례식 때와는 또 달

랐습니다. 예전에는 운구 날 아침, 텃밭에서는 윗마을에서 품앗이로 뽑혀온 상여꾼들이 곳집에서 날라 온 장강목과 단강목을 서로 얽어 상여 틀을 꾸미느라고 법석을 떨었고, 그렇게 꾸며진 상여가 해로가를 따라 마을에서 떠날 때, 동네 사람 너나없이 고인과 텄던 정분을 씻어내지 못해 콧물이 펑퍼짐하게 인중을 적시도록 눈물을 흘렸습니다.

그러나 지금은 발인제를 마치고 장의차로 장지가 있는 산 아래까지 곧장 왔습니다. 고인의 재력으로 보나 마을에서 그동안 쌓았던 신망으로 보나 한차례의 노제가 있을 법도 한데 생략되어 있었습니다. 제가 전날 그것이 생략되었음을 귀동냥으로 듣고 상제들에게 말했습니다.

"이 사람들아, 그걸 왜 하지 않으려 하는가? 차려낼 사람이 없어서 그런가?"

그러자 상제들은 대꾸도 하지 않고 마을의 노장 어른의 얼굴에 시선을 넘겼습니다. 이러한데 노장 어르신, 어찌할까요. 그들의 얼굴에는 분명 그런 표정이 뚜렷했습니다. 그런 낌새를 재빨리 알아차린 노장 어른이 덫을 놓은 사냥꾼처럼 냉큼 호응했습니다.

"서울 사람이 어둡긴 요즘 그렇게 벌리지 않네. 다들 바쁜 세상이 아닌가."

"아무리 바빠도 그러하지요. 그 시간이 그리 길지도 않을뿐더러……. 마을 사람들에 대한 예의인데……."

"이미 상주와 결정한 일, 이젠 늦었네. 준비도 그렇고……. 섭섭할 테지만 그냥 생략하세."

저는 차마 지악스럽게 달려들지 못했습니다. 제가 막무가내로 우겨내기에는 한계가 있었습니다. 이유인즉 돌아가신 이가 저보다도 상주와 촌수가 훨씬 가깝기 때문입니다.

천광穿壙. 상례에 밝은이들은 묏자리를 파는 일을 예스럽게 들리도록 그렇게 일렀습니다. 예전에 묏자리를 파자면 토지신을 달래려고 생닭을 잡아, 그 피를 뿌리며 개토제를 지냈답니다. 그리고 아랫마을 품앗이꾼들이 무덤의 길이와 너비를 한정한 금정틀을 놓고 울력을 다해 곡괭이와 삽과 가래로 구덩이를 팠습니다. 괭이질한 뒤 삽으로, 또는 가래질로 흙을 퍼내면서 고인이 살아생전 남겼던 업적이나 선행들을, 아니 그만한 일들이 없다면 우스갯소리를 했던 일이나, 크게 실수해 낭패를 봐서 한때 마을 사람들의 입에 오르내렸던 일까지 들추어 내놓고 웃으며 고인과 마지막 정분을 아낌없이 나누기도 했습니다.

지금은 장의사에서 보낸 일꾼들이 땅에다 소주를 뿌린 다음, 흰 분무기 페인트로 표시해 놓은 땅을 백호란 기계가 사마귀처럼 기어 올라와 바가지로 몇 번 *끄떡끄떡* 고개를 내젓더니 묘혈이 드러났습니다. 참으로 허튼 공간도 없이 신속하게 이루어진 작업이었습니다. 조금 과장된 소리로 소피 한 번 볼 짬에 이루어졌던 셈입니다. 그리고 성분이 드러날 때까지 상제들은 상제들대로, 일꾼은 일꾼대로 말없이 자신에게 주어진 일만 해내고 있었습니다. 다만 잔판머리에 마을 노장 어른이 고인의 그림자라도 잡으려는 듯 한마디 했을 뿐입니다.

"이 사람아 이제 잘 가시게나. 어렵고 험한 세상에서 잔디찰방으로 영전했으니 후생은 부디 편안하시게나."

관혼상제 가운데서도 장례 일이 욕례縟禮임에 분명하지만, 번갯불에 콩 튀겨먹듯 그리 후다닥 위령제까지 마쳤습니다.

장지에서 집으로 돌아오자 상제와 촌수가 먼 일가붙이부터 상가에서 떠나기 시작했습니다. 장손답게 시골에서도 재산을 잘 관리해서 가택이 너르고 조석으로 음식을 만들어 내기에 부족함이 없어 며칠 묵었다 가더라도 폐라고 여기지 않을 텐데, 그들은 어렵게 꾸려가는 생업에 연연해야 했기에 서둘러서 마을에서 떠났습니다.

이제 오촌의 직계 자식들만 오롯이 남았습니다. 혼자서 삶을 꾸려오다 세상을 떠난 오촌의 초상화가 걸려 있는 집에서 말입니다. 저의 의중을 잘못 들여다본 맏이인 육촌이, 마당귀에서 앞산을 향해 옛일을 되새겨내는 나의 귀경 일정을 잡았습니다.

"서울 형님! 형님은 이제 직장에서 퇴직했으니 모처럼 내려오신 김에 며칠 쉬시다 상경하시지요?"

"걱정하지 말게나. 그러잖아도 삼우제를 지내고 가려고 하네."

나는, 육촌의 제의를 시원하게 받아들였습니다. 내색은 하지 않고 있었으나, 내친 김에 시간을 지체해가면서 옛적에 눈에 익어진 곳도 찬찬히 둘러보고 상경하기로 이미 작정하고 있었기 때문입니다. 오촌이 이곳에 생존해 있었기에 다른 일로 삼척에 왔을 때 자투리 시간을 내서 반드시 찾아왔던 곳인데, 이제 저승으로 간 분이고 보니 앞으로 삼척에 오더라도 쉽게 발걸음을 들여놓기 어려운 마을임이 분명합니다. 해서 고인에 대한 예의도 그렇고 당분간 찾아오기 쉽지 않은 곳이기에 삼우제를 마친 뒤 떠나기로 했습니다.

이튿날, 마을에 있는 선친의 묘지를 둘러보고 허곡 선생님의 무덤을 찾았습니다. 아무래도 이 기회에 허곡 선생님의 얘기를 조금 덧붙여야 하겠습니다. 저에게 수리와 음운의 이치를 가르친 국민학교 일 학년 담임선생님에서부터 문학의 원리를 일깨워 준 선생님까지 살아오면서 고비마다 나아갈 길을 일러준 스승은 많았습니다. 그러하지만 허곡 선생님만큼 저에게 깊은 가르침을 베푼 스승은 없었습니다. 저의 엄매함에 정신적 회초리를 들었던 허곡 선생님은 한촌에서 향리의 밭에서 나는 거친 곡식과 채소밭에서 메마르게 자란 채소를 거둬가며 생활했습니다.

제가 글을 쓴답시고 문예지로 통해 소설가로 문단 말석에 이름을 올리고 찾아갔을 때, 선생님은 먼길을 떠나는 자식의 허리춤에 노잣돈을 질러주듯 저의 마음 한 녘에다 몇 마디를 챙겨주셨습니다.

"어려운 길을 선택했다. 이런 새김도 갈 길에 도움이 되겠지. 모든 바탕의 올바른 흐름은 영수瓴水와 같다고 생각해라. 영수란 지붕의 기와로 통하여 추녀 끝으로 흘러내리는 빗물을 말함인데, 그 빗물은 어떤 뜻으로도 막을 수가 없는 이치니 사물을 보고 일을 처리함에 순리를 거슬러서는 안 된다. 또 하나 더 덤으로 가져야 할 자세가 있는데 중국 주나라 때에 의기欹器와 같아야 한다. 책으로 읽어 이미 알고 있을 테지만, 그 의기란 게 그래. 그득 차면 엎어지고 조금 비면 기울어지고 말지. 알맞게 채워야 비로소 반듯하게 앉는 그릇이지. 세상의 온갖 것들을 담아내자면 그런 겸양도 필요하지."

허곡 선생님은 이둔利鈍을 가리지 못하는 저에게는, 늘 하늘빛으로 가려져 있어 그 깊이를 눈대중으로 어림할 수 없는 깊은 우물과 같았습니다. 비록 황토에 절인 옷을 입고 손발톱에 거름 때로 변색해 있어도 풍도와 신채만큼은 감출 수가 없었습니다. 그러기에 마음속으로 새김해 베풀어주는 말씀을 퍼 담아내기에 저의 역량은 언제나 좁고 얕았습니다. 그 온오함에 깊이를 가늠하지 못했고, 그 넓이를 재지 못했으며, 또 그 뜻하는 바에 가까이 가지 못했습니다.

할머니가 그 손자를 돌보매 있어 손자의 부족함을 저 스스로 깨칠 때까지 기다리기에 너무 안쓰러워하다 못해 서둘러 손자의 손발이 되어주어 통감의 눈을 일찍 가려 그릇을 작게 만드는 어리석음을 허곡 선생님은 절대로 허락하지 않았습니다.

  제자의 손끝으로 써낸 글이 아무리 소루하고 번조繁藻하더라도 제삿날로 치지致知할 때까지 그냥 두었지 조금 늦된다 해서 손수 그것을 당신의 사고대로 서둘러 가필하지 않았습니다. 그것은 타고난 성품대로 사물을 보는 눈이 제마다 다르기 때문이라 풀이했습니다. 설혹 연문衍文, 아니 췌문贅文이 있더라도 그것을 냉정히 내치지 않고 보문해주면, 성품이 유녕함에 기울어져 왁댓값을 챙기는 사내처럼 천격스러운 글쟁이로 만드는 게 스승의 참된 길이 아니라 일렀습니다. 그러함은 잎의 형세는 뿌리의 근원에 따라 달라지는 원리와 같다는 의미였습니다. 사사로움에 치우쳐 바른 것을 버리는 스승이 많아져서 스승이 스승의 묘혈을 파는 세상이 되어버렸다고, 허곡 선생님은 서늘한 눈으로 개탄했습니다.

  "세상에 이런 말이 있지. 같은 물을 마시고도 소는 젖을 만들고 뱀은 독을 만든다고 했고, 똑같은 대를 가지고 어떤 사람은 천하를 울리는 피리를 만들고 어떤 사람은 사람을 해치는 죽창을 만든다고 했다. 그러함이 어디 그뿐인가. 똑같은 이치로 같은 돌을 가지고도 석공은 천 년을 넘어갈 비문을 새기지만 파쇄공은 바람에 흩어지는 돌가루를 만들지. 또 시뇨도 땅속에 묻히면 꽃에 향기를 더하지만, 옷깃에 묻으면 구린내를 풍기고, 불을 다스리는 자가 대장장이면 농사 쟁기를 만들지만, 도적은 화적질의 도구로 이용하지. 식칼을 씀에서도 그래. 주방장은 사람의 지미감각을 다듬는 데 쓰지만, 도둑은 재물을 탐하려고 사람의 목숨을 해하는 데 사용하지. 그만뿐인가? 여자가 몸을 줄 때 지아비에게 주면 지어미의 소임을 다하는 길이지만, 외간 남자에게 그렇게 할 때는 난질의 굴레에서 벗어나기 힘들어 결코 음예한 계집의 이름을 얻게 되지. 또 여자의 몸을 탐하면 그 몸뚱어리를 덮고 있는 이불 속에서 헤어나지 못하지만, 여자의 마음을 탐하면 지혜를 기르게 된다고 했지. 마찬가지로 글을 쓰매 있어도 예외가 아니다, 돈이나, 정치권력 등을 선택함에서 현명과 판단을 그르치게 되면 양단의 결과를 얻게 되듯, 아첨된 논지와 어두운 시선으로 글을 쓰면 뭇사람에게 해독을 끼치게 된다. 정신에 끼치는 독은 짐조鴆鳥의 독에 버금가지."

그뿐만이 아니었습니다. 선생님보다 이십 년이나 일찍 세상을 떠난 선친의 장례를 마치고 찾아뵐 때도 혼잣소리

하듯 이렇게 한마디 했습니다. 언뜻 얼토당토않은 얘긴 듯
했으나, 모춤에서 모두 낟알을 키울 나락이 자라지 않듯
그 속에서 제가 분명 챙겨 들어야 할 활안活眼이 숨겨져 있
었습니다.

"세상을 떠난 부모란 게 그래. 옛날에 먼 곳에서 부모의
상사를 당하거나 곡을 할 장소에 가지 못하고 그쪽으로 향
하여 애곡하는 일을 망곡이라 했고, 해마다 돌아오는 부모
의 망일이 원망스러워 수일讎日이라 불렀지. 그리고 중국
당나라의 적인걸이 타향에서 부모가 있는 하늘의 구름을
바라보며 부모를 그리워했다고 해서 생겨난 단어가 바로
망운望雲이지. 그러나 그 모든 게 부모의 생전의 일이 아니
라 사후에 있었던 일이지."

한때 허곡 선생님의 무덤은 돌보는 후손이 없어 황분으
로 버려져 있었습니다. 한 번은 우연히 고향을 찾았다가
그러함이 가슴 아파 선친의 묘를 돌보는 분에게 공임을 얼
마 더 얹혀주고 난 다음부터 선생님의 무덤이 황분에서 간
신히 벗어났습니다. 전생에 전혀 입에 술을 대지 않았지만,
묘소로 찾아간 후학들의 임의대로 무덤에 부어대는 술을
선학의 정리에 못 이겨 드셔야 할 선생님. 그러나 분명 결

곡한 성품대로라면 그 술마저 손사래를 쳐가며 사양하실 겁니다. 그런 선생님은 사후에 자신의 무덤을 찾아오는 미욱한 제자를 염두에 둔 듯 한마디 일렀던 일을 저는 여태 기억하고 있습니다.

"산천에 묻힌 무덤에다 온실에서 기른 꽃을 가져다 놓는 위인들을 보면 꼴이 우스워. 아, 철마다 지천으로 꽃들이 피는 산야에 묻혔는데, 꽃은 무슨 놈의 꽃이야."

정말 그 말대로 사후에도 선생님은 봄꽃인 진달래로부터 가을철의 산국까지, 아니 엄동의 자작나무 가지에 매달리는 눈꽃마저 치면 사계절 꽃에 덮이는 앞산을 바라보며 계시니 제자들이 화원에서 꽃을 사 가는 여유를 앗아가 버렸습니다.

저는 찾아온 예의를 스승에게 드리고 무덤의 옆자리에 앉아 마을을 망연하게 내려다보았습니다. 모형도를 들여다보듯 마을의 형세가 손아귀에 쥘 듯 다가들었습니다. 옛사람이 그랬던가요. 산천은 의구하되 인걸은 간 곳 없다고. 아닙니다. 제가 유년기를 보냈던 마을은 산천마저 의구하지 않았습니다.

숨어 있는 꿈을 찾아내듯 물속의 돌을 일으켜 세워 가

재를 잡고, 반두로 버들치를 후렸는가 하면 겨릅대로 만든 물레방아를 돌리고, 또래들과 물둑을 막아 보쌈을 하던 도랑이 건천으로 변해 있었습니다. 그 아랫마을은 평소에는 물이 흐르지 않고 비가 많이 내릴 때만 물이 흐르는 고곡이지만, 이곳은 늘 물이 흐르는 마을이었습니다.

옛적 이맘 높이에서 마을을 굽어보면 마을의 음양지를 가르며 복판으로 가로질러 내리던 여심천汝深川의 개울은 햇빛을 받아 흐를 때는 그것이 마치 마을의 혈로처럼 보였습니다. 그런 혈로가 말라버린 마을은 삭막하니 메말라 숨결이 잦은 듯싶게 느껴집니다. 마치 맨발로 내디딜 때 발가락 사이로 자분자분 밟혀 올라오는, 그런 물기 같은 윤기가 있어야 하는데 마냥 흙먼지만 일 듯 거칠고 피폐하게 보일 뿐입니다.

원인이야 이랬습니다. 생활 부산물로 생활용수가 오염되자 수원지인 용소의 물이 가가호호로 배관된 피 부이 씨 관으로 공급되다 보니 그리 도랑이 말랐습니다. 예전에도 생활 부산물이 발생하지 않는 바는 아니었으나, 그것은 썩어서 자연으로 환원되는 물질이기에 오염이 적었고, 또 계절이 바뀌거나 여름철에는 열흘마다 젊은이들이 주동이 되어 개천을 빗질로 쓸어내려서 항상 청결하게 유지되었습니다.

그러나 지금은 외부로부터 유입되는 생활 부산물은 자연으로 환원되지 않은 물질이 태반이라 도랑을 무참하게 오염시킬 뿐만 아니라 쓰레기장으로 변해가고 있습니다. 이제 물길이 자취를 감춘 마을은 애오라지 홍수가 나서야 물길이 잡히는 자국을 남긴 채 제 눈앞에 시신처럼 가로누워 있습니다.

마을에 물이 흐르고 흐르지 않은 의미는 사뭇 다릅니다. 물을 기르려고 우물로 모여들고 손발을 씻고 빨래를 하려고 개천으로 모여들던 그곳에서 동네의 관심사에 의사가 소통되어 공동의 목표가 정해져 일사불란하게 동네일이 이루어지곤 해서 소통 장소였습니다.

그러나 부엌에서 물을 바로 받아쓰는 생활로 전환된 지금은 이웃 간의 일상사의 소통을 가로막아 사사건건 감정이 부딪친다고 당숙이 연전에 말했습니다. 별식이라도 만들어지면 담 너머로 그릇을 넘기는 대신 질시에 찬 시선을 주고받는 세월이 되었다는 탄식도 덧붙였습니다. 마을의 물길이 말라버리듯 이제 마을 사람들 사이에 오가는 감정이 말랐기에 서로 소통되어야 할 마음이 닫힌 채 남에게 뿌려 줄 눈물이 말라가고 있다는 겁니다.

이곳이라고 6·25전쟁 피해는 예외가 아니었습니다. 응당 세의 유·불리에 따라 이쪽저쪽 패거리가 생겨났습니다. 힘의 저울이 움직일 때마다 사람이 무더기로 죽어 나갔습니다. 그러나 그건 여느 마을 일이었습니다. 이 마을에서는 이쪽저쪽 붙어먹었다고 서로 고자질하며 내치지 않았습니다. 전쟁이 끝나자 서로 그러한 생채기를 끌어안아 가며 마을의 안위를 유지하려고 다 함께 모여 서낭제를 올린 화해의 마을입니다.

또 유독 산골이 깊어 눈이 많이 쌓이는 산곡이라 땔감을 팔아 겨울철 살림살이에 푼돈을 마련하던 일도 장설로 겨우 소로를 뚫어 이웃으로 내왕하다 보니 놀이라곤 윷 아니면 화투였습니다. 윷은 명절 전후에 하는 놀이라 그때만 반짝했으나 밭문서까지 왔다 갔다 하는 노름은 이웃 마을에서도 원정 올만큼 성했습니다.

말마디깨나 할 장년이 그러니 마을의 분위기는 흉흉할 수밖에 없었습니다. 옛날과 같았으면 능히 동네에서 풍속을 어지럽힌 사람의 집을 헐어 없애고 동네 밖으로 내쫓는 훼가출송毁家黜送을 당할 위인도 있었습니다. 그러나 마을에선 큰 싸움 한 번 없이 그 긴 겨우살이를 무탈하게 치러 내곤 했습니다. 그렇듯 마을의 개울물은 마을 사람들의 마음속에 찌꺼기가 쌓일 사이 없이 동네를 관통해 그런 감정들을 담아 내렸습니다.

삼우제례를 마친 뒤 육촌들은 상을 벗었습니다. 보은의 뜻을 마치는 행사여서 그런지 그들은 연이어 눈물을 흘렸습니다. 딴은 부모를 보낸 애절함을 곡진하게 드러내서 보는 이의 마음을 짠하게 했습니다.

그런데 저녁을 먹고 난 뒤 모여 앉은 육촌들의 목소리가 차츰 높아지기 시작했습니다. 딸들의 목소리가 남자 형제의 억양보다 입을 열 때마다 점점 올라갔습니다. 무엇 때문이겠습니까. 언단은 당숙이 세상을 하직하면서 아들, 딸만 남긴 게 아니라 적지 않은 논, 밭, 임야, 현금까지 남겼던 탓입니다. 거석이홍안擧石而紅顏이라고 무거운 돌을 들면 얼굴이 붉어진다는 말인데, 재산이 있기에 얼굴들을 붉히고 있었습니다.

분명 당숙은 자기만의 욕심을 버리고 자손에게 복을 끼쳐주려고 무거운 짐도 마다치 않고 졌으며, 척박하게 굳어진 땅을 새벽부터 늦저녁까지 소의 볼기를 쳐가며 갈았을 겁니다. 그런데 큰 과일을 남기려고 벌레 먹고 까치가 쪼아댄 것으로 입안의 허기를 달랬던 부모의 뜻이야 알 바 없고, 자식들은 제 몫으로 돌아오는 한몫의 물건에만 사날 좋게 달려들고 있었습니다.

"요즘 세상에 아들딸의 구분이 어디 있어요? 큰 오빠를 빼고 모두 동등하잖아요."

맏딸이 사박스레 목소리를 높였습니다. 이미 집안에서도 알려진 팍성愎性이 여지없이 드러나게끔 입정도 사납게 벋썼습니다.

"누나! 그거 말이라 하는 거야? 출가외인이란 소리도 못 들었어?"

맏이 육촌은 체면 탓인지 민묵하고 있었지만 셋째가 남자를 대표하듯 경망하고 무람없이 나섰습니다. 잔망 궂은 일로 보였습니다.

그들은 일정한 주의 주장 없이 그저 대세에 따라 행동하는 성향이 강해서 툭하면 조언을 구해오던 저에겐 시선도 주지 않고 이끗 다툼질에만 골몰했습니다. 아니 사사로이 얽히고설켜진 형제간의 저간 사정에 어두운 제가 그들의 논쟁에 비집고 들어갈 여지가 애당초에 없었습니다. 그렇지만 가만 보고 있자니 울화가 치민 제가 참다못해 나섰습니다.

"형제간에 싸우지 않고도 얼마든지 대화로 풀 수 있는 게 아닌가? 이웃 이목을 생각해서라도 오늘은 진정들 하게. 초상 끝의 모양새가 이게 뭔가?"

그러나 헛된 나무람이었습니다. 다툼은 차마 대화를 그대로 삽입해 놓을 수 없을 만큼 격렬했고, 상스럽게 육두문자까지 딸들의 입에서 나왔습니다. 정작 그런 다툼은 옆에서 나무란다고 끝나는 게 아니라 재물이 제 옷자락에 안겨서야 마무리될 일이었습니다. 저와 마을의 노장 어른이 끼어들어 다행하게도 머리털을 꺼두른 싸움까지 발전하지 않았지만 어쨌든 고부랑 자지가 제 발등에 오줌 싼다는 격이 되고 말았습니다.

저는 상례를 말없이 울면서 치러내던 그들의 눈을 살펴보았습니다. 그런데 그 눈은 당숙을 보내며 눈물을 흘렸던 눈들이 아니었습니다. 거기에는 이미 핏기가 서리다 못해 살기로 번뜩이기까지 했습니다. 저는 그러한 눈에서는 아무리 깊이 파헤치고 들어가도 눈물샘을 찾을 수 없을 것 같았습니다. 그러니 그들은 앞으로 당숙 때문에 눈물을 흘리려 해도 흘릴 눈물이 없을 듯싶었습니다. 부모의 죽음을 슬퍼해서 몸이 바싹 여윈 까닭으로 눈물이 말랐던 건 아닌 것 같습니다. 저는 이제야 사람의 눈에서 차차 눈물이 말라 들어가는 연유를 조금씩 해득할 수 있을 성싶습니다.

이 선생님, 장례식이 끝난 후 소금을 몸에 뿌려 부정을 씻는 일을 염불鹽拂이라 했습니다. 그 일이라두 한 뒤 이 마을에서 떠나고 싶습니다. 또 안부를 드리겠습니다.

탱자나무집 현자

김익하 소설집

발 행 처·도서출판 **청어**
발 행 인·이영철
영   업·이동호
기   획·남기환
편   집·방세화
디 자 인·이수빈 | 김영은
제작이사·공병한
인   쇄·두리터

등   록·1999년 5월 3일
(제321—3210002510019990000063호)

1판 1쇄 발행·2023년 2월 25일

주   소·서울특별시 서초구 남부순환로 364길 8—15 동일빌딩 2층
대표전화·02—586—0477
팩시밀리·0303—0942—0478

홈페이지·www.chungeobook.com
E—mail·ppi20@hanmail.net
I S B N·979—11—6855—122—0(03810)